作者　黄丹丽　∥　摄影　陈利浩

伤藤

黄丹丽 —— 著

九州出版社
JIUZHOUPRESS

图书在版编目（CIP）数据

伤藤 / 黄丹丽著. —北京：九州出版社，2022.1
ISBN 978-7-5225-0535-0

Ⅰ.①伤… Ⅱ.①黄… Ⅲ.①长篇小说—中国—当代
Ⅳ.①I247.5

中国版本图书馆CIP数据核字（2021）第191427号

伤 藤

作　　者	黄丹丽　著
责任编辑	安　安
出版发行	九州出版社
地　　址	北京市西城区阜外大街甲35号（100037）
发行电话	（010）68992190/3/5/6
网　　址	www.jiuzhoupress.com
印　　刷	天津中印联印务有限公司
开　　本	710毫米×1000毫米　16开
印　　张	18.5
字　　数	271千字
版　　次	2022年1月第1版
印　　次	2022年1月第1次印刷
书　　号	ISBN 978-7-5225-0535-0
定　　价	58.00元

那年也是一个五月天，初夏，我的第一部长篇小说《伤藤》出版上市。

因为这部小说，那时还未走出校园的我收获了第一批读者，透过文字与天南地北的他们建立了交流，甚至是友谊。毕业后，我选择从事文字编辑工作，也是因为这部小说的推动和影响，可以说，是它开启了我的创作生涯，也是它促使我一直坚持书写。

随着年月的推移，《伤藤》渐渐成为过去的一个符号、一个认证，被封存在时光深处。

近两年，我陆续出版了长篇小说《暮雪长歌》和《青橙》。令我感动的是，每次出版新作品，都能偶遇以前的老读者；有些读者之所以发现我的新书，也是通过搜索"伤藤作者"的近况；他们在购买新书的同时，往往还会连带着再买一本《伤藤》，以便重温。而我也正是通过网上读者分享的照片，发现了一本仍在流通的盗版的《伤藤》。

那是一本制作十分拙劣的盗版书：封面毫无设计感，彩页变成黑白，纸张单薄得可以透字，排版拥挤得无法直视。可就是这样一本粗制滥造的书籍，竟成了目前市场上唯一能购买到的《伤藤》，成为读者朋友们能够阅读这个故事的唯一来源，就连我自己想买几本送朋友，找遍全网，也只有二手的旧书。

前阵子与出版界的朋友小聚，谈及此事，都认为不应该有这样的缺失，必须让喜欢这个故事的读者拥有正版的精品。于是，在各方面的推动下，《伤藤》再版了。

近几日，为着整理稿件，我重新翻开了这部多年前的作品。很长一段时间里，我胆怯得不敢回头去重读，生怕那青涩的文字会让自己脸红惭愧，生怕多年前的故事情节放在今天早已落伍。但奇妙的是，当我读完整个故事合上书时，心中的感动竟久久不能消散，每一个人物的命运依然能够牵动着我这个"读者"的内心，甚至书中人物的单纯、情感的纯粹，令此刻作为作者的我，都感到向往。

想来，真挚的讲述和温暖的故事大体是不会因潮流的变迁而褪色的。

有一位今年就读高中二年级，并常常给我留言的读者告诉我，初中时，她读了《伤藤》，备受感动，于是推荐给了班上的同学。后来，他们班大部分同学都成了我的"粉丝"。以他们的年纪细算起来，《伤藤》初版时，他们才五岁。

十二年，一段漫长的时光，孩童成长为少年，少年已渐渐而立。

十二年，长得足以换了人间，我的工作转变了几次轨道，奔波地搬了很多次家，书中的一些原型已经离开了人世，包括我的邻居、我最爱的母亲。

幸运的是，文字与故事没有老去，穿过岁月的罅缝，年纪相差二十甚至三十岁的读者朋友，在不同的时空里，阅读到了共同的青春，感受到了同一份温暖与纯粹。

这是一件动人的事情，更是作者的荣幸。

此时此刻，透过油墨的香气与生涩的文字，我还可以看到那年二十岁的自己坐在电脑前，一字一句地写下这个故事时的初心，还能清晰地记得那年五月的一天，物流公司的大货车将出版社的样书送到家里来，接到书的我站在傍晚的风中，看着车子缓缓离我远去，周遭的一切忽然都慢了下来，手中捧着的那部小说就像一个轻盈的梦想，向世界扑飞着翅膀。

时光荏苒，我对写作的热爱和坚持从未变过，也正因此，要特别感谢读者朋友们多年的支持和陪伴，感谢曾经或此刻被这部小说打动的人，感谢《伤藤》初版和再版的编辑的用心，感谢我的丈夫兼挚友陈先生对我的鼓励与肯定。

文字犹如一株在时光中永恒生长着的藤蔓，夹带着所有蜿蜒的印记和年华的过往，静静地长在心里。很感恩能够陪伴大家再一次重温这一段属于光阴的故事，这一段属于我们共同的青春。愿一切的美好，都能抵挡岁月的侵袭，如书中弄堂口的那一片常春藤，在阳光下绿得发亮。

黄丹丽

2021 年 5 月 20 日

目录

绯红的天色透过薄薄的窗纱，在木制的地板上映出一些模糊而又轮廓分明的影像。

女孩仿佛在梦里看到一大片一大片深深浅浅的绿色正向自己铺天盖地地扑过来。

她看到自己在长巷里疯狂地奔跑着，耳膜被呼吸声震得发疼。

而四肢却像陷入泥沼里一样，绵软无力。

天空是一片耀眼的白，日光刺痛了她的双眼。

鸟群在头顶惊飞逃窜。

她胡乱地挥舞着双手，想要抓住一根救命稻草，可是周围却是光秃秃的一片。

在最后一丝阳光消失的时候，她抓住了一只手。

Chapter 1

弄堂的六月

弄堂在初夏的日光下，映出一幕幕隐喻的图画。六月，潮湿，故事即将开始。

（一）

"爸——"

木制的楼梯在女生脚下发出清脆的"噔噔"声。

这种声音在米灵依耳边已经回响了七千多个日日夜夜，听起来好像是很久远、很久远的事情，可是对于她来说，却仿佛只是从矮过楼梯扶手到站在楼梯的第五级就能与天花板同样高低的过程而已。

"爸——你还不快点，再晚就要迟到了！"米灵依站在门口催促着爸爸。

今天，她把平常天天扎着马尾的头发披散下来，自然地垂在肩膀上，梳理得很整齐，看起来有一种不同往日的优雅。

严格来说，米灵依不算十分漂亮，长得很像妈妈；一米六二的个子，瘦瘦的身子看起来很健康；皮肤是非常自然的小麦色，五官不是十分的突出，但一双水灵灵的大眼睛，长长的睫毛以及没有刻意去修剪却很自然好看的眉毛，还是让人一眼便觉得她不是一个普通的女孩子。尤其衬着今天纯白色的衬衫，显得很是出众。

"昨晚我明明烫好的啊，怎么衣角还是皱的呢？"妈妈刘月在她身边不断地帮她拉扯着有些发皱的衬衫衣角。忙于操持家务的米妈妈今天特意把平时有些散乱的鬓发打理得非常整齐，还穿上了一套黑底印白色小圆点的裙装，这让四十几岁的她看起来年轻了不少。

"哎呀，妈，别管它啦，自然就好。爸爸，你到底走不走啊？"

"来啦来啦，催什么催啊？数码相机不充好电怎么拍照啊？"爸爸米善居背着相机包小跑着出了门。

米灵依看见爸爸的西裤烫得笔直，上身的白色衬衣浆洗得雪白无比。五官分明、身材高大的他今天看起来格外威武精神，还带着几分帅气。

爸爸、妈妈穿得好像要去相亲啊！米灵依心里暗笑道。

"你真是的，昨晚就应该把备用电池也充好的。"米妈妈瞪了丈夫一眼，不满意地说道。

"我这不充好电了吗？再说了，我不是兴奋得一整晚没睡着吗？"

"喔唷，我只不过是大学毕业典礼，又不是开记者招待会，你们用得着这样吗？"

"当然要啦，我们家第一个大学生！"米爸爸言语之间隐藏不住心里的喜悦和欣慰。

三个人谈笑着关好家门。这时，对门邻居张阿姨打着哈欠推开了门。

"喔唷，老米家办喜事哉？"张阿姨叉着腰站在门口问道。

米家所在的弄堂里只住着五户人家，除了米灵依和张阿姨家之外，其余三户人家都是很平常的弄堂老住户，跟米家的关系有很要好的，也有见面擦身而过的，唯独这位邻居不得了，她可是远近闻名的大人物。

张阿姨四十来岁，胖胖的身材，矮矮的个子。岁月把她青春的水分全都风干了，只将一层层腰间的肚腩当作纪念品留了下来。她身上常年都弥漫着廉价香水的味道，每次都是人还没到，就先老远传来那股比樟脑丸味还难闻的气味。米灵依每次一闻到都会鼻子痒得想打喷嚏，当然，她是不敢在张阿姨面前打

伤藤

出来的。

这位邻居是出了名的长舌和难缠，只要有什么事情被她知道了也就等于附近几条弄堂的人都知道了。当然，这仅限于坏事。

米灵依每次一看见张阿姨就会情不自禁地想起鲁迅先生笔下的"圆规"。

"是啊，灵依丫头今天毕业，我们都要去参加毕业典礼。"米妈妈客气地说。

"喔唷唷，那可真是难得的喜事啊！"张阿姨再次摆着圆规的架势，走出家门，"你们家这个宝贝暖恩（苏州话：女儿）也算是争气咯，嘴巴像抹了蜜汁似的不说，待人也极是善良温存，岂像某些人，那捂空的青肚皮猢狲（苏州话：装腔作势，自顾自，没孝心的人），跟灵依丫头比起来嘛，远七八只脚！"张阿姨说着话，用一种被人欠了一世巨债的埋怨眼神瞪着米家阁楼上的窗子，仰着头扯开嗓子大声地说，"十几年咯，跟爷娘不好不说，连我这老邻居张阿姨，见面都不叫一声，我嘛，还死皮赖脸地主动跟她打招呼，人家啊，连看都不看我一眼！小时候我还帮她换过屎尿片子，今天连句招呼都得不来。我嘛，真是自讨没趣的塞锅头（苏州话：贼人）！"

张阿姨最后这句话说得特别大声，语气里更是透着得理不饶人的理直气壮，好像她骂的并不是自己，而是别的人。

米家夫妇连忙上前跟张阿姨赔不是，嘴里说着些"小孩子不懂事""大人有大量"这类客套话。米灵依心里则是说不出的厌恶，张阿姨的话分明就是穿着高跟鞋的脚，狠狠踩在了别人的赤脚上。她知道张阿姨就是想让自己和父母难堪，然后肆无忌惮地赢得别人的恭维，仿佛自己是世上最伟大的人。此时，她恨不得冲回家去，把粘鞋胶拿过来将她的嘴巴粘上。

"你是搭错点伐？一大清早的休要吹嗒嗒地昏说乱话（苏州话：神经搭错啦？疯头疯脑地胡说八道）！"

房里传出一个低沉的声音，随即，张阿姨的丈夫王先生从屋里走了出来。

王先生也是很胖的身材，有点"早年地中海"的脱发现象，跟张阿姨有着一副天作之合的夫妻相，但他为人较为通情达理，这一点跟他老婆刚好是两个极端。

"真是不好意思，一大清早的扰得你们不清净。"王先生客气地说道，然后转身瞪着妻子说："弗要舌割乱盘哉（苏州话：别瞎搞了）！"

　　张阿姨还想说什么，嘴巴已经张开了，却突然听见头顶上的阁楼窗子"咯吱"一声被推开了。

　　五个人抬头向上望去，透过几条架设在弄堂半空线皮老旧的电线，一张没有表情的脸从屋里探了出来。那是一张年轻女孩冷漠的脸，被防盗网上的菱形图案分割成几个冰冷的片段。在淡蓝色的天空衬托下，那张脸显得很苍白。

　　随着窗子的打开和女孩的出现，站在楼下的五个人好像被施了魔法般呆住了，仰着头一动不动。弄堂在那一刻仿佛被挤在了时间的齿轮之外，空气凝结了，每个人几乎都可以听到自己加速的心跳声。

　　张阿姨仿佛中了邪似的收敛起她那副蛮横跋扈的样子，推着丈夫迅速地退进屋内，"砰"的一声关上门，只剩下米灵依一家静静地伫立原地。

　　看似几个世纪般漫长的慢镜头，其实也就几秒钟的时间。但就这几秒，米家夫妇的脸庞还是涨红了，不知是因为紧张还是错愕。

　　"季子，一起去参加我的毕业典礼，好不好？"米灵依的声音在这沉默与紧张的气氛里，显得那么清脆干净，"我希望你能一起来。"

　　米家夫妇也被这个声音拉回现实。

　　"是啊，季子，刚刚以为你还在睡觉就不敢吵你，既然已经醒了，就一起去吧！"

　　"是啊，一起去吧……"米妈妈的声音温顺得近乎卑微。

　　"你们很吵，快点走开！"

　　楼上的女孩低低的声音如同一盆刚从冰箱里取出来的冰水，兜头淋在楼下三个人的身上。

　　六月的苏州已经有了几分暑意，但那盆冰水还是淋得令人浑身战栗，皮肤疼痛。

　　三人还来不及再说什么，楼上的窗子已被重重地关上，也一并把别人的关怀隔绝在了窗外。这已经不知是多少年来的第几次了。

伤　藤

"我们走吧！"米爸爸长叹一声，语气里带着说不出的疲倦。

（二）

昨夜又是一场连绵的细雨。每当雨后，弄堂都会让人觉得格外幽深。

嫩嫩的青苔在青石缝里悄悄地生长，巷口的车管李伯种了多年的常春藤，顺着屋子外面拐角处的墙角往上慢慢地攀爬，不知道缠夹着多少过往的年华。

微微湿凉的空气像是在人们的皮肤上敷了一片片薄薄的柠檬。踏在这条熟悉的弄堂里，脚步交错的回响是那么的悦耳。

米灵依家住的这条弄堂是这附近最宽敞，且住户最少的弄堂。没有横行霸道、乱七八糟挂在半空中的衣服，没有随地堆放的杂物，亦没有要和别人共用的任何设施。弄堂显得整洁而简单。

此时，米家三个人加快了脚步，想要尽快离开这里。直至出了弄堂，他们才觉得呼吸顿时顺畅了许多，又不约而同转过头去望着自家那座窗门紧闭的老房子，仍然觉得心里有说不出的压抑。

"老米——"停车场的车管李伯端着一杯热茶笑着向他们走来。

所谓的停车场，就是走出弄堂往左再走一百米左右的一片空地，面积不大，是李伯家的。几年前，李伯报建之后把这空地围了起来，简单地搭了个棚顶，变成一个小型的停车场，附近街坊的自行车一般都放在自己家里，有小汽车、摩托车的就都在李伯这里办了停车证，一年缴上便宜的停车费就可以全天二十四小时任意停放了。

李伯自己在弄堂口有一间几十平方米的小屋，跟他孙子住在里面。每天清晨出门的时候，总能在弄堂口遇见这位身材瘦小，留着山羊胡子，面容安详的六旬老人。

"灵依小鬼丫头今天毕业哉？"李伯大声地问。

"是咯是咯，总算是毕业咯。"

米爸爸回过神来向李伯走了过去，米灵依也拉着妈妈的手跟在后面。

"恭喜恭喜，小鬼丫头成人哉，以后当个大导游，爸妈就有好日子过咯。"

"李伯，你说过等我大学毕业要把常春藤送我的。"米灵依凑到李伯身边，伸手摸着他下巴上花白的小山羊胡子，"老人家不许说话不算哦！"

"这丫头，李伯的常春藤种了多少年了，岂是你说要就可以要来的？"米妈妈边嗔怪边招呼米爸爸去开车，然后跟李伯说起话来，"不用管丫头，你只管自己留着种。"

"喔唷，街坊邻居都知道我老李可是说话算数的，不就是株草藤子伐，小鬼丫头喜欢我正欢喜呢！灵依丫头，你且回学校忙去，今晚回来李伯就把藤子给你移出来，这老伙伴种的年头多哉，须慢慢刨。"

"算啦李伯，我灵依丫头不夺人所爱，这棵老家伙你就留着做伴吧，改天给我株小的，我拿回家慢慢种就是啦！"

正说笑间，米爸爸已把家里半旧的小汽车开了出来，按着喇叭招呼母女俩上车。

太阳正好在这个时候升到了弄堂的斜上方。

（三）

"灵依——"

米家三人在学校停车场停好车，正往教学楼走过去的时候，陆书杰朝他们迎面走了过来。

这个男生皮肤有点黝黑，一米八〇的个子，很宽的肩膀，笔直的脊背，走起路来总迈着轻快而有力的步子，五官俊俏、棱角分明的脸颊上挂着温和亲切的笑容。这所有的特质让米灵依有一种不可抗拒的温暖的感觉，虽然两人做了二十年的邻居，几乎天天见面已经熟悉得如同自己家人，但她还是会在每次看见他时，感到被阳光包围照耀着。

陆书杰是会发光的。

沉思之际，陆书杰已经走到了跟前，"米叔叔好，阿姨好。"

"书杰啊，你今天怎么那么早啊？"米爸爸脸上挂着温和的笑，语调非常轻快，早晨烦心的事情似乎已经完全被忘记了。

或许他也感觉到了阳光吧！

"同学们都一早到了，很多人连衣服都换好了。"陆书杰的声音是那么的肯定和响亮。

这时，陆书杰的父母也跟着走了过来，热情地跟米家夫妇聊着天，互相称赞着对方的小孩，脸上都笑开了花。这对老邻居好像每次见面都有说不完的话。

"那我们也过去换衣服吧，不然等一下来不及了，你们四位老人家慢慢走过来哦！"

米灵依招呼了一声，跟陆书杰一起快步走向教学楼。

"你爸妈好像很开心啊！"陆书杰微笑着说。

"当然啦，爸爸高中学历，妈妈中专毕业，只有我一个人是我们家真正的大学生，他们当然高兴啦！"

"你姐呢？你没有叫她一起来吗？"陆书杰迟疑地问。

"你觉得我叫她她就会来吗？"两人突然停下步子望着对方。这一刻，两人同时想到了什么。

"姐姐没有上大学，我现在却要庆祝自己毕业，你觉得这样好吗？我觉得不好，所以……"米灵依耸了耸肩。

陆书杰的眉头轻轻皱了一下，"也是，只不过她昨晚问我借那台旧的数码相机，我以为她是想一起来看你毕业，帮你拍照。"

"她借你的相机？"米灵依有点不解。

"还是不说这些了，先去换衣服吧！"陆书杰说着走在了前面。

"大块头……"米灵依停在原地，几秒钟后突然叫了他一声。

陆书杰转过头去，这样的一个回眸，让米灵依的心脏顿时有了一种被人揪了一把的感觉。

"如果你可以一直让我姐开心，或者说……或者说如果她一辈子都只会因为你而开心，那么……那么……"米灵依一时间竟不知该如何措辞，努力整理着脑海中想要表达的东西，但又不知该怎么接着说下去。

"我明白。"陆书杰给了她一个肯定的微笑，"我会去做的。"随后朝米灵依扬了扬头，"走吧，我们一起去参加毕业典礼。"

（四）

整个校园在这一天异常热闹，一张张年轻的笑脸嵌着微红的眼眶，像是初绽的一朵朵芍药。

在今天这样的时刻，就连平常不讲话的两个人也会肩并肩地拍照，互道珍重；即使是一些由衷感到离别或毕业是值得庆幸的人，也被大多数人的情绪感染了，生出些许伤感。

总是到了离开之前才发觉事物的美好。

似乎这一天的天空特别蓝，校园里的草特别绿，教学楼特别干净，老师同学也特别可爱。

也许，这就是离别的意义之一。

米灵依在拍完一系列集体照、单独照、家庭合照、朋友合照后，突然觉得头顶的黑帽子像是一个大大的巧克力盒子。一想到这个她就觉得唾液分泌得厉害，很想马上吃到一块新鲜的巧克力。她也不知道为什么会有这样的感觉，再看父母，他们脸上的笑容已是比果酱巧克力还要甜了。

"好了，最后一张全家福也拍好了。"陆书杰按下快门后高兴地说。

"好好好，谢谢你啊书杰，回去我把它洗得大大的挂在客厅里，上面写着：六月十八号，我女儿今天毕业了。"米爸爸看着相机里的照片嘴巴都合不上了。

"爸爸，要不然还是挂在门口吧，顺便还可以辟邪。"米灵依顺手摘下了"巧克力盒子"。

"这小丫头。"

"大块头，我们去换衣服吧！"

"我去跟我爸妈说一声，你先去吧！"

　　　　　　　　　　　　　　　　　　　伤藤

陆书杰和米灵依各自走了，米家父母还在原地站着。

米爸爸翻看着数码相机里的照片，脸上的笑容久久不散。这时却听见米妈妈轻轻的叹气声。

"善居，书杰真是个好孩子啊，只可惜我们有两个女儿。"

米爸爸抬头看着妻子，眼神突然变得说不出的无奈。

（五）

米灵依走出更衣室的时候陆书杰刚好也从对面的更衣室里走出来，手里拿着一盒东西。

"灵依，这个给你。"陆书杰把一个黑色的盒子递给她，"恭喜你毕业。"

米灵依呆了一下，接过了盒子，"是巧克力吗？"

"是啊，从小你一高兴就想吃巧克力，而且，而且我怕买别的东西你不肯收，这个没关系，吃完了把盒子扔了就好了，季子不会知道的。希望你以后当导游的每一天都过得开心，也希望你能帮你的游客们找到一个属于他们自己的、梦里的故乡。"

说完，陆书杰低下了头，假装整理身上的衣服，但米灵依很清楚地看到他的衣服一点都不乱。在那一刻，她感到一种惶恐的幸福感，甚至捧着巧克力的手都在微微颤抖。她知道手里的这盒巧克力有一种奇妙的、胜过任何糖果的味道，可她不知道自己有没有勇气去品尝。

"谢谢你大块头，只是我没有准备礼物送给你。"米灵依脸上的笑容还是一如往常的灿烂，"这样吧，送你一个鬼脸当护身符。"

说完，她用手指拉开眼皮，嘴巴歪在一边摆出一个很丑的鬼脸。陆书杰看完"扑哧"一声笑出来，只是，他真的不觉得那是一张丑丑的鬼脸。

"都大学毕业了还那么没正经，好啦，不跟你玩了，我过去找我爸妈了。"说完，陆书杰就转身走了。

米灵依呆滞在原地，眼睛里好像飞进去一只小虫子似的，搅得她双眼辣辣的痛，痛得想掉泪。

是啊，他们终于毕业了！

她终于跟他一起毕业了！

小学毕业，他不再帮她提书包上学；初中毕业，他们开始各自骑着自行车故意错开时间回家；高中毕业，他们怀着或错愕、或兴奋的心情进了同一所大学；而现在，他们终于大学毕业了，这以后，会是怎样的以后呢？

是一种归结般的结束，还是另一种隐喻般的开始？

"陆书杰。"米灵依喃喃地念着这个名字。

（六）

傍晚时分，日光快要在地平线上消失了，余下一抹淡红色的夕阳抚摸着地表。

每天这个时候弄堂里都会充斥着油烟味、饭香味、洗洁精味。

几乎每一条弄堂，街坊们都搬出竹凳子坐在家门口，三三两两地用吴侬软语谈论着一天的所见所闻。小孩子也凑在大人旁边玩耍，时而传出无邪的笑声。有时候也会听到别的弄堂里因公共设施使用问题而争吵不休。

那些中年妇女嘴巴里面骂出来的奇怪方言，总使米灵依无比庆幸自家的生活环境是那么的简单。尽管她也常远远看见张阿姨在讽刺哪家的小孩，或是跟哪位邻居交头接耳地传播某些不属于她世界里的流言蜚语。

米家的老房子在这一抹余晖下显得非常庄重，独自屹立在一片白色房屋中，极像是一位穿着深色衣裙、淡施胭脂、微拢云鬓的大家闺秀，端坐在青石的弄堂中。

米家三口围坐在饭桌前，米妈妈煮好了三菜一汤，碗筷也整齐地摆好了。

米灵依闻着菜香味觉得肚子里好像有好几面鼓在打个不停，可是没有人动筷，因为季子还没有回来。

"旅游局的工作我帮你问过了，可能还要过几个月才公布结果。"米爸爸喝着茶说，"这段时间啊，你可以好好玩一下。"

"就是，读了这么多年书好不容易毕业了，应该放松放松，正好陪妈妈回趟老家。"

米妈妈是潮州人，平日在家里售卖一些家乡运来的以及苏州特产的茶叶。每年暑假，米灵依总会陪妈妈回潮州看望老家的亲戚，顺便把一些新鲜茶叶带回苏州。虽然米家的茶叶只在家里售卖，可是生意非常好，附近街坊邻居喝的全是米家的茶，还经常会有邻居来家里串门，要喝米妈妈泡的地道工夫茶。

"妈妈，我今年可能不能陪你回老家了。"米灵依脸上挂着一丝抱歉的微笑，"我还来不及跟你们说呢，我在季子首饰店附近的一家书店里找到了一份临时的工作，薪水不多，但是每天工作之余我可以免费看到很多书。我打算从下个星期一开始去上班，直到旅游局的工作有结果为止。"

"那好啊！"父母异口同声地说。

"我就知道我女儿不会乖乖在家待着。"米爸爸拍着她的肩膀，"不过年轻人多学点东西是好事。"

这时，开门的声音传了过来，随后是一串散漫的脚步声，从客厅走向楼梯的方向。

三人不约而同地起身向客厅走去。

"季子回来啦，快过来一起吃饭吧！"米爸爸微笑着招呼她。

可是女孩脸上却没有一丝笑容，还是像今天早上那样没有表情，看都不看其他人一眼。

"我在外面吃过了。"说完，季子径自走上楼梯。

"季子——"米灵依叫住了她。

季子停下脚步，直直地站在楼梯上，却并没有转过头看米灵依。

"我在你工作的首饰店斜对面那间文华书店找了份工作，下星期开始我们早上一起去上班，好吗？"

米灵依把最后两个字说得很轻，那语调几乎像是在说"求求你"。

米家三人同时仰起头看着楼梯上的季子，他们凝重的表情仿佛是在等待一个重要时刻的来临。

过了大概几秒之后，季子终于转过头来，还是那张毫无表情脸，"米灵依，你最好离我远一点。"

木制的楼梯在季子脚下发出有节奏的"噔噔"声，像是一个捣药的药杵在别人心上狠狠地捣着。

米家三人呆在原地，直至阁楼上传来重重的关门声，他们才惊醒过来。

"真的不知道我怎么才能教好这孩子。"米爸爸沮丧地一转身走向饭厅。

米妈妈的表情更是说不出的难堪，仿佛是一份早已尘封的侮辱，此刻被重新开了封。

米灵依伸手搂住母亲的肩膀，笑着说："妈妈，不要不开心，听科学家说啊，南极的冰川都开始融化咯。"

（七）

路灯在七点钟的时候准时亮起来了。

天色还没有完全暗下来，弄堂在路灯的光晕下显得有些朦胧，像是一幅印象派的画。不知道有多少人家的往事和故事，被凝结在了这画里。

米灵依一个人在弄堂口踱着步子，晚风夹杂着弄堂里熟悉的气味迎面袭来，把地面上的暑气缓缓吹走，也让她感到汗水从身上蒸发的凉爽。可是心里却有一缕愁丝在四处攀爬，像爬山虎一样迅速地覆盖了自己的思绪。

她不知道该怎么去把这些惆怅释放出来。

于是，她只能漫无目的地向前慢慢走着，希望风可以把她的一些悲伤卷走。

每经过一个弄堂口，总会看到一些人家没有收回去的衣服或者被子，像吃剩的饭粒一样，粘在弄堂半空的钢丝线上。

米灵依在心里默默地对自己说，待会儿她回到家，一定要挂着无所畏惧、无忧无虑的笑容。

从小到大她都是父母开心的来源，只有她开心了，家里才可能有更多的欢

伤藤

笑。这个身份让她觉得有一种不可名状的巨大压力，就好像是要一个四十四公斤重的人去参加六十九公斤级的举重比赛一样。

但她选择了坚持。这个家必须要一起坚持。

米灵依继续向前走着。忽然，她的视线像是踩到了胶水的脚，被死死地粘在了前方的弄堂口——

那个女人又来了！

她仍然顶着一头不知多少年没有清洗过的、乱如蜘蛛网、枯如冬叶的花白头发。她的五官也被那花白的头发遮盖住，完全看不清样子。她还是穿着那一层层胡乱套着的衣服，每一件都破破烂烂的，由于是许多件层层堆叠起来的，所以每一件的破洞都会被上面或里面的衣服遮盖住。一如人性。

米灵依看着她蹲在弄堂口的垃圾筐前，不紧不慢地把杂菜、肉骨头等一些人们吃剩的东西捡到自己手中的破碗里。从她身边经过的人都捂住鼻子快速离开，好像走慢一点便会沾染上某些晦气，有的人甚至往她身上吐唾沫。

米灵依的眼睛被这一幕刺痛了。她迅速转身跑回家。

"妈，快装一大碗饭菜给我，快！"

米妈妈正在厨房洗碗，见米灵依气喘吁吁的样子，先是愣了一下，然后像是突然明白了什么，迅速地从碗柜里拿出一个盛汤用的大碗，又往里面装满了余温尚存的饭菜，递给了米灵依。

"谢谢妈。"米灵依接过沉沉的碗，又飞快地跑出了家门。

当她停下脚步，站在那个女人面前时，身上的衣服已经湿了一大片。

幸好，在女人离开前，她给她送来了饭。

"你怎么又捡垃圾吃呢？"米灵依把饭菜倒进女人手里的大碗里，"我不是跟你说了吗，我们家就在前面那弄堂里，你没有吃的可以去我家拿。"说完，用手指着自己家的方向。那女人只是低着头吃起了饭，并没有看她，也不说话。

米灵依蹲在女人身边，看着她吃得那么香的样子，心里觉得温暖了许多。

她身上的气味确实很呛人，但米灵依觉得这味道跟自己最怕的廉价香水比，还是好闻很多的，起码她的鼻子不会被刺激得直想打喷嚏。

这时候，很多从弄堂口经过的邻居都用很奇怪的眼神看着米灵依，仿佛她是一个傻子。

"哎哟，米灵依，不要离这个奥糟瘟人（苏州话：脏兮兮的不讨人喜欢的人）那么近！"

米灵依只是微笑着面对这些好言相劝的邻居，并没有辩解什么。

没有人知道这个女人是谁，但她不疯也不傻，懂得在流浪汉要侵犯她的时候拼命反抗。她只是从来不与人说话，也不向人伸手讨钱或乞食，只有人们扔了的东西她才会去捡。她不是乞丐，米灵依不知道应该怎么称呼她。

从一年前开始，她隔三岔五便会在这附近出现。米灵依每次见到她都会给她送些吃的，然后就像现在这样蹲在她旁边看着她吃，直到她把东西全部吃完。

女人从来不跟米灵依说话，更不会跟她道谢，但米灵依还是一如既往地给她送饭。

在米灵依眼里，每一个人都是应该被尊重的，每一个生命都是"一袭华丽的长袍"。

女人吃完东西，站起身来慢慢地走了。

米灵依看着她走远的背影，想象着她年轻时应该也是一个美丽的女子，只是不知她遭遇了什么，为什么会变成今天这般不堪。

也许，这一切永远都只有她自己知道。

"记得没饭吃的时候来我家拿……"

（八）

米妈妈把碗筷洗好的时候，已是晚上八点钟了。

米灵依和父亲坐在客厅的沙发里看着电视，母亲把刚刚洗好的茶具从厨房里拿出来放在茶几上。米灵依在茶壶里装上了普洱茶，父亲把烧水的小水壶放在小电磁炉上烧起了水。

"这一两普洱是你舅舅刚寄过来的，可贵着咧，今天庆祝你毕业才舍得拿出

　　　　　　伤　藤

来喝，要不然你妈妈就是留到你结婚都舍不得拿出来。"米爸爸打趣说。

"有多贵啊？"米灵依好奇地望着父母。

米妈妈望了丈夫一眼，笑着说："还是不告诉你的好，要不然你可舍不得喝下去咯。"

"说嘛妈妈，到底有多贵啊？"

米家夫妇相视一笑，正要说话，就听见敲门声响了起来。

"我先去开门，等一下告诉我到底多少钱！"

米灵依快步走过去开门。

"妈，李伯来了。"

李伯带着一株常春藤进了屋，身后跟着七八岁的小孙子。

"喔唷，老李我弗（"弗"为苏州方言，是"不"的同源字，但比"不"的程度深一点）是说话不算的人，答应小鬼丫头的事岂能不做哉？"

米灵依连忙道谢，从李伯手里接过常春藤，开心地一边观赏一边说："从小我种了不知道多少常春藤，每次都不到两个月就死了，一点都不'常春'，这次希望借着李伯的福气，可真的要常春啊！"

李伯听完哈哈大笑，十分开心。

米家夫妇招呼李伯坐下，刚好赶上第一泡茶。小孙子第一次来米家玩，一进门就到处张望，东摸摸西碰碰，毕竟在这弄堂里米家算得上是一座很不错的房子了。

米家的房子非常宽敞，连地势都比别的房子高。进了门左边是客厅，客厅后面是饭厅，两厅之间由一面薄墙隔开，再深入进去就是厨房和洗手间了。进了门右边是一架木制的通向阁楼的楼梯，米家夫妇的房间就在楼梯旁边，也就是这幢房子最右边的位置。客厅应该是家里最有特色的地方，靠弄堂那面墙的上方有一排宽大的玻璃窗，从房子外面看跟阁楼上的窗户是平行的，坐在客厅里就可一目了然外面的天气如何。

米爸爸说，有了这样一排窗子坐在家里就能看到外面的一片天。

此时，几个人坐在窗下的沙发上喝起了工夫茶。

"好茶啊！"李伯赞叹道，"这可是上好的普洱哟！"

"对了，还没说到底多少钱呢！"米灵依仍是不依不饶的。

米妈妈笑着抬起一只手，张开了手掌。

"什么！一斤五千？五万？"米灵依瞪大了眼睛，小心翼翼地问。

米爸爸忍不住笑出了声，"乖乖，再给你猜一百次也猜不着，五万再加个零。"

"什么！等于说这一两就五万啦！"米灵依简直不敢相信自己的耳朵，"这可以给弄堂口那个女人吃多少年的饭啊！"

李伯听了这个数字也呆住了，脸上的皱纹一瞬间都绷紧了，随后低头看了一眼自己杯子里喝剩的一点赤色的茶水，赶紧把它送到嘴边，用力地吸干，随即发出"啧"的一声。

"我这老百脚（苏州话：老不死，这里是李伯对自己的谦称）还没喝过这么贵的茶咧！"

四个人于是就茶叶的问题谈笑起来。米灵依拿了些糖果给李伯的孙子吃，小朋友便乖乖地坐在干净的地板上吃了起来。

"这小赤佬！"李伯笑着说，"慢点子吃。"

米灵依捧着常春藤站起身说："李伯，您慢慢喝茶，我先给这藤子安个家。"

"去吧，去吧。"李伯笑眯眯地看米灵依朝楼上走去。

米灵依带着常春藤上了楼，只听见李伯还在喃喃地跟父母反复说着，"老百脚我跟我孙子这么大的时候，你们这大屋子就在这儿咯。"

（九）

上了楼梯是一条短短的走廊，季子的房间在走廊左侧，米灵依的房间在右侧。走廊的尽头还有一间小小的杂物房，堆放着一些米灵依不舍得丢掉的小时候的玩具，以及一些家里不常用的杂物。

很多年前，米灵依曾经悄悄量过自己的房间和季子的房间只隔着三步远的

伤藤

距离。可就是这三步路，她却走了这么多年都走不近。

整个阁楼其实只是一个几十平方米的空间，虽并不宽敞，但光线很好，正午的阳光会透过窗子在阁楼地板上形成一个个浅浅的光晕，天长日久，地板上慢慢就形成一小块一小块颜色较浅的不规则图形，像是一枚枚小脚印。也许是时光或记忆经过时留下的吧！

米灵依的房间布置得很简单，一张单人床，床单和被子是一整套的淡紫色，床头摆放着几只玩偶。床的旁边是一张书桌，上面摆着一台电脑和一些零碎的东西，书桌下面有一个小柜子，柜门用一把小小的老式钢锁锁着。再过来就是木制的衣柜和摆满了书的书架了。

米灵依进了房间，把窗台上原来种常春藤的盆子取下来，枯死的藤子的根茎还埋在里面。米灵依用小铲子把泥土铲松，把里面那些枯如碎纸的根茎挖出来，再很小心地种上新的常春藤。

这个很喜欢藤蔓植物的女孩不知已经种过多少次这种植物了，只是没有一次真正成功种活过，但她一直没有放弃。

也不知怎会有人一直执着于去做一件屡试屡败的事情，应该说并不只是一件，但这个女孩就是有这样一种连她自己都不理解的信念，一直不断给自己机会，给别人机会，即使真的不会成功。

"这一次你可要争气点啊！"米灵依对着常青藤喃喃道。

她帮常春藤安好了家，浇上了水，然后放回了窗台上。正要把窗帘拉上之际，她下意识地往楼下看了一眼，发现自己的窗子下面站着一个人。

季子房间的窗口下面是家门口那条弄堂，而米灵依的窗子是在房子的另一面外墙上，因此对着的是另外一条弄堂。那条弄堂的尽头就是陆书杰的家。

她探出头去望了一眼那个人，那人刚好也听到声音抬起头来。

"大块头？你在那里干什么？"

陆书杰对着米灵依晃了晃手里的手机，"刚刚出来打完电话。"

他礼貌地对她笑了笑，眸子在不太光亮的弄堂里显得非常清晰，似乎还在闪烁着微微的光芒，那上扬的嘴角形成的弧度，也让米灵依再次有耀眼的感觉。

"你呢？在家里做什么？"陆书杰把手机放进裤子口袋里。

"刚刚种完常春藤。"米灵依把盆子端起来，"你看，是李伯送给我的。"

"都多少年了你还没有死心啊？"陆书杰的语气里充满了怀疑，"我看你啊还是不要白费力气啦，种不成功的。"说着，他的脑海里却突然出现了小时候的一幅画面。

那是一个早来的春天，树上的嫩叶还来不及变绿，只顶着嫩黄色的叶尖儿，无力地立在弄堂口的梧桐上。那时候的弄堂口还没有现在这个小停车场，只有一棵高大的老梧桐树威严地立在那里，树下有一面斑驳的矮墙，矮墙的另一边长着许多杂乱的野草。七岁的米灵依穿着碎花的连衣裙，梳着整齐的马尾，一个人坐在树下的矮墙上发呆。她手里抱着一个白色的小花盆，花盆里是一株死掉的藤蔓。

陆书杰回家的时候经过树下，看见米灵依呆呆地坐在那儿，很像是一个从童话故事里走出来的洋娃娃，忘了回家的方向。

"灵依，你怎么啦？"小男孩走过去蹲在她的脚边问。

小女孩低头呆呆地看着小男孩，过了一会儿，眼眶里突然不知哪里来的泪水，静静地、止不住地流了出来。

"常春藤死了。"小女孩望着花盆，"季子弄死的，她在花盆里倒满了开水。"

"灵依别哭，"小男孩起身在她旁边坐下，"季子跟你道歉了吗？"

小女孩伸出手背用力地抹去脸上的泪水，望着小男孩，"没有，季子说欺负我是应该的，我和妈妈抢走了她的爸爸。"

那一天傍晚的风有点冷，小男孩陪着小女孩在那面矮墙上坐了很久很久，直到小女孩脸上的泪水蒸发了空气中，他们才回了家。

那时候的陆书杰多么希望自己可以做一株永远不死的常春藤，一直在米灵依的盆子里陪着她，看着她开心。可只是一转眼的时间，这个愿望就变成了遥不可及的记忆。多么遥远而深邃的悲伤！

"你等着吧，大块头！"米灵依的声音把陆书杰从回忆的旋涡里拉了回来，"我偏要种给你看！"她把盆子放了回去。

"呵呵。"陆书杰笑了起来，"希望你可以成功，我回家了。"

"等等——"米灵依突然跑回房间，从桌子上取了点东西，又迅速地回到窗边。接着，她把一团东西抛下了楼。

陆书杰接住了，"巧克力？"

"是啊，你买的那个，挺好吃的，你自己也尝尝。"

"谢谢。"陆书杰把巧克力也塞进了裤子口袋里，提高了音调说，"今晚我跟季子吃完饭去散步的时候，也买了巧克力吃。"

米灵依脸上的微笑突然定住了。

"你回去吧，大块头再见。"米灵依退回屋子里，并且把淡紫色的窗帘重重地拉上了。

陆书杰站在弄堂口，仰头望着房间里突然熄掉的灯光，觉得喉咙里似乎被一颗什么东西卡住了，怎样用力咽都咽不下去。他仿佛透过那个黑暗的窗子，看见楼上的女孩把自己蒙在厚厚的被单里，偷偷咬紧了下唇。

"灵依，为什么我们都不能像季子一样呢？"

（十）

"这个是参茶，工作累的时候喝几口，可以提神。"米妈妈把一个水壶塞进米灵依包包里，又把一个小红包塞到她手里，"这个放在钱包里，可千万放好，是我昨天去城隍庙帮你求来的平安符，还有……"

"妈——"米灵依笑着说，"我只是去上班，去书店当店员，非常轻松的工作，你不要搞得好像要去打仗救人似的好不好？"

"你从小到大都没出去工作过，虽然这不算正式的工作，但毕竟也是第一天上班，我心里紧张啊！"米妈妈说着，帮女儿整理了一下衣服。

"工作有什么可怕的？又不是高考。好啦，我会用心工作不让老板讨厌的，不会跌搭四冲（苏州话：跌跌撞撞），工作也不会插烂糊（苏州话：敷衍了事），更不会瞎七搭八（苏州话：乱七八糟胡乱说话）跟人家聊天，你就放心吧！"

米灵依骑上自行车，"不过我觉得最好还是早点到那里，老板喜欢早到的店员。"

说罢，米灵依用力蹬了一下自行车脚踏，说了声"妈妈再见"，就飞快地往弄堂口骑去。

"这小鬼丫头，爸爸还有话没跟你说呢——"米爸爸跑出家门，站在弄堂里呼喊着。

米灵依的自行车却已远去。那些唠叨着关心的声音被抛在了脑后，自行车轴发出的细微嗡嗡声在弄堂里悠悠地响着。仿佛有一种巨大的力量在朝她招着手。米灵依此时的心情异常欢快，清晨的和风吹得她非常舒服，好像连身体都变得轻盈了起来，她仿佛看到路的前方就是自己一直想要到达的方向。

"加油，米灵依！"

伤藤

Chapter 2

新生的夏天

当一切都在炎炎夏日里暴露出所谓的赤裸时，米灵依的新生活就这样悄无声息地来临了。

（一）

"文华"是一家中等规模的私人书店，在这附近算是一间不错的书店，位置也比较好，挨着学校。

店里有三个固定店员，两男一女。老板娘是一位姓钟的中年妇女，没有像平常在校园里看到的文化人那样清高的气息，亦无一副厚厚的眼镜架在鼻梁上，而是一个矮矮胖胖不修边幅，看上去很是精明能干的生意人。这一点米灵依在面试的时候就感觉到了，所以为了实现工作之余可以任意看书的愿望，她主动把工资降低了一百块，那位精打细算的老板娘才答应雇她做短工。

第一天上班米灵依来了个大早，离上班时间还有近半个小时。老板娘刚刚把门打开，还在伸着懒腰就看见米灵依已在门口等着了，她脸上立刻露出了赞赏的笑容。

进了书店，迎面扑来一阵淡淡的油墨香，米灵依感到十分舒服，眼前似乎立刻出现了一连串她最喜欢的书本里的文字。她顺着书架一个个走过去，文学、生物、历史、科学、植物、旅游、地理……一个个显眼的图标让她的精神为之一振，像是走进了一个乐园。

"现在暑假期间学生比较多，每天都有很多人来书店，所以会很忙的。"老板娘开始絮絮叨叨地吩咐着工作，"你呢主要是负责旅游这一块的书籍，这刚好也跟你的专业联系上。我们书店的分工没有那么细，大家都是一起工作，只不过是遇见客人有专业问题的时候你要帮忙解决一下，还有就是要防止那些白看书的客人把书本弄坏。"

米灵依一边恭恭敬敬地听着老板娘吩咐的事情，脑海里却不知为何突然浮现出蜡笔小新在书店里白看书的画面，竟自顾自地傻笑起来。

"你笑什么？"老板娘的脸色突然沉下来，"我说话很好笑吗？"

米灵依发觉自己的失态，赶紧赔笑道："没有没有，我是因为来这里工作太高兴了。不好意思，不好意思。"

老板娘不耐烦地看了她一眼，转身到休息室里取出一件衣服。是一件绿色的翻领短袖上衣，袖口和领口滚着黄边，左边胸口的位置有一个文华书店的标志和一个号码——004。看上去有点像是劳改人员的制服。

"去把工作服换上，然后开始工作。"老板娘带着米灵依走到收银台旁边，顺着一排书架指过去，"那里是洗手间和更衣室，里面是厨房，洗手间旁边的楼梯上去是我跟我老公的卧室，员工最好不要上去。中午十一点半下班，大家一起吃饭。当然，如果你不想在这里吃也可以，反正饭是我老公煮的，也是免费的。下午一点钟上班到六点半。这件衣服上面有编码，方便客人投诉你，被投诉一次扣一个星期工资，所以工作要认真点。"

米灵依接过衣服，觉得自己好像真成了劳改人员，但她还是谢过了这位有点刻薄的老板娘，开心地换上了衣服，嘴里还念叨着，"要是编码是007，那就更完美咯。"

（二）

八点半左右，其余的店员陆续来了。两个男店员，一个叫李进，一个叫陈凡。李进只比米灵依大两三岁，陈凡有三十岁左右，已经是一个三岁小孩的爸爸了。也许是受了严厉老板娘长期的训导，又或许是性格使然，两位男士都不爱说话，只是因为面试那天已经认识了，才跟米灵依打了个招呼。那个年纪比米灵依还小一岁的女店员叫文小蕾，声音很热情，可能也跟年龄有关系吧，一见米灵依来上班了，立刻高兴得像个小孩似的又蹦又跳，仿佛找回了多年不见的老朋友般开心，话匣子一打开就关不上了。这让米灵依觉得有点奇怪，毕竟只是一面之缘，但她还是很欣慰有一个热情的同事一起工作。

文小蕾站在书架旁边天南海北地跟米灵依一通大侃，她的声音很尖细，说话的语调好像比正常人高了一个八度，几分钟下来米灵依已经觉得耳朵有点招架不住了。而且文小蕾说话的方式有种说不出来的怪异，聊了很久米灵依都不知道她在说着一个什么样的话题，但她还是很投入地聊着。

"我请你来聊天的吗？"突然不知哪里飞来一本硬皮书，像是一枚暗器一样砸在文小蕾头上。米灵依和文小蕾都还没反应过来就看到老板娘怒目圆睁地朝这边走来，"啊是要吃生活哉（苏州话：没事找抽呢）！一大早的不工作在这里聊天！"

"老板娘，你怎么又拿书砸人？"文小蕾摸着头理直气壮地说，"现在又还没有什么客人，我跟新同事沟通一下，不可以吗？"

"下班以后再给我沟通个够，哪怕你们要挖个河涌都行。现在，给我去工作！没人来就擦擦书架！哪儿有花钱雇人来聊天的老板？想得倒美！"老板娘的声音虽然没有文小蕾的那么刺耳，但也算振聋发聩了。

文小蕾冲着米灵依吐了吐舌头，转身走向自己负责的书架。米灵依也迅速回到自己的工作岗位。

"把地上的那本书给我捡起来！"老板娘再次咆哮。文小蕾只好乖乖地倒走回来，把刚刚砸了她头的那本书捡起来放好。

刚开始工作不到半小时，米灵依已经觉得有点头痛了，为的是那位苛刻的老板娘，还有这位让人莫名其妙的热心同事。她在心里暗暗为自己捏了把汗，接下来的几个月恐怕有点压力了。

"既来之则安之，只能尽量把工作做好，少挨一点骂吧！"米灵依小声对自己说着，随后开始整理书架。

（三）

暑假的人流量果真比平常大了不少，九点半左右就陆陆续续来了不少客人。

书店设有一个阅读的专区，是最里面的那一排书架，上面挂着"阅读区"的牌子。客人可以把书拿到那里来看，不一定要买，但不能造成书籍的破损。当然，如果你看了一整天的书却一本都不买，老板娘会很不开心，难看的脸色使客人们宁愿不省那几本书的钱。这间简陋的传统书店可没有读书卡这类东西可以办，老板娘做的就是卖书的生意。

"那个负责看书区的小子怎么还没有来啊？"老板娘又站在大门旁边的收银台开始咆哮，"第一天上班就旷工，怎么请得了这种人！"

"我来啦，我来啦……"只听一个男生急切的声音传了进来，带着重重的喘息声。

米灵依把头伸出去一望，只见一个男生的身影飞快地闪了进来，脸被书架挡住了没法看清长得什么样子，只听到他气喘吁吁地不停跟老板娘解释着："对不起，对不起，今天刚出门车就坏了……"

接下来是老板娘的一顿臭骂，那骂声如同清晨起来一定要蹲坑般自然。米灵依觉得那男生的声音很熟悉，虽听不太清楚，但她很肯定自己听过这声音。她本想走过去看看，但一想到老板娘那副怒发冲冠的嘴脸就没了迈出一步的勇气。

"多一事不如少一事，希望那位兄台能逃过一劫。"米灵依小声说着。

（四）

正午的阳光透过书店的玻璃门投射在书架上。看书和买书的人陆续散去。已经过了十一点半，现在是午休时间。

米灵依站在门口往季子工作的首饰店望去，只看到店门口的遮阳帘子已经放下来了。彩色的帘子在店门前的地面上映出一层淡淡的七彩光晕，像一道道重叠的彩虹。

玻璃墙里面的架子挡住了米灵依的视线，看不到店里的人在做什么。她猜季子应该是在吃饭。米灵依走回自己工作的书架旁坐下，感到脚一阵酸痛，忍不住捶打起来。一整个早上她都在书架旁边站着，虽然有一张塑胶凳子可供坐着休息，但她不想让那个严厉的老板娘觉得自己是一个懒惰之人，而且今天店里的客人很多，她根本没有时间坐下来。

"脚酸吗？"一个熟悉的声音在米灵依旁边响起。她顺着站在自己旁边的那双脚往上看，一张熟悉、耀眼的笑脸出现在视线里。

"大块头！你怎么会在这里？"

陆书杰扯着跟她一样的工作服说："我也在这里工作啊！"

"好巧啊，居然找到跟你一样的暑期工。"米灵依惊讶之余恍然大悟，"哦，原来早上迟到挨骂的那个人就是你啊！"

"是啊，这辈子第一次迟到。"陆书杰叹了口气，"早上自行车链子断了，弄了半天没弄好，现在还扔在修车摊。我是跑过来的，要是走过来的话，估计人到了也被炒鱿鱼了。"

文华书店离米灵依家的弄堂差不多有十五分钟的自行车车程，难怪早上陆书杰进店的时候会气喘得那么厉害。

"大块头就是比别人笨，不会坐个车过来？"

"你才笨呢！第一天上班还没有赚到银子，就先开始花钱了？"

"你……"

"灵依，快来吃饭了。"一阵脚步声伴着那个细尖的声音出现了，紧接着米灵依就看到文小蕾微笑着站在她面前。

这个奇怪的同事本来好像要开口说些什么，可刚看到陆书杰就定住了，一个劲地盯着他看，好像他脸上有什么异于常人的东西，与此同时，她自己的面颊竟也慢慢泛起红晕来。

"大块头，她叫文小蕾，跟人家打个招呼嘛。"米灵依打破这略显尴尬的气氛。

陆书杰犹豫了一下，露出一个礼貌的微笑，"你好，我叫陆书杰。"

文小蕾这才从神游的世界里缓醒过来，赶紧定了定神，笑着说："你好，我叫文小蕾。"

此时，米灵依发现文小蕾说这句话的语调跟之前和自己说话的调子不一样，有一种形容不出来的刻意的温柔。

又是一个一见钟情的现场！米灵依在心里嘀咕道。

"我们，还是去吃饭吧！"陆书杰提议道。

"对了，吃饭吃饭。"文小蕾红着脸转身跑向厨房。

"大块头，又招蜂引蝶咯。"米灵依调皮地用胳膊碰了碰陆书杰，两人向厨房走去。

（五）

夏天的白昼格外的长，像一场永远找不到句点的想念。

虽然是梅雨季节，经常阴雨连绵，但像今天这样晴朗的日子，阳光还是会在地面上流连许久。

陆书杰骑着自行车载着米灵依，他们的影子像是晴天里的一片云，在地面上慢慢地移动着。这段路因为是旧路而有点颠簸，陆书杰不敢骑得太快，米灵依也用手紧紧抓住自行车后架，生怕会被颠下来。

地表的温度还是很高，陆书杰背后的衣服渐渐渗出一点点的汗渍。米灵依看着它们在布料上慢慢晕开，形成一整片不规则的图案，有点像是一个旋涡。

　　　　　　　　　　　　　　　　伤　藤

"灵依，你太没道义了。"陆书杰突然说。

"我怎么没道义啦？"米灵依有点惊讶，"你没有自行车我借你，还冒着被季子看到的巨大风险勉为其难地让你载我回家，这样还算没道义啊？"

"我说的是那个文小蕾，刚出门的时候你干吗把我的电话号码给她啊？"

米灵依忍不住笑了出来，"原来是说这个啊！我觉得她挺友善的啊，你看她中午吃饭的时候还猛给你夹菜呢。而且她都开口问我要了，我有什么理由不给她？"她提高了声音，"说起来啊，这老板娘老公煮的菜还真是好吃，对老板娘又好，这么好的老公上哪儿找啊？亏我们老板娘还无缘无故把他骂得那么凶。"

米灵依故意转移话题，陆书杰却没有搭话。车流从身边呼啸而过，留下的喧嚣填满了两个人沉默的空隙。自行车在一个十字路口停下来，陆书杰放下一只脚支撑着车子。此时红灯还有十秒。

"我最怕这种事情。"陆书杰的语气很坚定，"你明明就知道没可能。"

米灵依突然感到心脏一阵揪痛，低头看着自己的影子被人群踩过，有一种说不出的委屈。其实她真是不想把电话号码告诉文小蕾，看到文小蕾帮陆书杰夹菜心里也很不是滋味，但她没有拒绝文小蕾的理由，是因为她只是陆书杰的邻居兼同学，最多只是一个一起长大的好朋友，仅此而已，她没有任何阻止别人喜欢他的理由。

这感觉像是一个巨大的伤口，在阳光下被汗水打湿了，汗液里隐藏的盐分让这个伤口疼得彻骨。

"对不起啦，不会有下一次的。"

绿灯亮了起来，陆书杰用力蹬了一下地面，自行车开始继续前行。

"我没有生气，只是不想引起不必要的麻烦。"

米灵依深吸了一口气，"对了，大块头，你今天不用陪季子吃饭？"

"我们没有天天一起吃饭，只是偶尔。"周围的车辆多了起来，陆书杰只好提高音量，"季子今天约了朋友一起吃饭去了。"

"季子有朋友？"米灵依十分惊讶。

"当然有，她跟她老板就是好朋友。其实，季子对人很好的，她只是……"

陆书杰好像突然想起了什么，没有说下去。

"只是因为讨厌我和妈妈，所以在家里才会是那个样子。"米灵依替他说了下去，表情非常的坦然。

十五年了，就像一个瘫痪的人习惯不会走路一样，她已经无感了，只是没有去接受。她不会去接受，也不希望永远只能是这样的局面。

"灵依，慢慢会好起来的。我们都会。"陆书杰大声地说。

"我知道会的，我们都会的，一定会的。"米灵依小声地喃喃道。

（六）

回到弄堂口时，天边已经出现了大朵大朵红色的云霞。鸟儿开始陆续飞到远处的电线上做好栖息的准备，看上去像是一个个小小的逗号。下班回家的人们有的满面笑容，有的垂头丧气，各自往家门走去。

弄堂里开始飘出一缕缕饭香，小孩子还在弄堂口玩着各种各样的游戏，欢笑声天真且悦耳。大人们则呼喊孩子的乳名，催促着他们回家吃饭。

米灵依觉得每天这个时候是弄堂最有生命力的时刻，也是最美的时刻，它让米灵依觉得这个古老的地方好像无论经历多少年的风霜，都能周而复始地重复着生命的年华。

陆书杰从自行车上下来，"好啦，你到家了，谢谢你的自行车。"

米灵依扶好自行车，"你快点去把你的车子拿回来吧，免得明天又迟到。"

"明天——我们要不要一起去上班？"陆书杰突然问。

"当然不要。"米灵依不假思索，"你跟季子一起上班。"

"季子现在改了上班时间，她们店十点钟才开门。"

"看看明天能不能遇见吧，要是碰巧遇见就一起去，我不想季子误会。"米灵依礼貌地笑了笑，"还是快去取你的车子吧！"

"那好吧，明天再说。对了，你要不要吃电影院的爆米花？今晚季子约了我看电影，你要的话我可以买给你，季子不会生气的。"

伤藤

陆书杰说话时的神情带着一丝隐忍的哀伤，这让米灵依有种说不出的难过。她看着他，不知自己为什么会有这样的感觉，也不知他为什么要对自己说这些。

"我知道季子不会生气。"米灵依突然笑了起来，"不过我最近上火，不想吃那个，心领啦，大块头。我回家了，再见。"

米灵依转身大步地朝家门走去。陆书杰站在她身后望着她，觉得她正离他越来越远，远得无法丈量。他们之间仿佛隔着一片无垠的大海，看似平静无波，却怎样也没有办法逾越。

（七）

"今晚这部电影比想象中差多了。"

走出电影院，季子把手里的爆米花纸袋扔进垃圾桶，拍拍手对陆书杰说："亏我还那么早来订票，真是空欢喜一场。"

两人在电影院门口站着。陆书杰微笑看着季子。她今晚穿了一件黑色的背心，手臂和脖子露出来的皮肤很白皙。大卷的长头发衬着一张皮肤细嫩而瘦长的脸。

虽然在首饰店工作，可她身上却从来不戴多余的首饰，只有项链和耳环，简单却雅致。暖黄色的路灯光芒打在她脸上，让她挺挺的鼻子和深邃的眸子显得有些朦胧，朦胧得迷人。

这是一张优雅的脸，虽然没有米灵依那样清澈的大眼睛，也没有她那么活泼的笑脸，但眼前这个女孩身上却散发出一种米灵依所没有的、淡雅的女人香。虽然只比米灵依和陆书杰大一岁，可季子给人的感觉是成熟得近乎沧桑。很多时候，她都让陆书杰有一种想要去抚慰，却又不敢靠近的感觉。

"我们走吧！"陆书杰往前扬了扬头。

从电影院走出来是一条林荫路。路两旁种着一些不知名的树，在夏日里是一片苍翠的绿，春天会开浅紫色的花朵。情人们都很喜欢在这条路上散步，尤其是在秋天，手牵手踏着满地金黄的落叶，常让人想起某些爱情小说或电影里的情节。久而久之，这条路便有了另外一个名字——情侣路。

陆书杰把两只手插在裤袋里，两人中间隔着两拳的距离。一对对情侣牵着手从他们身边经过，也有一些在树下亲密地低声耳语，时而甜蜜地欢笑，还有的甚至在树下激情地拥吻。陆书杰觉得有种莫名的尴尬，他想季子应该也这样觉得，因为此时的她正低着头，不敢往旁边看。

"今天跟你老板吃饭开心吗？"陆书杰开了口。

"哈哈！"季子突然笑了起来，"我刚想跟你说呢，她为了赶时间出来吃饭，结果忘戴隐形眼镜。虽然度数不深，但不戴眼镜毕竟看不太清，饭吃到一半跑去上厕所，结果误入了男厕，洗手的时候还滑倒了，是一位好心的先生把她扶了出来。搞笑的是，她居然到现在还不知道自己上错了厕所。"季子笑得前仰后合。

陆书杰也跟着笑了起来，"那你为什么不告诉她？"

"说了她还哪里还有心情吃饭？反正她错都错了，我还不如别告诉她，免得让她不开心。"

季子继续笑着，眼泪都笑出来了。陆书杰看着她笑得这么开心，忽然觉得这个女孩很不可思议，全世界都以为不会笑也不会为别人着想的自私的"冷血动物"，居然可以在自己面前笑得这么开怀，而转念一想他偏偏就是那个让她可以笑得如此开心的人，他觉得自己更不可思议。

"季子，其实你笑起来很好看，真的很好看。"

季子突然停下了脚步，脸上的笑容也慢慢淡了下来，"为什么这么说？"

陆书杰看着她，"季子，为什么在这个世界上，你只会在我面前笑得那么开心呢？"

季子定定地看着陆书杰，"因为我愿意让你看见我笑。"

"那，你的家人呢？灵依呢？其实他们比我更加关心你，更加希望你快乐，你为什么……"

"因为我喜欢你。"季子的语气是那么的肯定，"这个世界上我只喜欢你一个人，不管是情人的喜欢还是朋友的喜欢。不要再跟我说大道理了，好吗？我一点都不觉得我应该对米家的人好，但我没有不让你跟他们好，包括米灵依。我从来就不会去介意她跟你多要好，只是我自己没有办法做到，你明白吗？"

陆书杰看着她，突然觉得自己在这个女孩面前似乎真的只是一个不谙世事的幼稚小男孩。

"对不起，季子。"

两个人沉默了下来。

季子看着他哀伤的脸，过了许久才微笑着说："算了，回家吧！"

（八）

客厅墙上挂着的电子万年历显示着二十二点。

米妈妈还在客厅的吊灯下一针一针地绣着枕头套，红色的丝绸在白炽灯下反着光。

邻居陈阿姨和她的婆婆，还有她的女儿许洁，加上米灵依和米爸爸，一共五个人围在米妈妈旁边，屏气凝神地看着她手中的枕头套上那只金色的凤凰慢慢地变完整。

"呀，终于完成啦！"随着最后一个线头被剪断，大家立刻发出了欢呼。

"喔唷，可累死我咯。"

米妈妈笑着站起身把枕头套甩平了展开在大家面前。

长长的红色枕头套上一只金灿灿的凤凰拖着长长的尾巴展翅欲飞。

"喔唷，真的是太漂亮啦！"

几个人轮流把枕头套小心翼翼地捧在手里细细地欣赏，生怕一个不小心凤凰就飞走了。

"这个就当是刘阿姨我送给你的结婚礼物。"米妈妈拉住陈阿姨女儿的手，"希望你们鸾凤和鸣，白头到老。"

许洁笑着对米妈妈说了声谢谢，眼眶一下子就红了。

陈阿姨热泪盈眶地看着米妈妈，"刘月啊，真是太谢谢你了。"

"大家都这么多年邻居了，这点小东西算什么啊？记得请我们全家吃喜糖就好。"

"是啊，我要喝喜酒。"米爸爸说着。

"那我要什么啊？"米灵依笑着说。

"你啊，叫我妈帮你介绍个好老公吧！"许洁擦了擦湿润的眼角打趣道。

"老公？我才不要呢！"米灵依挥了挥手，"我还是要喜糖好了，吃在肚子里没准还能多长点肉。"

大家同时笑起来。陈阿姨跟米家是二十几年的邻居了，老公走得早，她一个人把女儿许洁养大，现在女儿找了个好对象，准备结婚了，米妈妈拿出自己的看家本事，花了近一个月的时间绣了这对凤凰于飞的枕头套，作为送给许洁的结婚礼物。

"妈，等我结婚的时候，你要绣一张床单给我，龙凤我都要。"米灵依说着。

"喔唷！"米妈妈用手捧住了头，翻了一下白眼，"一张龙凤大床单啊，宝贝，那得绣多久啊？算了算了，我明天还是去拜一下观音菩萨，求她保佑你嫁不出去好了。"

米妈妈的一句话逗得大家又笑了起来。就在这个时候，大门被推开了，大家脸上的笑容同时被按下静音键，戛然而止。

"季子回来了啊！"

季子进了门，邻居们主动向她打招呼。她朝三个邻居点了点头，然后转身准备上楼。

"季子，你看你刘阿姨绣了个多好看的枕头套。"米爸爸突然叫住她，并且把枕头套展在她面前，"看看，等你哪天想要就跟刘阿姨说，让她帮你也绣一个。"

季子转过头来看了一眼那个枕头套，同时想起了刚刚在电影院门口陆书杰对她说的话，突然觉得一股不知哪里来的怒火直冲云霄，像是被点燃了导火线的炸药。

"这么快就希望我嫁出去了吗？是不是不想再看见我了？"

伤藤

季子的语气冷若冰霜。在场的人都被这句话吓了一跳。陈阿姨的婆婆在儿媳耳边说了句话，陈阿姨立刻接过枕头套，带着女儿千恩万谢着回了家。

屋中又只剩下一比三的对峙。

"季子，爸爸不是那个意思。"米灵依走到她身边，"我们只是……"

"只是什么？只是想告诉我你有一个多么能干的妈妈，而我没有吗？只是要来炫耀你有多幸福吗？"季子的表情变得怒不可遏，"米灵依，不要再摆出一副救世主的样子，我见了就感到恶心，你已经被我骂了十几年了怎么还没有被骂够？你知不知道我骂你骂得很烦！我求求你，求求你以后不要再来烦我了，好不好！"

季子说完，头也不回地冲上了阁楼。她把门重重地关上，却觉得自己的身体好像虚脱了似的一阵疲软。她忍不住靠在门上幽幽地啜泣起来。她知道楼下的人肯定跟自己一样也在哭泣，她甚至可以听到从门外传来的细微的抽噎声。

"米灵依，真的不要让我再骂你了……"

（九）

这天天气不太好，清晨醒来的时候天空已经开始飘起绵绵细雨了。

米灵依拉开窗帘看了一眼窗台上的常春藤，只见它安静地在花盆里沐浴着这场晨雨，刚长出来的几片小叶子薄薄嫩嫩地附在藤上，看上去可爱极了。

她满意地笑了。这时，她探出头往陆书杰家的方向望去，只看到他家的门紧闭着，好像还没有人起床。

米灵依在窗前呆站了一会儿，突然好像想起了什么似的，迅速地换好衣服往楼下飞奔。

下雨天的路面有点湿滑，而且需要一只手撑着伞，可是米灵依今天骑车的速度却比平时快了许多，每经过一个路口或红绿灯需要停下的时候也总是十分慌张地往后张望。她也不知道自己为什么会像做贼似的感到心虚，甚至想要去逃避。她一向不是这样的人，从来就不习惯去逃避问题和麻烦，可今天她却这么做了，而且可能以后的每一天都会这样做。

直到在书店门口停下了车，她仍然心有余悸地喘着气。才八点钟，老板娘还没有开店。

雨水顺着书店短短的屋檐往下飞溅着，米灵依那把小小的伞遮不了那么多的面积，衣服被溅湿了一片，湿湿黏黏地贴着皮肤，让她感到很不舒服，却也只能等着老板娘过来开门。

雨，好像越下越大了。

"灵依……"那个尖细的声音在离米灵依不远处响起，吓了她一跳。顺着声音传来的方向望去，她远远看见文小蕾的自行车，夹着一片四溅的雨水朝自己飞快地奔过来。

"你居然比我还早啊！"文小蕾在她身边停下车，把伞一抖，水花立刻在四周飞舞起来。

"是啊，我很早就起来了，反正也睡不着了，索性来上班。"米灵依掏出纸巾擦雨水，顺手又递给文小蕾一张。

"谢谢。"文小蕾接过纸巾轻声说，"这个老板娘啊，就算是加班也不会给加班费，所以你以后不用这么早来了，不会加薪的。"

米灵依笑了，"那，你今天为什么这么早来呢？"

文小蕾的脸唰地一下就红了。她看起来大大咧咧的，但毕竟是个二十出头的小女孩，害羞的情愫跟许多同龄人无异。

"是为了早一点见到陆书杰吗？"

文小蕾腼腆地笑起来，"这样都被你看穿了，你可不要笑我啊！我从来没有像这样一见钟情过。"

米灵依仔细端详着文小蕾。这个小姑娘只有一米五几的身高，微胖的身材看上去肉肉的，及肩的长发简单地扎了个不太整齐的马尾，没有很出众的五官，亦无细腻的皮肤，说话的嗓音也刺耳得要命，可此时看着她害羞的样子，米灵依还是觉得她很好看，可爱、真实得好看。

"有很多女生对大块头一见钟情的。"米灵依笑着对她说，"我们从小学一年级就同班，初中、高中和大学也都同校。小时候，他是班长；大学的时候，他是学校的学生会主席，每年都跟我争着拿奖学金，不知有多少女孩子被他迷死，我已经司空见惯了，怎么会笑你呢？"

米灵依讲述陆书杰的同时，脑海里不自觉地浮现出他和她从小到大每一个时期的样子，那些画面像是幻灯片一样，一张张记忆里的笑脸在眼前跳过。

是啊，陆书杰就是这么一个优秀得无可挑剔的人，成绩很好，性情很好，对身边的人很好，甚至对陌生人都那么友善。

小时候，季子跟他们不同学校，陆书杰跟她也不熟。每天早晨，陆书杰和米灵依相约一起上学，他总会像个哥哥一样帮她提书包，欢快地走在她身边，用他那响亮好听的声音给她讲述新鲜的故事。初中二年级之前，他们俩就像生活在童话里一样快乐，那种没有人能介入的快乐。

"你跟他那么要好，会不会经常被同学欺负啊？"文小蕾疑惑地问。

"我？才不会，我也有很多追求者啊，又不是只有大块头那么优秀、那么出众。"

文小蕾笑了起来，眼神里掠过一丝迷茫，"他这么优秀，眼光一定很高吧？"

米灵依恍悟自己刚刚的话可能或多或少地刺到对方内心的某个痛处。

"小蕾，"米灵依轻轻地叫她，"其实陆书杰应该会成为我的姐夫。"

米灵依尽量把语调放得很轻松，但还是看到了文小蕾惊讶的眼神。

"我姐姐已经喜欢陆书杰很多年了，而且……而且他也喜欢我姐姐。"

听米灵依说完，文小蕾静静地呆愣在原地。

米灵依想再说点安慰的话，却不知道该说什么。这时，书店的卷帘门被拉开了，老板娘打着哈欠招呼她们进去。

米灵依停好自行车，甩掉胳膊上的雨水，低着头走进门。

"灵依，"身后的文小蕾突然走到她身边来，"应该会成为你姐夫，就是说还没有成为咯，我还是不会放弃，但是……"她犹豫了一下，"但我希望你不要为了你姐姐阻挠我，因为我当你是很好的朋友。"

米灵依望着眼前这个女孩，不知道她是哪里来的勇气和动力，是单纯地为了一份莫名其妙的一见钟情，还是更多别的东西呢？但至少她是勇敢的，她知道自己想要什么并敢于争取，而米灵依却不可能做到。

"她是我姐姐，我不可能帮你去抢她的幸福，但是我也没有资格去反对你什么，因为我不是陆书杰的谁，所以这是你们三个人之间的事情，我不会介入。"

文小蕾开心地笑了，正要跟米灵依说些什么，却突然发现老板娘阴沉着脸站在她们身边。"你们两个小娘鱼（苏州话：小女孩），天天偷死乖（苏州话：偷懒）磨洋工，啊是要吃生活哉（苏州话：没事找抽呢）？！"一阵震耳欲聋的咆哮仿佛把她们的汗毛都给吓得竖直了起来。

"对不起！对不起。我们现在就开工！"两个女生笑着落荒而逃。

　　　　　　　　　　　　　　　　　　伤　藤

那些镶嵌在弄堂青石上面的印记，是他们年华的见证，挥之不去。

（一）

那段时间几乎天天都是雨天。

弄堂的路面积水形成了一个个小小的水洼，石墙上也滋长出许多嫩嫩的青苔。

米灵依还是照样每天很早便独自骑着自行车到书店去上班，下午也总是留在书店多看半个小时的书，直到店员们都各自回家了她才离开。因此她一次也没有跟陆书杰一起上下班过，这正是她想要的。

那个流浪的女人又出现过两次。虽然她知道自己可以安然地坐在弄堂口，饭来张口似的等待米灵依来为她送饭，可是她没有那么做，依然是一如既往地在垃圾筐里搜索着可以填饱肚子的东西。米灵依还是会在看到她之后迅速地回家取饭菜给她，然后不厌其烦地叫她不要捡垃圾吃。

好像是一个没有因果关系的循环。

米灵依的常春藤安静地在那阴雨连绵的日子里像营养丰富的婴儿一样慢慢地长高，发芽。她的家也没有什么事端发生，安然地度过了每一个平淡无奇的日子，只是那些有裂缝的地方仍然还是没有愈合。

书店的生意更是没有因为下雨的关系而变得冷淡，相反，多出了不少因为避雨而来买书、看书的人。因此，米灵依等人的工作量也变大了，经常要加班清洗脏乱的地板，但正如文小蕾所说，那只铁公鸡老板娘是不会给他们加薪的。

而这短短的一个月里，文小蕾也让米灵依有了许多不一样的感触。

文小蕾的父亲早逝，家里只剩不识字的母亲和两个弟弟。母亲又重男轻女，文小蕾小学一毕业就出来打工供两个弟弟读书。她在饭店洗过碗，在理发店洗过头，在桑拿店按过摩……更不知在多少间超市做过售货员。短短二十一年的人生里，她已不记得自己扮演过多少角色了。目前书店的这份工作是做得最久的，因为她渐渐明白自己并不甘愿永远生活在社会的最底层，她想要学习，不再做文明世界里的瞎子。

最让米灵依感动和佩服的是，文小蕾对于追求相当执着，就说对陆书杰的倾心吧，明明一开始就知道希望渺茫，但仍是坚持了这么久。这一点跟米灵依有些相似。于是，米灵依慢慢适应了她那尖细刺耳的大嗓门，每天午休时间会叫她和自己一起看书，并把自己能教给她的东西毫不吝啬地倾囊相授。

（二）

这天下班之后，米灵依匆匆出了书店。她今天一整天都有点头晕目眩的，站着的时候双脚没有力气，客人问她问题，她也有些答非所问。午休时，文小蕾买了头痛药给她吃下，还是没有好转。倒是没有发烧，只是觉得全身疲软得很。

"灵依，你把车放在店里，我载你回家吧！"陆书杰在门口拦住她，"你这个样子骑车不安全。"

米灵依摇了摇头，坐在自行车上定了定神，"不用了，大块头，我自己可以的，谢谢。"说着这话的时候，她甚至有些看不太清面前这个男生的样子。

自从上次季子冲她大发了一番脾气后，米灵依一直觉得她是阻碍季子获得

　　　　　　　　　　　　　　　　　　　伤　藤

幸福的绊脚石，所以她不会再让自己有任何机会去触碰属于季子的任何东西。

陆书杰还想再劝阻米灵依，她已经骑着自行车走了。他也只好骑上车，慢慢跟在她后面。

米灵依知道陆书杰跟在身后，于是想让自己骑得更快一点，脚却像是踩在棉球上一样完全使不上力气。她的视线变得模糊起来，隐约觉得周围的车辆好像也多了起来，耳朵里像是被塞进了一个什么机器似的隆隆作响。

不知道骑了多久，她觉得好像已经快到家了，可睁大眼睛一看，一条短街都还没有骑到头。

这时，天空又开始下起绒毛般的小雨。蒙眬中，米灵依觉得身体正在发冷，她伸手去车头的篮子里摸雨伞，准备打开伞来遮一下雨。可她的手还没有摸到雨伞在哪里，车子就好像是被什么东西颠了一下，车头开始失控地乱扭，她想用力把它抓稳，可两只手好像被什么神秘力量掌控了一般，怎么用力都是徒劳。她想睁大眼睛看清前方已然做不到了。她突然感到一阵被硬物挤压到的疼痛，马上就要从车上摔倒在地，她想开口大叫，却只觉得脑袋像被灌了铅似的沉重，恍惚间听到一个声音慌张地叫着她的名字，接着眼前一黑，便不省人事了。

（三）

睁开眼睛的那一瞬间，米灵依就知道自己躺在医院的病床上，空气中弥漫的浓烈的药水味正不断地刺激着她的神经。周围的轮廓慢慢在她的瞳孔里变得越来越清晰，眼皮也没有那么沉重了。"灵依。"那张熟悉好看的面孔出现在视线里，带着焦急的、关切的表情。

四周都是白的，米灵依觉得此时陆书杰的脸被白色的布景衬托得格外清晰、格外好看。那张脸像是一块磁铁似的吸引着她。

她忍不住呆呆地看着他，忘了要答话。

"灵依，你听得见吗？感觉怎么样？"陆书杰担心地问，"我去叫医生来。"

"不用了。"米灵依挣扎着坐起来，陆书杰马上扶了她一把。

米灵依打量了一下四周，自己的右手正打着点滴，其他三张病床上躺着同样打着点滴的病人。

"我怎么了？"

"医生说你是过度劳累，身体有点虚弱，打完点滴就可以回家了，没有什么大问题，以后要多注意休息和营养。"

"我没有休息不够啊！"米灵依有点怀疑，"也没有营养不良啊！"

"那等你身体好一点，再来做一下详细检查吧！"

米灵依靠坐在床上思索着，仍觉得头有点晕。直到大脑渐渐恢复了清醒，她好像想到了什么，突然全身一震，"爸妈知道我晕倒的事情吗？"

"你放心吧，我听医生说你没有什么大碍，就没有通知叔叔阿姨。"陆书杰说，"不过刚才阿姨打电话给你，我帮你接了。"

"你怎么说的？"

"说你在洗手间，还说，你跟我今天要加班，晚上我送你回家。"

米灵依松了口气，"谢谢你大块头，你办事果然让人放心。"

陆书杰抬头看了一下架子上的药水瓶，"可能还要一个小时才能打完，你要吃东西吗？"

米灵依摇了摇头，"不想吃。"她也抬头看了一眼药水瓶子，"自从上次手术之后，我已经有好多年没有住过医院了。"

"对了，你可能是因为手术之后没有定期做身体检查，所以才会晕倒？"

"哪有那么夸张！才不会是因为手术的事。"

"肾移植那么大的手术，当然要随诊复查。"陆书杰的表情非常严肃，"我都陪季子回医院复查过好多次了。"

"那不一样，季子是接受器官移植者，当然要定期复查；我不过是把健康的肾脏移植给了她，当然不需要经常检查。"

米灵依的理论让陆书杰沉默了，开刀取下身体里的一个脏器，为什么在她心目中这么无所谓？但他并没有问，他知道即使问了也没有答案，在米灵依心里，就算让她把生命都交给季子也是应该的，更何况一个器官。

"大块头，我已经幸福了这么多年，我很满足。可季子并没有，所以我不能拥有太多，你懂吗？"米灵依似乎看懂了他心里在想什么。

陆书杰点了点头。

"对了，刚刚我梦见小时候读过的小学，我们在里面玩捉迷藏。"米灵依"咯咯"地笑了起来，"最后你被我们班一直暗恋你的那个一百多斤的小丸子抓住了，她把你夹在胳肢窝底下带回了家。"

"你总是这么没正经。"

陆书杰望着她，喉咙里却像是被一颗什么东西堵住了，哽咽着。

"灵依，你还记得我那次车祸吗？"

一幅最不愿想起的画面突然跳进米灵依脑海里。

那是初中二年级的事情。

当时，米灵依、陆书杰和季子在同一所中学上学，米灵依和陆书杰同班，季子比他们高一个年级，但已经和陆书杰是好朋友了。

每天放学后，陆书杰会跟米灵依在教室里做练习题，或是到操场做一下运动，再一起回家。

季子是不可能跟米灵依一起玩的，她也习惯一个人回家。但那天米灵依不知是怎么了，上课的时候传给陆书杰一张纸条，上面写着："大块头，从今天开始，放学以后你跟季子一起回家吧，我和你以后各走各路。"

陆书杰知道一定是发生了什么事情，毕竟两人从小学开始就天天一同上下学，已经是多少年的习惯了，无论刮风下雨还是冰天雪地。因此，他想问个清楚。

放学之后，米灵依匆匆骑车回家。陆书杰骑着车飞快地在后面追赶，远远地看到米灵依的肩膀在颤抖，他知道她在哭。

那么不爱哭的米灵依竟然在路上哭得这么伤心，他知道事情一定很严重。于是，他更加焦急地追赶她，就在即将追上的时候，一辆闯红灯的汽车迎面撞了过来。

"怎么会不记得？"米灵依轻轻叹了口气。"为什么突然说这个？"

陆书杰看着她，"当时你为什么不送我去医院？"

米灵依有点慌张地逃避陆书杰的眼睛，"当时我没有看到你被撞倒了，以为是不认识的人，你知道我很怕血的。而且季子不是把你送到医院了吗？她还帮你输了血，你记得吧？"

陆书杰用一种严厉的眼光审视着米灵依。他知道她怕血，非常怕，但也知道，不管再怎么害怕，只要当时在场，即使是一个陌生人甚至一个乞丐，他所认识的米灵依都会跑过去搭救对方的。

但她没有救他！

陆书杰轻轻咬了一下嘴唇，"要是当时你看到我被车撞倒了，会不会救我？"

（四）

阴雨天已渐渐过去了，天气还是那样的闷热。

季子这段时间似乎很忙，即使周末也不经常在家，矛盾没有加深，当然也没有被淡化，只是安静地维持着河水不犯井水的状态。这已经是很理想的状态了。

那个流浪的女人已许久没有出现过了，没有人知道她去了哪。

米灵依仍然每天一个人上下班，下班后还会留在书店看会儿书。回家之后，她是父母乖巧可爱的好女儿，重复着无风无浪的生活。

文小蕾还是那么热情，仍执迷不悟地追求着没有结局的爱情。当然，她所采取的方法不外乎上班时献殷勤，偶尔送送小礼物，下班后传传短信而已。陆书杰依旧用对待陌生人的态度应付着她。

这段日子，老板娘对米灵依没那么刻薄了，因为前些天有几个老外过来买书，米灵依用英文帮他们做了讲解，临走时他们还在书店里买了几套最贵的精装版四大名著以及唐诗宋词，老板娘把这个功劳归于米灵依，当然，也仅限口头嘉奖。那两个男店员也开始跟米灵依聊天了，只是还没有很熟悉。

老板娘跟文小蕾吵过两次架，当着众人的面跟老公大闹过三次，还捆了对方几个耳光。有时店员们会为老板娘的老公感到辛酸，一个文学爱好者，写了半辈子的文字，竟没有一篇被媒体看中，他也许做梦都希望老婆的书店里可以找到一本自己的著作吧，哪怕只是放在最不起眼的角落里。可怜的男人，却始终不曾放弃，还是不厌其烦地在老婆的辱骂声中为店员们煮着饭，还是一个人躲在闷热的二楼用钢笔写着文章，还是坚持不懈地给同一家出版社投稿。可悲的是，竟没有人真正阅读过他的文字。

米灵依觉得敢于坚持的人是最伟大的，比如愚公。然而，这段日子她也觉自己过得很辛苦。自从上次在医院跟陆书杰聊过以后，她总觉得心里不舒服，那感觉像是有人掐住自己的脖子把她提到半空中，悬而未决。日子过得很压抑，很不踏实，很没有质感。

她知道他们之间的问题必须讲个清楚，毕竟这已是埋在心里这么多年的一个结了。可是她同时也觉得有些胆怯，那个心结已深深长在肉里，浸入骨髓中。

"灵依，拜托你一件事情好不好？"

快下班的时候，文小蕾突然拉住米灵依的手走到书店的一个角落里。

"怎么啦？有什么事？"

文小蕾张望了一下四周，从衣服口袋里掏出了点东西，紧紧握在手里，表情有些犹豫。

"今晚你能不能替我去看这场电影？"她把两张电影票摊开在米灵依面前。

"为什么？你不是说今晚要约大块头看电影吗？怎么不去了？"

"那个……其实我本来是觉得这部电影挺好笑的，所以想跟书杰一起去看，可刚刚看手机，发现这部影片风评不佳，但票已经买了，所以……"

"你是不想让大块头觉得自己是个低俗之人，又不想浪费电影票，就想拉我下水，对吧？"米灵依笑着白了她一眼。

文小蕾憨憨地笑了起来，"好啦，你就帮我一次嘛。拜托拜托！"

米灵依看着她手里的电影票，突然无由来地伤感起来，除了小学和中学时集体组织观看的电影外，自己竟一次都没跟陆书杰看过电影，一场都没有，哪怕是所谓的"最低俗电影"。

"好吧！"米灵依接过文小蕾手里的电影票。

"我就知道你是个讲义气的人，谢谢谢谢！不过你不能告诉陆书杰这票是我买的哦！太感谢你了，我爱死你了！"文小蕾给了米灵依一个紧紧的拥抱，然后脚步轻快地跑去换衣服了。

正好和他摊牌！米灵依握住手中的票，小声对自己说，"应该也只有这一次了。""灵依——"文小蕾大声叫着她。

"又怎么啦？"

"别说我没告诉你哦，这部电影里面有一些儿童不宜的镜头哦！"

"什么！文小蕾，你这个混蛋！"

"哈哈哈……"

（五）

米灵依回到家已经六点半了，季子不在家，父母招呼她吃饭。

饭桌上，她埋头吃得很仓促，把整个嘴巴都塞满了饭菜。她的吃相向来斯文，即使很饿的时候。米家夫妇对望了一眼，觉得有些奇怪。

"丫头，你今晚有事吗？"米爸爸关切地问，"要出去？"

"是啊，跟大块头去看场电影。"

"你跟书杰去看电影？"米妈妈有点不解。

"是啊，同事请我们去的。"

"那，用不用很晚回来？"米爸爸又问。

米灵依抬起头来，发现父母正用一种复杂而关切的眼神盯着自己。

"怎么啦，你们？我跟人家去看场电影很奇怪吗？"

米家夫妇察觉到自己的失态，立刻收敛了一下脸上的表情。

"没事没事，只不过今晚我们家会来一个客人。"米爸爸说，"新加坡回来的华侨朋友，是以前我们科室退休的老于的孙子，今天刚回国，他想来咱们家玩玩，可能还要住一段日子。"

"为什么要来我们家住啊？"

"他对我们家的房子很感兴趣，好像还有一些其他的原因，到时你问他吧！今晚早点回来。于净是有钱人家的小孩儿，父母都是房地产商，我们要尽量热情点，让他住得舒服些。"

"原来是个公子哥啊！"米灵依不屑地说。

米爸爸几句简单的介绍，让米灵依对这个还没踏进家门的客人有了先入为主的坏印象，就如同文小蕾买了票的这部电影。

吞下最后一口饭之后，米灵依瞄了一眼墙上的万年历，已经快七点钟了。

"完了完了，再不快点就要迟到了。我吃饱了。"她立刻放下碗筷，往楼上跑去。

（六）

"白色的好看，还是彩色的好看啊？"米灵依把衣柜里的衣服翻出来堆在床上，一件件拿起来对着镜子比着。

她的衣柜里有很多漂亮的衣服，只是由于最近在书店上班要穿制服，所以只能天天穿牛仔裤 T 恤。其实她是很爱美的。

"晚上出门白色会不会太像鬼了？彩色的又好像太幼稚了。"

她抓了抓头发，有点不知所措，但心里清楚要打扮得漂亮才好，因为今天是她跟陆书杰第一次看电影，应该也是最后一次。

"对了，大块头还不知道要跟我去看电影呢！"米灵依突然想起这个，赶快找出手机来发信息。

这时，房门被敲响了。

"妈，你来得正好，快来帮我看看穿哪件衣服好。"她把母亲拉了进来，"今晚我要打扮漂亮一点。"

米妈妈在床沿坐下，犹豫地问："灵依，跟书杰看场电影为什么要那么紧张？"

米灵依看着母亲，从对方疑惑而担忧的表情知道母亲一定是误会了，"你不要乱想，真的只是单纯看电影，我跟大块头没有什么的。"她坐在母亲身边，"我自己心里有分寸，知道该怎么做，你不要担心，这么多年的问题我想今晚把它终结了。"

米妈妈怜爱地看着她，"丫头，对不起，妈妈一直觉得很对不起你，为了我……你……你连自己的幸福都不能去争取。"

"不要说这些，妈。"米灵依摸着母亲的脸，"我很幸福，真的，我也会努力让你幸福的，我们的家会好起来的。相信我。"

米妈妈点了点头。

"好了，快帮我挑件最好看的衣服出来吧！"

"我女儿随便怎么穿都好看。"

"那我就不穿衣服出去了，这样才抢眼。"

"你这个丫头又开始胡说八道了。"

（七）

这天晚上，居然有月亮。虽然只是弯弯的一角月牙儿，像别人吃剩下的饼干，但已经足够了。陆书杰站在米灵依家弄堂口等着米灵依。

今晚他穿着一件黑白格子的衬衫，深色的牛仔裤，看上去很精神，俊朗非凡。

米灵依站在门口远远地望着他，觉得自己的心跳仿佛在一秒一秒地加快。

她摸了摸自己有点发烫的脸颊，缓缓向陆书杰走了过去。

"小鬼丫头今晚好漂亮啊！"陆书杰上下打量了一遍，由衷地赞赏。

米灵依穿着一条白色的束袖连衣裙，阔领的款式，腰部有一个黑色的蝴蝶结，袖口、领口和裙摆都有白色的蕾丝装饰。她的秀发自然地披散在肩头，颈上戴着的水晶项链在灯光下闪着光。

"真像个小公主啊！"

伤藤

"那当然，本小姐天生丽质啊！"米灵依笑着对陆书杰挑了挑眉，"大块头今晚也很帅嘛。"

"必须重视呀，谁叫这是我们相识二十多年以来第一次看电影呢？"

两人此时不知道为什么，突然都觉得自己的脸好像被放在开水里的温度计，正快速升温。一时之间，他们竟不知该做什么好，只好呆呆地杵在原地。

半晌，陆书杰看了一眼手机上的时间，惊呼一声："快开场了！"

米灵依这时才回过神来，"那我们快走吧！"

"你等我一下。"陆书杰突然转身往他家的弄堂跑回去。

"大块头，你干什么去呀？"

陆书杰没有回答她，米灵依心里突然紧张起来——他该不会不想去吧？

过了几分钟，陆书杰骑着自行车回到米灵依身边。

"公主，请上南瓜车吧！"

米灵依没反应过来，只是傻傻地看着他。

"时间来不及了，再不上车舞会就要开始啦！"

米灵依这才轻轻地坐上了他的自行车后座。

"好啦，现在请公主在车夫背上写下要去的地方，看看我能不能猜到。"

"这明明就是废话嘛！"米灵依笑着说，"你根本就知道我们要去哪里。"

"你就不能假装浪漫一下吗？"

米灵依犹豫了一下，终于还是一笔一画地在陆书杰背上写下了"电影院"三个字。

"好的，现在出发了，公主要坐好咯！"

陆书杰用力地蹬了一下脚踏，把自行车骑得飞快。

"车夫，小心点啊……"米灵依紧紧地搂住了他的腰。

（八）

走出电影院，米灵依手里还抱着一大包的爆米花。

"该死的文小蕾，居然让我们来看这种电影！"米灵依暗暗嘀咕着，"真不该帮她的忙，我的脸都给她丢光了。"刚刚电影里面那些恶俗的画面像符咒一样紧紧贴在她眼前。

　　"怎么会想到要来看这样的电影？"陆书杰推着自行车走在她旁边。

　　"那个电影票其实是我朋友送的。"米灵依尴尬得有点吞吞吐吐，"那个……她……她在超市买东西抽奖抽中的，她没时间来看就送给我了。"

　　陆书杰微笑着，没有说话。米灵依长长地呼了一口气。

　　两人一起走在情侣路上，树下的情侣们还是一如往常地亲热着，好像因为电影里某些镜头起到了一定的催化作用，显得更加激情了。

　　米灵依用眼角扫到了一对正靠在树旁激吻的情侣，顿时全身生起鸡皮疙瘩。刚才在电影院里她就已经想落荒而逃了，现在更是希望尽快走完这条路。陆书杰仿佛看穿了她的心事，在一旁笑而不语。

　　"对了，上次从医院回来之后你还有没有觉得不舒服？"陆书杰试着转移两人的注意力。

　　"我没事啦，医生开的药也吃完了，现在好得很。"

　　"那就好。"

　　两人不由自主地加快了脚步。

　　好不容易走完了那条激情四射的情侣路，米灵依和陆书杰站在路口深呼吸着，就像是刚走完一条铁索桥，感觉累极了。站了一会儿，两人看了一眼对方红着脸的样子，各自笑了起来。

　　"大块头也会脸红啊！"

　　"还说呢，你自己的脸比我的红多了。"

　　又是一阵笑声。

　　米灵依觉得今晚这场电影虽然有点不尽人意，可心里还是充满了满足感。她甚至觉得这场低俗的电影化解了两人这段时间以来的尴尬和隔阂。

　　"现在还早，我们去散散步好不好？"陆书杰看了一下腕表说。

　　"不好吧，我答应爸爸要早点回家的。"

"可是……我们第一次一起看电影，难道就这么回家了？"

米灵依站在原地犹豫了一下，"我怕季子……"

"今晚不说季子。"

陆书杰的声音传递出的坚定对米灵依产生了某种抗拒不了的吸引力，她最终点了点头。

反正也不会有下一次了。米灵依暗暗想道。

"上车吧，在我背上写下我想去的地方，看你有没有猜中。"

（九）

大约十分钟后两人来到育英小学校门口。

"吴伯，我们可以进去散散步吗？"

陆书杰站在传达室的窗子前面，微笑着对守夜的吴伯礼貌地说着，"我们也是育英毕业的，好久没来过了，想进去看看。"

吴伯推了推眼镜，伸出头，迟疑地看着二人，老人家的相貌并未有多大改变，只是眼角眉梢多了不少岁月风霜的痕迹。

"好吧，进去一下就出来啊！都这么晚了。"

"好的，谢谢。"陆书杰把自行车停在传达室门口，和米灵依一起走进校园。

"吴伯都不记得我们了。"米灵依感慨着。

"我们都毕业这么多年了，怎么可能还会记得。"

校道两旁的树木在地上投下了一片一片影子，像是一块一块深色的地毯。

两人踏着"地毯"，仿佛踏进一个个交错重叠的回忆。

他们并肩走到教学楼前面。

这幢翻新过的大楼已不是当年的颜色了，但整个校园的布局却没有变，改变的唯有美化了的外观、绿化了的校道，还有那些一年年来往交替的面孔。

"好久没来了。"米灵依感叹着，"还是这么的亲切。"

"我们去老地方吧，看看有什么变化。"

陆书杰拉着米灵依往操场方向跑去。米灵依看着自己的手被握在陆书杰手里，有一种快被融化的感觉。她没有挣扎，只是温顺地陪着他跑着。

反正只有一次！

只有这一次！

他们跑步经过冗长而黑暗的校道，脚步声在空旷的校园里隐约回荡。

他们在一棵高大的槐树下驻足。

那是操场最南端的一个角落。这棵洋槐在他们读小学一年级的时候就屹立在这里了，这么多年的风吹雨淋，它依然安静威武地伫立于此，见证了一代又一代的成长。没有人知道岁月在它身上留下了多少刻骨铭心的痕迹，亦无人数得清它目睹了多少孩童的欢声笑语。

此时，陆书杰和米灵依站在树下仰望着它，心里生出一种难以言喻的感慨。

"老朋友，好久不见了。"米灵依的声音颤抖着。

两人一起靠着洋槐坐在地上，仰着头望向前方空旷无人的操场，在心中回忆着各自的童年，耳畔仿佛还回荡着那年夏天的蝉鸣声。

"你记不记得小时候我们常在这里写作业、看书？"陆书杰把手放在脖子后面枕着，"那个时候你成绩好像比我好一点。"

"当然啊，五年级之前我的成绩一直比你好。"米灵依的语气里充满了骄傲，"我年年都是学习委员。"

"六年级以后你还不是输给了我。不就是学习委员吗？我还年年是班长呢！"

"班长有什么了不起！四年级那次奥数比赛没被选上，是谁在这树下偷偷地哭呢？"

"你怎么老是记住这些令人不快的事啊？"

两人笑了起来。之后，是一段沉默。陆书杰想起以前的自己、以前的米灵依。

彼时的陆书杰好像确实不如米灵依坚强，只要遇到一点小挫折就独自跑到这棵洋槐树下饮泣。米灵依呢，无论多伤心也不会流泪，不开心的时候她也只是安静地坐着不说话，然后陆书杰就会唱歌给她听，讲故事哄她开心，直到她笑出声来。

是米灵依教会陆书杰坚强的，他只有坚强了，才可以保护好强的她。

只可惜长大以后两人连独处的机会都没有，无论陆书杰对她多么关心，也只能偷偷埋在心里。

"灵依，那次你是不是假装肚子疼，故意把参赛的机会让给我的？"

"是又怎么样？现在才想起来感谢我了啊？"米灵依推了一下陆书杰的头，"还好那次你没给我丢脸，拿了个第二名回来。"

陆书杰笑了。他真的觉得自己的世界里有米灵依是一种幸福，只是这种幸福像是打满了气的气球，越飞越远，越来越够不到。

米灵依还在抚摸着刚刚被陆书杰牵着的手，似乎有一股暖流顺着那只手流进了心里。

"大块头，你跟季子牵过手吗？"米灵依突然问。

陆书杰转过头看着她，但她没有抬头。

"牵过。"他淡淡地说。

"那……拥抱呢？"她再次低着头问。

"抱过。"

米灵依没再问下去，只是安静地坐在他旁边。

夜太黑了，陆书杰看不到她脸上的表情，只是觉得好像有一只手伸进了他心里，用力捏着他的心脏，好痛。

"其实，我跟季子……"

话只说了一半，电话突然响起来，陆书杰拿出电话一看，屏幕上清晰地显示着一个名字——季子。

多么像是一个八分休止符！

他犹豫了几秒钟，用力按下了拒绝接听的按键。他终于想要拒绝了。随后他按下了关机键，手机屏幕在一段短短的铃声过后暗了下来。

"季子一定是找你有事，我们回家吧！"米灵依站起身来拍了拍裙子。

"灵依——"陆书杰猛然站起来抓住她的手。

米灵依突然觉得手臂像失去力量一般，抬眼一看，发现陆书杰的眼睛里竟闪着流动的光。

"怎么啦？"

"跟我在一起好吗？"陆书杰用力把她拉到怀里。

米灵依怔住了，一动不动地被陆书杰抱在怀里，脑子里一片空白。

不知道过了多久，她的意识苏醒过来，试着要推开陆书杰，却被他抱得更紧了。

"陆书杰，你疯了吗？不要这样，快放开我。"米灵依的声音颤抖着。

"我不！"陆书杰的声音哽咽着。

米灵依感到一股暖流滴落在她的颈上，然后顺着她的背部滑了下去，渗进了她的身体里。

"不要这样，你已经有季子了，我们不可能的！"

"我喜欢的是你，这么多年了，我从来就没跟季子恋爱过。灵依，我们还要自欺欺人到什么时候？"陆书杰放开她，站直身体，伸手捧着她的脸，"Teamo，Vosamo！"

米灵依听到这一句话的时候全身已经僵住了。

十四岁那年的某一天，陆书杰曾悄悄在她的笔记本上写下过这句话。

米灵依翻阅了不知多少本英文词典都没有找到这几个单词的意思，就生气地问陆书杰到底写了什么咒语。陆书杰牵着她的手说，那是在一本外国小说上看到的，拉丁语，是男主角在临死前对女主角说的最后一句话，意思是——我爱你。

我爱你！

米灵依僵硬的身体一点点地融化。陆书杰说过，这句话他只会对至爱的人讲。然而今天，甚至永远，她都不能接受。

米灵依用力地摇摇头，她必须把自己摇醒，"可是季子需要你，你记得吗，你出车祸那天她哭着把你送到医院，还为你献了好多好多血。"米灵依深深吸了一口气，尽量让自己的声音变得平静些，"你一定记得的，她在你病房外面守了三天三夜，看到你醒来，她开心得哭了。你是这世上唯一可以让她开心的人。她需要你！"

"那你呢？"陆书杰大声地说，"你以为我不知道吗？那天是因为季子跟你说她喜欢我，叫你离我远点，所以你才决定从此不再跟我一起上学。我被车撞倒的时候明明见你向我跑过来了，是你和季子一起把我送到医院去的，对不对？还有，你也在我病房外面守了三天三夜，只不过在我苏醒的那一刻你躲了起来，一个人躲了起来，让我只看到季子在我旁边，对不对？"

米灵依没有说话，只是沉默着面对陆书杰的质问，任由他再一次把自己抱进怀里，眼里的泪水沾湿了他衬衫的领子。她轻轻地抱住陆书杰，他衣服上残余的洗衣粉香味让她的神经渐渐麻醉，好想就这样睡过去，再不要醒来。

"灵依，我一直没有跟季子说清楚只是不想让她更恨你，你明白吗？我想保护你，可我真的很没用，每次都只能眼睁睁地看着你受伤。我已经不想再勉强我自己了。每一次和你在一起的时候，我总是故意提起季子，是因为想提醒自己我应该是照顾季子的人。可我真的没有办法再这样下去了，我医不好自己的心病，我喜欢的是你。如果可以选择的话，我真的希望当时没有人把我送去医院，让我就那么死在路上。这么多年了，我们的痛苦已经足够补偿季子了，她已经不是小孩子了，我们都不是小孩子，感情是不可以作为馈赠或者赎罪的，公平一点对我，好吗？"

陆书杰松开臂膀，米灵依很警惕地伸手擦去脸上的眼泪。她抬头看着他，觉得自己是一个很自私的人，以为让给季子的爱情，却原来一直像胎记一样粘在自己身上。这么多年来，她一直占据着季子的幸福，却一直在欺骗自己。

"陆书杰，你冷静一点，我不可能这么做。即使你不跟季子在一起，我也不会接受你的。我不喜……"

陆书杰没有让米灵依把话说完，而是用自己的嘴唇挡住了那句已被说出一半的、违心的话。

米灵依无力地被陆书杰拥在怀里，只感到全身的血液似乎都沸腾起来了。她好想在这一瞬间突然失去记忆，然后忘了自己是谁，忘了陆书杰是谁，忘了季子是谁。但她知道这是不可能的，即使她忘得了，但别人忘不了，这个世界不可能任她安排，生活更不可能只周全她一个人。想到这里，一种强烈的罪恶感涌上心头，她在那一瞬间觉得格外清醒，于是用力地推开陆书杰，抬起手狠狠打在他脸上。

陆书杰呆住了。

米灵依的手心一阵剧痛，像是被无数根针刺破，甚至感到全身的血液都要透过那些针孔喷薄而出，然而，她的表情却是那么坚定。

"陆书杰，今晚的事情不许你对我做第二次，我也不允许你伤害季子。希望你忘了刚刚你说过的话，我们还可以是好朋友。至于我和你，永远都不可能在一起。"

陆书杰呆立在原地。米灵依不敢再看他，转身用尽全力向门口奔去。

她需要回家，需要一张床和一床厚厚的棉被来包裹欲绝的伤心。

大块头，对不起！她在心里呐喊。

（十）

米灵依在弄堂口喘着气，心脏仿佛快从嗓子里跳出来一样疼痛。她不敢直接回家，而是蹲在弄堂口剧烈地呼吸，希望自己尽快平静下来。她知道自己现在的样子很狼狈，害怕吓到了父母。

不远处的路灯下几个晚归的小孩正朝她张望，弄堂口的小房子里也传来李伯的咳嗽声，这一切让她恐惧得颤抖，莫名其妙地心虚。她只好站起来整理了一下奔跑中弄乱的衣服和头发，走向家门。心里那种想哭的冲动就像一直撞击着牢门的野兽，快要抑制不住了。

她必须快点回家，回到自己的床上。

窗户透出来的灯光说明父母还没有睡觉，隔着大门还听得到屋里谈笑的声音。米灵依站在门口定了定神，开门走了进去。

"丫头，怎么这么晚才回来？"米爸爸的声音从客厅里传来，然后米灵依听到一串脚步声传过来。

她感到非常紧张，知道自己的样子必定会让父母产生一连串疑问。于是，她只好在脚步声越来越近的时候，快步向洗手间走去。

"爸，我去一下洗手间。"

米灵依的眼角已经扫到父亲的身影，便慌张地低着头朝洗手间跑去。

就在快到洗手间的时候，她突然撞到迎面而来的一个人，听到对方"哎哟"一声，眼前随即出现了一团深深浅浅的绿色。她知道是前面这个人的衣服，可她不敢抬头去看，因为自己的眼睛此时必定非常红肿。

她低着头说了声"对不起"，想绕过那个人继续向前走去，可对方偏偏一直和她同一个方向左右移动，那团深深浅浅的绿色始终贴在她眼前。

米灵依突然想起自己很久以前做过的那个梦，想起那片铺天盖地而来的，吞没了她的绿色。

一股强烈的恐惧袭上心头，像是鱼钩一样钓起了她满满的伤感。

她终于抑制不住内心的伤心和恐慌，蹲下身去大声哭了起来。

然后，她听到一个慌张而又语调平淡的男声说着她听不清楚的话，以及父母慌乱地朝自己奔跑过来的脚步声，而她自顾自地蹲在地上大声哭泣着，忘记了一切。

Chapter 4

仲夏的笑颜

仲夏的蓝天干净得就像于净的笑脸，让米灵依暂时忘记了某个伤口的疼痛。

云朵，纯白得让人心痛。

（一）

米灵依醒过来的时候头重重的痛着，像是被人打晕过似的。

她揉揉眼睛，发现眼睛也肿得有些睁不开。

阳光透过窗帘倦倦地趴在地板上。

她松开紧紧抱在怀里的玩偶，翻了一个身面向墙壁躺着。心里像是灌满了水银一样沉重，她看着面前雪白的墙壁，觉得脑子一片空白。

昨晚，她做了一个噩梦，梦里她拉着一个人的手哭得很伤心，但她不愿去回忆那个人的脸。

不知躺了多久，米灵依突然想起了什么，猛地从床上坐起来，伸长手去书桌上摸手机，嘴里喃喃道，"完蛋了，忘了上班的事了。"

打开手机，屏幕上显示着 9：00。

这个醒目的数字让她脑袋嗡了一下。她仿佛看到老板娘突然站在她眼前，怒目圆睁大声叫着："啊是要吃生活哉？！"

她放下手机，连忙起身把睡衣迅速脱下来，正要打开衣柜拿衣服时，手机响了起来，是短信铃声。米灵依犹豫了一下，走过去拿起手机。

"灵依，昨晚的事情就当是一个打了太多氢气的气球突然爆炸了，对不起吓到了你，希望我们都忘了它。书店里我今天会帮你请假，你好好休息一下。大块头。"

时间是早晨七点半。

米灵依把手机丢在床上，长长地舒了口气。

但愿烦恼真的可以像氢气球一样爆了就没了。

她默默地换上衣服。

打开房门的那一刻，看到对面房门口是正准备出门的季子。两人几乎是同时开的门。

米灵依怔怔地看了季子一眼，默默低下了头。她也分不清此时自己是觉得心虚、内疚，抑或是其他的情绪，就是没有勇气抬起头去看季子，她觉得自己是只打破了花瓶的小猫。

"昨晚真的只是看了一部很惨烈的电影吗？"季子冷冷的声音传过来，让米灵依猛地打了个激灵。

季子极少主动跟她说话，因此这突如其来的一问让米灵依不知所措，呆在了原地。她感到季子的犀利的目光正打在她身上，刺眼得要命。

她不敢抬头。

"米灵依，这个世界上坏人很多的。你做不了坏人，也不要做一个经常被欺负的假好人。"说完，季子快速地走下了楼。

假好人？

一瞬间，所有的伪装都被撕碎了，米灵依感到自己正赤裸裸地暴露在光天化日之下。

季子说出了她心里最不愿去思考的问题：她只是个假好人。

伤藤

（二）

"丫头，快过来吃早餐。"米妈妈坐在饭桌前面招呼着女儿，温柔的声音里充满了无尽的关怀，"书杰一早来说帮你请了假，所以妈妈就没叫你起床。"

米灵依微笑着走过去。她知道不能再让母亲看到自己的狼狈了。

这时，她看见一个男生慌张地从椅子上起身，站在自己面前——是昨晚和她撞了满怀的那个人。

米灵依这才想起父亲说的那个客人。

她打量了对方一下，发现这男生长了一张干净秀气的脸，眉毛很浓，眼睛不大，但很明亮，鼻子很挺，嘴巴却很小，看上去跟自己认识的其他男生都不太一样。身上的衣着简单，却很时尚，发型也非常前卫。

米灵依觉得这个男生并不像刚从海外回来的华侨，倒像是一个古代的书生，身上儒雅的书卷气让她倍觉亲切，只是，他低头的样子显得有点呆滞。

"丫头，这位是你爸说的客人，刚从新加坡大学毕业，要在我们家住上一段日子。"

"你好，我叫于净。"男生说道。他的声音很纤细，有点气若游丝的感觉，初次听到这种声音让人忍不住想上前揍他一把，生怕他说着说着话会突然断气。他的普通话不太标准，带着一种电视剧里台湾腔的发音，所不同的是，他说话的语调异常平淡，像心跳停止时的心电图，每个字都在同一个水平线上。

"你好，我是米灵依。"米灵依觉得自己跟这位客人间似乎隔着一种说不出的尴尬，也许是因为昨晚第一次见面就那么狼狈的原因吧！

两人相对而站，都有点无话可说的样子。

"坐下来吃东西吧！"米妈妈的声音打破了尴尬的气氛。

两人相视一笑，便各自坐下了。

米灵依想起昨晚自己的失态，心中有些惭愧。客人第一天到家里来就看到自己那个样子，一定觉得这个家很不太平。想到这儿，她的心情不由得又沉重了几分。

"丫头，真的没事了吗？"米妈妈看着女儿肿如核桃的眼睛，仍有些担心，毕竟她从来没见米灵依那样哭过。

"当然没事啦，还赚到了一天假，怎么会有事呢！"米灵依若无其事地说，把一大截油条塞进嘴里。

"没事就好，等一下给你爸打个电话，他昨晚担心得一晚没睡好，早上上班的时候还特别交代，叫你醒了给他打电话。"

米灵依用力地嚼着嘴里的食物，自责像是被牙齿磨碎了的油条，油油黏黏地塞满了整个心脏。

母亲跟于净闲聊起来，问了他一些生活习惯、喜欢吃什么东西、有没有水土不服，诸如此类。

米灵依只是低头吃东西。

"对了，我昨晚有没有撞伤你啊？"于净突然小声问道，"看你哭得那么伤心。"

"没有没有，真的只是因为电影很伤感，走出电影院的时候又看到路边一个流浪儿，所以，有点触景伤情吧！"米灵依慌张地解释着。

"什么电影那么感人啊？"于净不紧不慢地问道，"片名是什么？"

米灵依先是愣住，歪着脑袋看着于净，随后，一股莫名的紧张感突然从胸腔直冲上来。她还来不及说话就感觉嘴里的东西在这股巨大的冲力作用下，被卡到了喉咙里，上不来又咽不下去，瞬间让她有种要窒息的感觉。几番挣扎，她终于用力咳了一下，一大口嚼烂的油条喷在了于净的身上。

（三）

于净换完衣服走到客厅的时候，米灵依正独自坐在沙发上怔怔地望着电视屏幕发呆。电视上正在播放一段丰胸产品的广告。

"你对自己的身材很不满意吗？"于净在米灵依身边坐下。

米灵依才回过神来，马上转了一个频道。她看着于净换好的干净衣服，心里感到既好笑又内疚。

"刚刚真是不好意思啊，弄脏你的衣服……"

"算了啦，我昨晚不也撞了你吗？来而不往非礼也嘛！"

于净从口袋里掏出一个钥匙扣，"这个送给你，本来是昨晚想给你的见面礼，结果到现在才有机会送出手。我不知道第一次见面该送女生什么礼物，所以只好把自己喜欢的东西送一个给你，希望你喜欢。"

米灵依接了过来，原来是一只橡胶材质的露着屁股跳舞的蜡笔小新。

"谢谢，我很喜欢看蜡笔小新的。"

"我也是。"于净如遇知音般地从口袋里掏出一大串连在一起的钥匙扣，亮到米灵依面前。上面全部都是蜡笔小新的公仔，各种动作和表情都有，大小不一。

"哇，你好小气啊！"米灵依叫了起来，"你自己有这么多个，才送一个给我！"

于净闻言愣住了，显然没想到得到的是这样的回应。

"你这个女生好奇怪哦，不是应该要感谢我的吗？居然还说我小气，小新的粉丝超级多，这种正版的很难买到的。"

"我刚才已经谢过你了啊！喔唷，反正你以后回国还可以买到，这边就真的是找不到这么好看的，你就再送我一个吧！"收到蜡笔小新之后，米灵依的心情阴天转晴，顿时开朗了许多。

于净想起昨晚米灵依撞在自己怀里哭得那么伤心的样子，现在好不容易开心了，也许是基于同情，或许是想先跟主人家交个朋友，他只好又从钥匙串中取下了一个穿校服、背着小书包、睡眼惺忪的小新，依依不舍地把玩了一会儿，才递给了米灵依，"这可是最后一个啦，以后不许跟我要。"

"谢谢啦，小气鬼。"米灵依拿在手里看了好久，又看看一旁心疼不已的于净，突然想起他刚刚那句"来而不往非礼也"，于是拍拍他的肩膀说，"这样吧，等下午太阳没那么晒了，我带你出去遛遛，请你吃小吃怎么样？"

"好啊！"于净的眼睛顿时亮起来，"我要吃生煎馒头、萝卜丝饼，还有卤汁豆腐干！"

米灵依一听傻了眼，本以为这个归国华侨什么都不懂，随便糊弄一下就行了，没想到竟然碰到了行家。

"原来你已经摸好底细啦，比我还会吃！"

"我要帮我的蜡笔小新吃个够本儿。"说着，他伸出一只手掌在米灵依面前慢慢握成拳头，仿佛抓住了一个什么东西。他的语调依旧平淡，可还是听得出很是兴奋。

"真是个小气鬼！"

"我不跟你说了，先回房上一下网。"于净站起身往楼梯口走去，"出门的时候记得叫我哦，野蛮小姐。"

"野蛮是女孩子的一种美德！"

米灵依转过头继续转台，突然想到了什么，回过头叫住于净，"对了，小气鬼，你住哪个房间啊？"

于净回过头来皱紧了眉头，表情哀怨地说："你们家的杂物房。"

米灵依得意的笑声顿时充盈了房间的角角落落。

（四）

习惯真是一个很奇怪的东西，只要一形成就很难戒得掉。

两个月的上班生活让米灵依习惯了充实而有条理的作息，虽然一周只能休一天，她还是会回书店看会儿书。今天，她一整天都待在家里，突然有种无所事事的感觉。这就像她已习惯在父母面前永远是快乐无忧的孩子，在季子面前永远是卑微的戴罪之人，而在陆书杰面前则是一个压抑的，不敢也不能去释放任何感情的绝缘体。有时候她真的很想知道，到底哪一个才是真正的自己。

已经是下午四点钟了，阳光还是很强烈，但已没有正午时那么猛烈。

米灵依梳了个丸子头，穿着简单的短裤和 T 恤，站在客厅等着于净。

"小气鬼先生，你还要多久才打扮好啊？"

"你再等一下啦……"

伤藤

米灵依嘟囔道，"男生那么爱打扮干吗？大块头不用打扮就很好看。"

她发现自己脑海中又浮现起陆书杰的脸，于是立刻走到茶几前倒了一大杯水，大口大口吞咽起来，试图打消心中的杂念。

"丫头，带多点钱。"米妈妈走过来把几张钞票递给她，"于净是客人，不能让人家花钱。"

"不用了，妈。"米灵依推开了母亲的手，"我已经发工资了，够我们两个吃的了。以后不够我再跟你拿。"

米妈妈还想再把钱塞给她，但米灵依拒绝了。

"那好吧，你带于净好好逛逛，那孩子看起来挺老实的，别捉弄人家啊！"

"什么！我会捉弄他！"米妈妈的告诫似乎对米灵依产生了某种化学反应，使得她的音调突然提高了一个音阶，"人不可貌相啊！说不定我还让他拐走了呢！"

母女俩正说着话，于净已从楼上下来了。

"可以出门啦！"

只见他穿着一件浅灰色的上衣，衣服上有一个很大、很抽象的图案，下身是深蓝色的牛仔裤和白色的布鞋，颈上和手上都戴着金属的首饰，配上他那头好看的故意抓得乱乱的头发，显得格外帅气。

要是带着这样的男生去参加同学会，还不得把我们宿舍那几个丫头羡慕死！米灵依心里这样想着，嘴上却不屑地说，"打扮那么夸张干什么？我们苏州姑娘的眼光可是很高的，别指望能在路上招蜂引蝶。"

"这样就叫夸张啊！"于净低头看了一眼自己，"那我要是真的打扮起来你肯定会被我迷倒了。"

于净用特别的语气、语调说着这样的话，让米灵依忍俊不禁起来。

"不要笑啦，出去吃东西啦！"

米妈妈又嘱咐了一些事情，两人便推着自行车出门了。

从阴凉的屋里走到闷热的屋外，像是跨到了另一个地域，皮肤上立刻生出一阵火辣辣的疼痛感，所幸这种排斥反应很快就消失了。

"丫头——"米妈妈跑到门口的时候,于净已经载着米灵依到了弄堂口。

"怎么啦?"

"记得别再把东西喷在人家衣服上啦!"

"妈!我生气啦……"

于净载着米灵依的嗔怪声,渐渐远去。

(五)

真的是一个晴朗的天气!蓝得透亮的天空,一片片纯白的云朵漂浮其中,像是一朵朵巨大的棉花,好看得极不真实。

陆书杰站在首饰店门口等季子下班。他仰望着这样漂亮的天空,突然想起小时候有人跟他说过,要是可以把天上的棉花瓣一点下来洗澡就好了。可是他已忘记那个说话的人当时的表情了。

"好美的天空啊!"不知不觉季子已站在他身边,以同样的角度仰头望着天空。

"是啊,现在已经很少看到这么干净的天空了。"陆书杰感叹了一声,"回家吧!"

季子提着裙子轻盈地坐上他的自行车后座。

"昨晚很早就睡了吗?我十一点发信息你都没有回。"季子试探着问。

"哦——"陆书杰沉思了几秒钟,"有点累,所以睡了,早上看到信息了,不过我想都过了这么久了,就没有回复你。"

两人沉默了一会儿。

"昨天跟米灵依发生了什么事情吗?"

季子突如其来一问让毫无防备的陆书杰心里打了个激灵。他思索了片刻,还是没有吱声。

"她回家哭得很伤心。"季子接着说,"从来没见她在别人面前那么哭过。"

"季子,"陆书杰叫住了她,似乎害怕她继续说下去似的抢先道,"我跟灵依

伤藤

是一辈子的朋友，永远都是。"

季子没再说话，只是安静地仰头望着陆书杰宽大的背，心里无端怅然起来。

（六）

同一片天空下的另一个角落里，米灵依和于净正在一间小吃店里吃着东西。

桌子上摆着几盘苏州的特色小吃。

"真的是很好吃哦！"于净把最后一个生煎馒头塞到嘴里，"改天再出来吃。"

米灵依咬着汽水吸管把玩着于净送给她的蜡笔小新，微笑着沉思。

"是不是真有那么喜欢啊？"于净看着她怀疑地问。

"当然是真的很喜欢啊！我觉得小新很厉害，可以心无旁骛地为所欲为，完全不需要顾忌，真的是与众不同呢！"

于净呆呆地说，"你也可以想做什么就做什么啊！"

"难道我可以像他那样光着屁股在窗口大跳露屁屁舞吗？"米灵依白了他一眼。

"哦——"于净醍醐灌顶般傻笑道，"原来你是羡慕他可以不穿衣服跳舞哦！"

于净这句话说得很大声，也不知是故意还是无心，总之像一个突如其来的号外引来了旁桌客人的注目礼。

米灵依狠狠白了他一眼，"你是不是想穿着脏衣服回家？"说着，她举起桌上的辣椒酱。

"对不起啦，开个玩笑而已。"于净赶紧投降。

米灵依夹起一块豆腐干放进嘴里，自顾自地吃起来，不再理会于净。

"喂，等过两天你休息了可不可以带我到处玩一下？我想要好好研究一下苏州的文化。"

"我没有休息时间啊！"米灵依喝了一大口汽水，"我从明天开始要一直上班，连一天假期都没有。"

"骗人！"于净的眼中此时闪过一丝狡诈，"我已经问过你妈了，她说你上完这个星期的班就可以在家休息了。"说完得意地喝着汽水，"你只是去书店上两个半月的班，剩下的全是休息时间，对不对？"

米灵依咬着牙瞪着他。果然是人不可貌相，这个看上去呆呆的书生居然事先把自己的情况都打听好了。

"我妈也真是的，本来休息一段时间就是她的主意，我说了不要休息的，现在倒好，还把我出卖了！"

"所以你要带我去玩哦，尽一下地主之谊。"于净得意地笑着，那表情就好像亮出了一张写着"主随客便"的通行证般。

米灵依看着他狡猾的表情，那句"人不可貌相"又再次像大字报一样贴在她眼前。本来以为是个好欺负的软柿子，原来一点也不简单！

"都不知道你是真傻还是假傻，长得那么老实，内心这么奸诈。"

于净再次在她面前傻笑，"你也是死心眼儿，带我出去玩，你自己也跟着沾光啊！"

"那——我可是有条件的哦！"米灵依笑着说，水灵的眼睛里掠过一丝诡异的光。

"要我做什么吗？"于净小心翼翼地问。

"先保留着，以后有需要再告诉你吧！"

于净注视着对面这个笑颜如花的女生，眼神里再次泛出一丝怀疑。

（七）

傍晚时分，暑气尽消，迎面袭来的微风带着舒爽的清凉。

米灵依坐在自行车后座上轻轻荡着双脚。

"真是搞不懂你到底是真傻还是装傻。"她突然想起了什么，喃喃自语道。

"我又怎么啦，野蛮小姐？"

"我爸说你是因为一个梦，所以才来苏州的？"

伤 藤

"是啊，很奇怪吗？"于净平淡地说。

"到底是什么样的梦？"

"我梦见自己在一条小巷子里惊慌地跑着，好像有什么东西在追赶我，可转过头去又什么都看不见，只是在那条巷子里没命地跑，却怎样都跑不到尽头。"

"仅此而已？"

"第二天爷爷就打电话给我，问我放假要不要回来玩一段时间，然后我就来啦！爷爷说你家的房子很有苏州特色，我才说要来这里住一住。"

"真的假的？"米灵依充满怀疑地问，"会不会只是不想去找工作才找来的借口？"

"你爱信不信！"

这时，米灵依想到自己那个绿色的梦，那种在长巷里被吞噬的感觉她是感同身受的，于净说的既恐惧又好奇的心理她也亲身体验过，便没有再追问。

自行车拐进热闹的弄堂。不少街坊都用好奇的目光打量着于净，毕竟，此地像他这样打扮的年轻人不多，冷不丁见到这么醒目的陌生人，当然会多看几眼。

"灵依丫头，轧朋友哉（苏州话：谈恋爱）？"几个熟悉的阿姨朝着米灵依起哄。

"这个男的眼头木屑（苏州话：呆头呆脑），岂是我能看得上的？"米灵依的回答引来妇女们的哄笑。

"你说我什么？"于净不解地问。

"说你很老实啦！"米灵依偷笑着。

米家夫妇正在门口站着聊天，陆书杰的妈妈也在。

"我们回来咯！"

大家彼此打着招呼。

"于净啊，今天我们家丫头有没有带你去吃小吃啊？"米爸爸关切地问。

"有啊，吃了好多。"

"丫头，你没有……"

"我没有把东西喷在他身上！"米灵依严肃地打断了母亲的话。

大家都笑了。

"灵依啊，书杰怎么还没有回来？"陆妈妈微笑着问。她笑起来的样子跟陆书杰像极了，米灵依有些恍惚，并不敢正眼看她，只礼貌地说："我今天没有去上班，他可能下班以后跟季子去哪里逛街了吧！"

正说着话，陆书杰的自行车就停到了弄堂口。

季子从车上跳下来，理了理身上的裙子，微笑着跟陆书杰说了句"明天早点来接我"。

随后，两人突然看到门口站了一排人。

"书杰，妈妈在这里。"

陆书杰看到了母亲，只好把自行车掉个头，骑了进来，季子也收起微笑朝众人走来。

季子只是跟陆妈妈打了个招呼，没有理睬其他人，包括于净，径直进了家门。

于净呆呆看着季子的身影，又用一种不解的眼光扫视了四周，心里充满了疑问。

陆书杰站在米灵依旁边和长辈们寒暄着，米妈妈跟他介绍了于净，两人互道了一声好。然后，他看了看始终没有抬头看自己的米灵依，轻声问了句，"今天休息得好吗？"

"很好啊！"米灵依抬起头灿烂地笑着，"好久没有睡到九点才起床了。对了，老板娘有没有骂我？"

"没有啊，只是工资要扣掉而已。"陆书杰也笑了笑，眼光不敢在米灵依身上停留太久。

"喔唷，真是会算计的老板娘。"米灵依看着身边的于净故作无奈地说，"我的工资被扣光了，不能陪你去玩了。"

"没关系啊，我请你啦！"于净淡淡地说着。

说了一会儿话，陆书杰便跟母亲回家了。米妈妈招呼其他人进屋吃饭。

"今天你妈做了醉蟹招呼小净，大家有口福啦！"米爸爸笑道。

"那我们快进去吃饭吧，我早听说江南的醉蟹可好吃了……"于净的语气透着一种嗷嗷待哺的急切感。

米灵依站在门口看着陆书杰的背影，心口像是压着一块巨大的铅块，沉闷而疼痛。

她暗自叹了叹气，然后走进了家门。

陆书杰转过头来的时候，米灵依已经不在门口了。

月亮的身影在这时悄悄地出现在了弄堂口的天空中。

（八）

"唉，我的书杰又跟你姐姐约会去了。"午休的时候正和米灵依看书的文小蕾突然靠在书架上说，"我已经约了他好多次了，一次都没有成功，只能整天眼睁睁地看着他跟别人成双入对。"她的眼睛里充满了无尽的忧伤。

米灵依看着她的样子觉得好笑，那神情就像是一个丈夫出轨的怨妇，却从来没有思考过，这份幸福根本就从一开始就不属于她。

米灵依转过头，目光沿着书架的一端延伸到店外被阳光晒得刺眼的马路。

正午时分，路上的每个角落都被阳光霸占着，行道树的叶片也反射出刺眼的光，蝉儿躲在树梢寂寞地鸣叫着。行人很少，偶尔有几个经过也像是被追捕着似的神色匆忙。阳光像是那种长了翅膀的黑色大蚂蚁，随时准备在路人的皮肤上咬上几口。

"不知道我的书杰现在在干些什么？"文小蕾继续喃喃地说。

米灵依转过头来微笑着对她说，"别乱想啦，再这样下去早晚变花痴。"说罢，她低下头继续看书。

文小蕾已经完全没有看书的心思。她低头盯着书页，觉得那些密密麻麻的文字好像一只只爬虫似的在眼前扭动着身体，完全看不清楚那都是些什么字，仿佛一瞬间患上了阅读障碍，只觉得脑袋有点发麻。她干脆放下了手上这本米灵依极力推荐的《红楼梦》，走到另一个书架前随便抽出一本书，又百无聊赖地回到米灵依身边，翻开一看，才发现拿的是一本教人织围巾的书。

"喔唷，看到这些图片突然觉得好热啊！"米灵依瞄了一眼封面说。

文小蕾却有不同见解，只见她翻了几页彩图，在其中一页停下来，眼睛定定地看着上面的图案，脸上浮现出一种欣喜的表情。

"灵依灵依，你快看！"她把那页彩图放在米灵依面前。

米灵依看了一眼，先是愣了一下，又接过书认真地看了起来。

原来那页彩图上是一个男模特的照片，古铜色的皮肤，犀利的眼神，高挺的鼻子，乍一看，除了皮肤黑一点之外跟陆书杰长得十分相像。

"是挺像大块头的。"米灵依把书还给文小蕾。

"是啊，我刚刚也吓了一跳。"文小蕾的眼光始终不舍得离开那本书，好像真是在盯着陆书杰的脸，"你看，他脖子上这条围巾是不是很好看？"

这是一条很长很长的围巾，深灰色，巾身上交错着一个个菱形的图案，看上去很时尚，很有气质。大约也是跟那个男模特的形象有关吧！

"想织啊，你？"米灵依淡淡地问。

"我觉得这样的围巾围在书杰脖子上，一定好看极了。"文小蕾闭上眼睛，陶醉在自己编制出来的幻境里。

"你织过围巾吗？"米灵依的问题像是当头一棒，敲醒了梦呓的人。

文小蕾没有回答她的问题，而是迅速地把书翻到教学的部分，找到了那条围巾的编制分解图。

"天哪！"文小蕾把书移到距离眼睛很近的地方，瞪大了双目，声音此时显得更加尖锐，"好难懂啊！好像天书一样！"

米灵依忍不住再一次笑起来。

"没关系，没关系，我会成功的！我现在就出去买毛线，今晚就开始织，还有好几个月才到冬天，应该来得及。"她突然把那本书塞到米灵依手里，径自朝门口跑去。

"小蕾，你发什么疯！现在是仲夏啊，你去哪里买毛线？"米灵依话音未

　　　　　　　　　　　　　　　　　　　　　伤 藤

落，文小蕾已经跑到门口。

文小蕾转过头来大声地说："你帮我把那本书放好，小心放好哦，下班我把它买回家。"

米灵依呆呆地看着她小小的身影消失在午后苍茫的阳光下。那一刻，她觉得文小蕾的影子好像一下变得很高大。她深呼吸了一下，转过身去，把文小蕾的"所罗门宝藏地图"小心地放回书架。

（九）

午后炎热的气温令人难以入睡。

陆书杰和季子在孤儿院的休息室里哄着小朋友睡觉。当季子讲完第三个故事时，屋子里开始传出一阵阵均匀的呼吸声。她微笑着朝陆书杰比了个手势，轻轻退出了房间。

两人并肩走在走廊上，没有说话。

今天中午下班以后，陆书杰接季子匆忙来到了这间孤儿院。他们买了很多水果分给小朋友，接着陪他们吃饭、做游戏、哄他们睡午觉。

这是陆书杰第一次陪季子来孤儿院。此前，季子在这里做了一年义工，没有固定的时间，只要有空就来。

自从上次向米灵依表白后，陆书杰每次跟季子在一起总有一种愧疚感，他不知道这种感觉从何而来。严格意义上讲，他没有正式跟季子在一起，既然不是恋爱关系，也不存在脚踩两只船的嫌疑，甚至如他自己所言，为了照顾季子的感受，他与米灵依已经牺牲了太多追求幸福的权利。可他就是内疚，也正是这份内疚促使陆书杰产生了一种义不容辞的，关心季子的情绪。这种情绪十分细微，细微得就像空气里的浮尘。

对此，季子是感觉不到的，但陆书杰自己心里明白。

"是不是觉得很奇怪？"季子扭过头问道，"像我这样冷血的人也会来这里做义工。"

陆书杰望着她笑了，眼中飘出一抹难以言喻的柔情，"其实你一点都不冷血，我知道的。"

季子把手插在裤袋里，走到走廊尽头的椅子上坐下，"刚来这里的时候，我也有一点难适应，这些小孩子根本不像电视上的孤儿那么温顺可爱，由于长期缺乏家庭的温暖和教育，性格比一般的小孩野蛮得多。我第一次来的时候还有小孩朝我吐口水，那几个智力障碍的小朋友也让我觉得很脏很可怕，那时我觉得自己根本坚持不下来。"

陆书杰在季子身边坐下，"那后来为什么会坚持下来？"

"因为第一天我想要回家的时候，有一个智力障碍的小朋友突然抱着我的腿喃喃地说着些什么，怎么也不肯放手。当时我非常害怕，后来他的生活老师跑过来跟我说，他只是想让我抱一下他，他非常喜欢被别人抱着，可是别人都怕他，已经很久没人抱过他了……"

季子没有再说下去，眼前又浮现出那天的画面。

陆书杰凝神望着她，没有说话。

一个转头的瞬间，季子突然看到离自己不远处的角落里，一个小女孩正坐在那里发呆。她看上去十岁左右，身上穿着旧旧的连衣裙，头上扎了个乱乱的马尾。此时，她抱着自己的膝盖静静地坐在角落，虽然走廊的阳光如此灿烂，她却仿佛身处在一片漫无边际的黑暗之中。

季子望着小女孩，心里突然像是被针扎般剧烈地疼痛起来。

她不禁想起那年的冬天。

弄堂里的每户人家都在门口挂起了红灯笼，人们屋里的暖黄色灯光透过窗户把整条小巷染得像夏天的黄昏一样。

弄堂里的所有东西，包括自行车、垃圾桶甚至散落在地上的几个塑料袋仿佛都反射着刺眼的金光。

各个不同版本的贺年音乐穿过家家户户的窗棂铺天盖地地弥漫在弄堂里，有港台童星的声音，有地方戏剧的调调儿，无不是喜庆和欢乐的。

铅灰色的天空往下洒着不大不小的雪花，雪花在灯光里变成温暖的黄色，在灯笼上映成热闹的红色，似乎没有人会觉得那年除夕的雪是冷的。

八岁的小女孩坐在弄堂口的矮墙上，一动不动。雪花在她头顶、衣服上堆积出一些不规则的形状，像冰块般冷冻着她的身体、血液以及期盼。

父亲站在她身后一遍遍地帮她拍掉身上的雪，一遍遍用抑制住哭腔的声音叫她回家，跟她说妈妈明天就回来。

已经是无数次听到这个答案了。

小女孩瑟瑟发抖地坐在弄堂口，眼眶湿了又干，干了又湿，脸上嫩嫩的皮肤被冻得通红，嘴唇干裂得渗出了血。

那一天她等了多久，没人计算过。

"我们回去吧，快到上班时间了。"陆书杰的声音把季子从回忆里拉了回来。

季子眨了眨发痛的眼睛，竟觉得心里掠过一丝凉意。

"你等我一下。"季子径自走向那个角落里的小女孩。

"小朋友，你怎么啦？"季子在她身边蹲下。

女孩缓缓地抬起头望着季子。

那是一双明亮的眼睛，透着一种这个年龄不该有的忧伤。

季子正在等着女孩的回答，但她没有说话，只是突然站起身来迅速从季子身边跑开。

季子站起来望着女孩的背影，呆呆地不知该说些什么。

"我们走吧，下次再来看她。"陆书杰拉着季子走向了大门。

（十）

文小蕾回到书店时已经快一点半了。

米灵依见她手里提着一个大大的塑料袋，汗水在她身上蒸发出一层四处逃窜的热气，也蒸发出了一层浅薄的悲伤。

"真的被你买到啦！"米灵依感到有点不可思议。

"是啊是啊，而且颜色跟书里的一样。"文小蕾大口地喘着气。

米灵依看着对方晒得通红的皮肤，心里想着如果自己是男生一定会很感动的。

"我会加油的！"文小蕾微笑着说。

"加什么油？"

陆书杰这时突然出现在她们身边。

文小蕾望了他一眼，刚恢复正常的肤色马上又像刚在太阳底下暴晒过似的涨红起来。

"没什么……"她含混地答了一声，转身冲向更衣室。

只剩下米灵依和陆书杰面面相觑。

"外面的太阳很晒吧！"米灵依没话找话道。

"是啊！"陆书杰的眼睛四处乱瞟，也不知说什么好，"那个……你们家那个客人跟你相处得怎么样？"

"很好啊，我跟他像哥们儿一样。"米灵依露出一个很灿烂的笑容，"有空可以来我们家一起玩。"

"好的，那，我们工作吧！"

陆书杰紧张地走向自己的工作岗位，米灵依也迅速走回旅游图书区。

墙上的时钟此时刚好显示一点半。

米灵依神情恍惚地倚靠着书架，想到每次和陆书杰见面都免不了尴尬的气氛，便生出一种无能为力的感觉。人总是这样，以为很容易做到的事情，待到真正去做却总是跟预想中大相径庭，哪怕是简单的寒暄，也要努力地将内心波澜强行抚平。

米灵依本想借那天看电影的机会将两人之间的问题开诚布公地说清楚，却没想到引发了那样一场意外，更没想到让杵在两人之间的那面墙越砌越厚。想到这儿，她觉得脑袋隐隐作痛，身体也好似有些乏力。

"请问，有没有关于苏州旅游景点的书呢？"一个男声在耳边响起。

米灵依说了声"稍等"，转身从书架上取下了几本书，等到再转过头来发现于净傻笑着站在自己面前。

"原来是你这个小气鬼啊！"米灵依把书放到他手里，"这么热的天跑出来

伤藤

干吗？现在大街上可没有几个女生可以让你勾引的。"

"喂，可不可以不要再叫我小气鬼？我到底哪里小气啦？"

"你只给了我两个蜡笔小新，当然是小气鬼。"米灵依理所当然地说。

"天哪！"于净冲着她翻白眼，"给一个，你说我小气；给两个，也说小气，那要是下次我买一整套给你呢？"

"那你就是全世界最大方的人，并且我以后也不会再叫你小气鬼了。"米灵依的眼睛里闪着光，"记得哦，一整套的蜡笔小新哦，呆子！"

"什么？现在我又成呆子啦？"于净的语气里带着不满的情绪，语调却还是那么平淡。

"喂，你说话是不是没有办法生动一点啊？要是有一天你遇到歹徒，需要喊救命，以你这样的语调鬼才会去救你！"米灵依调侃道。

"你管我，我就是……"

"先生，现在我来向你介绍一下我们所在的这个位置吧！"米灵依突然打断于净，话锋一转，语气变得严肃起来，"你现在所在的位置呢是苏州市相城区的元和街道。这里之所以叫'相城'，是因为春秋时期吴国的一位叫伍子胥的大臣在阳澄湖畔'相土尝水，像天法地''相其地，欲筑城于斯'，故此得名。至于元和呢，也是有着非常悠久的历史，更是留下了不少历史文化名人的遗迹和传说，例如范蠡、孙武、苏秦、顾恺之、陆贽、文徵明，等等。"

米灵依一边讲解一边朝于净使眼色，后者只是呆呆地看着她，几次想插话都插不进去。后来他转身一看，才发现身后站着一位看起凶巴巴的中年妇女，正在盯着二人的一举一动。于净猜到这就是传说中那位刻薄的老板娘了，于是配合地说道："你讲解得很好，这几本书我都要了。"

见状，老板娘才满意地离开。米灵依伸出头看了看，确定她已经走开才松了一口气。

"谢谢你啊，呆子。"米灵依拍拍他的肩膀，"要是被老板娘发现我们在闲聊，一定会被骂死的。"

"不用谢啦，大家同住一个屋檐下嘛。"于净傻笑着，"对了，这里有没有可以看书的地方？"

"有啊，最里面那排书架就是。"

"那好，你继续工作，我去看书了。"于净捧着手里的书离开，刚走几步又回过头对米灵依笑着说，"为了表示你对我的感谢，我在这几本书上看中的地方麻烦你带我去玩咯。"

说完，于净得意地走了，剩下米灵依一个人瞠目结舌地站在原地。

伤藤

许多事物常常都是始于迷离，例如感情。

（一）

晚上，又下起了毛毛细雨。

窗台上的常春藤长势喜人，米灵依把它放在雨水可以淋洒到的角落，开心地看着叶片慢慢湿润，仿佛婴儿的小嘴巴尽情吸吮着乳汁。

多么薄弱而稚嫩的希望！

米灵依抬头往窗外望去，深蓝色的夜幕下，弄堂显得格外宁静、安详，极像一幅刚刚绘好的丹青，未经任何修饰、装裱，自然、淡雅。厚重的青石静静地躺在细雨中，让她想起那首叫《雨巷》的诗。她想，会不会真的有一位丁香姑娘，曾经打着伞从弄堂里经过呢？

床上的手机响了，是短信的铃声。

"灵依，请原谅我的愚笨，没有办法马上从那晚发生的事情中解脱出来，因此请不要责怪我对你的疏离。我会尽快让自己调整过来。大块头。"

看着屏幕，米灵依眼里的神采突然暗淡下来，只回了"明白"二字，然后就把手机扔回床上。她正打算继续走到窗边去欣赏雨巷的时候，敲门声响起来。

是干净，还是招牌式的傻笑。

"有何指教，呆子？"

"你过来看看，那些东西是不是你的？"

米灵依跟着于净走进那间打扫干净的杂物房。屋里的杂物已被统统搬了出来，堆放在阁楼其他闲置的角落里。狭小的空间被收拾得整洁干净，一张新买的单人床放在靠近窗子的位置，旁边是一张旧书桌，桌上摆着一些于净的私人物品，米灵依没有细看。书桌旁放着远道而来的行李箱，换洗衣服就放在床边的一张木凳子上，叠得整整齐齐。

"还挺整洁的嘛。"说着，米灵依的视线扫到墙上拐角处刚装的空调，不禁感叹起来，"我爸妈对你太好了，连空调都给你装了一部新的，我用了这么多年都还是那部旧的。"

"那当然啦，我是客人嘛。"说着，于净把桌上一沓翻旧的漫画书拿给米灵依，"在书桌抽屉里找到的，是你的吧？"

"是我的——原来放在这里！"

米灵依接过书，从桌上的纸抽盒里抽出几张纸巾，擦了擦书上落的灰尘，然后如获至宝般地抚摩着它们。

"原来你们这边的漫画是这样子的。"

"很好看吧！这些都是我小时候最喜欢的。"米灵依小心翼翼地翻着书，生怕一不小心就把它们弄破了。

无意中，她从其中一本漫画中翻到了特殊的一页，是漫画的最后一页，用简单的铅笔线条勾勒着公主和王子，微笑着手牵手。页面最底下的空白处，有一串稚嫩的铅笔字，歪歪扭扭地写着："陆书杰和米灵依，永远幸福地在一起。"

十三年前的字迹，依然是那么的清晰，清晰得伤人。也许是因为当年写的时候用了很大的力气吧！

米灵依轻轻合上那本书，不无动容道："呆子，把它们放回原来的地方吧，以后都不要再拿出来了。"

于净"哦"了一声，把书放回抽屉里。

伤藤

"我能不能去看看你的房间啊？"于净突然说。

"好啊，你想来就来啊！"

于净微笑着看着她，"原来你这么随便的。"

米灵依瞪了他一眼，走出了他的房间，于净跟在她身后。

"你的房间蛮好看的嘛。"于净仔细打量了一番。

来回踱步一番后，他走到米灵依的窗前，看了看常春藤，又望了望窗外，突然说了一句，"小楼一夜听春雨，深巷明朝卖杏花。"

米灵依惊讶地看着他。一瞬间，她仿佛看到一位弱冠书生手持折扇，对着夜空吟诗。

过了许久，她才惊叹道："原来呆子也有这么好的诗情啊！"

于净没作声，走到书桌前看了一眼上面的东西，又摸了摸那个被锁住的柜子，不禁好奇地问，"什么东西要这么秘密地锁起来啊？"

"女孩子的东西。"米灵依含糊地说。

于净没有再追问，自顾自地抽出一张椅子坐下，米灵依则在他对面的床上坐下。

"喂，我能不能问一下你家里的事情？"

"你是想问季子的事情吧！"米灵依用怀疑的眼神盯着他，"你爷爷没有跟你说？"

"说了一点儿，无非就是你跟她是同父异母的姐妹，你们的关系不太好。"

"那你还想知道些什么？"

"为什么同父异母就关系不好呢？我也有一些朋友来自重组家庭，都蛮和谐的呀！"

米灵依审视着于净，他眼里的真诚让她觉得他不像是抱着看戏的心情问这些问题的。

"季子出生不久，她妈妈就离家出走。第二年，爸爸就跟妈妈结婚了，然后生了我。起初，我们的关系就像普通家庭的姐妹一样和睦，直到我七岁、季子八岁那年，季子的妈妈突然回来了，那时我们才知道原来我俩根本不是同一个妈妈生的。那天，爸爸跟季子妈妈吵了起来，然后季子妈妈再次出走了，临走时还跟季子说当初是我爸喜新厌旧把她赶走的。从那时起，季子就开始恨我，恨爸妈，不准我再叫她姐姐，还把米季依的名字改成季子，'季'是她妈妈的姓。她一直说是因为爸爸认识了我妈，才把她妈赶走的，可我觉得爸爸不是那样的人。"沉吟片刻，米灵依又说道，"奇怪的是，这么多年来爸爸从来没有解释过什么，只是一直跟季子说对不起，所以到现在我也不知道到底是怎么一回事。"

"所以，你就一直觉得自己对不起她，什么都让着她，包括自己喜欢的男生？"

于净的问题让米灵依心里激灵一下，"你怎么会知道那么多？"

"你以为我真的是呆子？你以为我真的相信一部悲剧就可以让一个女生在陌生人面前哭成那样？一看到你跟那个陆书杰的表情就知道你俩关系不寻常啦！"

米灵依咬着牙看着面前这个假呆子，竟不知道该说什么好。

"对了，你身上那道刀疤是怎么回事？你做过手术吗？"

米灵依警觉地摸向自己的腰腹，惊讶得瞪大了眼睛，"你是不是偷看我换衣服了？"说着作势要冲过去掐住于净的脖子，"我要把你掐死，你这个色狼！"

"什么嘛！"于净从椅子上跳起来，"明明就是你那天自己弯腰捡东西时露出来的，我也不是故意要看到的啊！"

米灵依怀疑地瞪着他，"真的？"

"当然啦！谁会想要看个刀疤啊！你就是裸体我也不看！"

米灵依白了他一眼，虽然她想不起来自己到底什么时候弯过腰捡过东西。

她重新坐回床上，于净也松了口气坐回凳子上，"快说啦，你到底怎么会有那个疤？"

"我为什么要告诉你啊！奇怪。"

于净笑了笑，然后掏出蜡笔小新的钥匙扣，在她面前晃了晃。小新在空气中荡出的弧线，勾勒出一种难以抗拒的诱惑，米灵依只好投降，心想，等那一

伤藤

整套的蜡笔小新拿到手后，一定让于净好看。

"季子在高二那年查出了尿毒症，爸爸的肾脏跟她的不吻合，我就自告奋勇地去做了检查，结果我的肾居然可以用，连那个医生都觉得很惊喜，于是我就把肾换给她啦！"米灵依轻描淡写地说完了那个惊心动魄的过程，隐藏了黎明之前的那段黑暗。

于净呆呆地看着米灵依，半天说不出话来。他没有想到世上居然有人可以这么平淡地叙述自己不见了一个器官的过程，难道在她看来，这真的就像分给别人一颗糖果那样简单吗？换成是其他人，应该做不到吧？于净对这个同龄的女生产生了一种不可名状的感觉，些许佩服，些许难以理解。

"痛不痛啊？"过了许久，他才缓缓地问。

"就算痛也是很久以前的事了，早就忘了。"

"那……季子没有因为这件事跟你和好？"

"当然没有。她当时不知道肾是我给她的，当她知道以后很生气地骂我，说我没有权利阻止她离开这个世界，说我不应该救她。"

"怎么会有这样的人啊！"于净因为季子的不可理喻翻了个大大的白眼。

"其实，我明白季子的心情，换成我可能也不想要这个肾脏。不过没关系，我们终究是亲人，只要她活着，我们就有和好的机会。"

于净突然感到一种莫名的渺小和卑微，觉得自己的身体与引以为傲的良好品德都在肉眼可见地迅速缩水。他沉思了片刻，缓缓挂上一个浅浅的笑容。

接下来，他又问了一大堆关于米灵依的问题，包括她的习惯、爱吃的东西、曾经发生过什么刻骨铭心的事情，甚至跟谁谁谁亲密到什么程度，等等。总之，他能想到的都问了个遍，即使有些是他根本就不关心或不想知道的。

"好啦，现在还有什么问题要问？"米灵依深吸一口气，感觉自己刚做完全套身份背景调查。

"没有啦，我本来就不太喜欢打听别人的事情。"于净不以为然地说。

米灵依听完这句话，有种想扑上去咬他一口的感觉。不过此时她心里反而舒服了很多，深一脚浅一脚地走完了自己的小半生，全身神经似乎都得到了前所未有的放松。终于把心里一直没有跟人分享过的过往说出来了，一下子如释重负。她没有想到自己竟会跟一个只能算普通朋友的人说了这么多。米灵依觉得眼前这个看似呆滞，实则细心的男生让她产生一种别人给不了的安全感。

"你在新加坡大学读什么专业？"一阵沉默之后，米灵依突然问道。

"建筑设计啊，我爸妈都是搞房地产的，从小就耳濡目染了。干吗？"

"没有，我觉得你应该改行了，真的很适合去做狗仔队。"

"我应该是帅到被跟拍的那一个才对啦，哈哈……"

于净学着蜡笔小新的模样举着手大笑着，那浓浓的眉毛看来竟真跟小新有几分神似。米灵依摇摇头，忍不住笑了起来。

窗外的雨还在无声地下着。

（二）

"灵依，你记得以后要多和我联系哦。"文小蕾拉着米灵依道，声音一反常态的温柔。

"好，你也可以来我家玩啊，反正我这段时间还没有开始上班。"

两人开始了一番女孩子之间细腻的相互叮嘱。离别之际，总让人忍不住要去珍惜流光。

"那个男的是不是你男朋友啊？"文小蕾突然指着坐在角落里看书的于净问，"这段时间他天天来店里看书，还一天买一本，到底是真的喜欢来这里看书还是专程来陪你的？"

米灵依转过头看了一眼角落里的于净，戴着近视眼镜的他正认真地阅读着，专心的样子就像个无忧无虑的小孩儿，专注的眼神让人觉得非常的宁静、舒服。

"他只不过是住在我们家的客人，你别乱想。"

"可是，"文小蕾压低了声音，"他真的是很不错啊，长得又好看又安静，斯斯文文的样子，我觉得跟你在一起很般配……"

"灵依，"陆书杰无声无息地来到她们身边，"什么时候开始去旅游局上班？"

伤藤

他的声音又像以前那样自然而响亮了。

这几天，陆书杰似乎已经把心态调整了过来，渐渐明白自己只有扮演一个好朋友的角色，才能以最合适的距离，远远地关心着隔壁弄堂的米灵依。

"还在等通知，应该没有那么快。你呢？文化局的工作落实了吗？"

"我也在等消息，所以暂时继续在这里上班。"

文小蕾站在旁边没有说话。米灵依与陆书杰的谈话让她顿时觉得自己像个矮子，站在两座高大的建筑旁边，望而不及。

米灵依似乎从她黯淡的神色中察觉到了这一点，便不再跟陆书杰继续这个话题。

下午三点半，店外的阳光如烈火般煎熬着路人的皮肤，也煎熬着某些人的心。

"灵依，先把工资付给你。"老板娘突然微笑着向米灵依走过来。许是因为今天是米灵依最后一天上班，老板娘想给别人留下一个好印象，今天特意收敛起以往那副刻薄的嘴脸，即使看到米灵依等人在聊天，也没有发火。

米灵依从她手里接过一个信封，说了声谢谢。信封里是几张薄薄的钞票，半个月的薪水。这是她第三次也是最后一次在这家书店领工资。她把信封拿在手里，竟有一种奇怪的感觉，觉得有点沉甸甸的。

"这样吧，我请大家喝下午茶。"

"好啊好啊！"老板娘脸上笑开了花，嘴里喊着店员们的名字，"你们喝什么，吃什么？灵依请喝下午茶。"她又走到厨房旁的楼梯口，扯着嗓子大叫，"草脚（苏州话：菜鸟），你要不要吃东西？"

楼上传来一声"不要"。

老板娘一手叉着腰，一手指着楼梯前面的空气骂了句"猪头三"，随后臭着脸走到收银台，"你们要吃什么过来告诉我，我来打电话订。"

这时，米灵依想起角落里的于净，于是对文小蕾说，"你帮我叫两份三丁包、两份豆腐干和两瓶汽水。"

文小蕾答应了一声就往收银台走去，陆书杰看着米灵依走过去找于净，也只好不紧不慢地走向收银台。

"呆子，又在扮书生啊？"米灵依在于净身边坐下，抢过他手里的书一看，是一本余秋雨的《文化苦旅》。

"品位还不错嘛！"说着，她把书还给他。

于净推推眼镜看着她，"你过来偷懒，不怕老板娘骂你啊？"

"她不会骂我的。"米灵依得意地说，"且不说今天是作为优秀员工的我最后一天上班，她应该对我离情依依，就冲着我请大家喝下午茶，也该让我休息一下啊，老板娘可不是那'猪头三'哪！"

"你请喝下午茶，那有没有我的份儿？"

"当然没有啊！"米灵依正色道，"你既不是我的同事也没关照过我，还吃我们家的、住我们家的，凭什么让我请你吃东西？"

"我又不是白吃白住，我爷爷有付生活费给你们家，好不好？"于净白了米灵依一眼，"你才是小气鬼，蜡笔小新没有啦！"说完，他扭过头赌气似的继续看书。

"看看你自己的样子就知道谁叫小气鬼啦，呆子！"米灵依扯扯他的衣服，"三丁包和豆腐干，我各叫了两份。"

于净扭过头来一脸坏笑，"就知道你不敢不预留我的那份儿，动感超人打败小气鬼啦，哇哈哈……"

这一声怪叫之后，于净立刻感到一道道寒光从四面八方射过来，扎在他身上。米灵依立刻警觉地起身跑开，只留下他在一阵嘲笑声中把脸埋进书本里。

(三)

"灵依，以后有空多过来逛逛。"

"是啊，常过来走走。"

下班时，李进和陈凡热情地跟米灵依道别。

"没问题，会常来看你们的。"

伤　藤

老板娘也说了几句客套话，文小蕾更是拉着米灵依的手，眼眶都红了，嘴里不停地重复着，"要记得给我打电话。"

"傻丫头，我一定会的。"

大家在店门口逗留了十几分钟才带着各自不同的心情散去。

于净骑着米灵依的自行车载着她，远远看见陆书杰在首饰店门口等季子下班。两人朝他挥了挥手，拐向回家的路。

"你这个野蛮女生好像还蛮受欢迎的嘛。"

"那是当然。说起来还真有点舍不得他们，毕竟这段时间他们让我学到了很多东西。"

"我也好想念新加坡的空气，还有我爸妈。"于净仰起头看了看万里无云的天空，发出一声脆弱的长叹。

米灵依一只手搂着于净的腰，另一只手帮他拍了拍衣服上沾着的灰尘。

算起来从初中起，陆书杰也载过米灵依许多次了，可她从来不敢像现在这样主动用手搂住对方，除非是遇到猝不及防的颠簸。但每次于净骑车载她的时候，她却总是很自然地用一只手搂住对方的腰。虽然早已过了那个有一点点身体接触就像吃了禁果般的年代，但米灵依还是觉得很奇怪。也许是于净和陆书杰的身份不同吧，又或许还有其他什么原因。

"呆子，你有没有一种好像我们认识很久的感觉？"酝酿了一会儿，米灵依终于问出了口。

"有一点啦。"于净淡淡地说，"可能是因为对着你度日如年，所以会有这种感觉。"

"那也应该是我度日如年才对！"米灵依用力地拍了一下他的后背。

"哇，又开始撒野了！"于净背过手揉着自己的后背，"你知不知道不可以随便打后背的，会有内伤的啦！"

"打死你才好，打死你就不用对着我度日如年啦！"米灵依的语气透着一种不可思议的理直气壮。

"看来我还是先下手为强把你干掉好了！"说着，于净突然把自行车骑得飞快，还故意左右乱拐像是要把米灵依甩掉。

米灵依此时像是挣扎在台风里单薄的树枝，徒劳地随车摇摆。

她惊叫着抱紧了于净，告饶道："对不起，我错了，你慢点啊！"

两人的声音被风吹散在夏末傍晚的小路上。

（四）

凌晨三点钟的夜空是墨蓝色的。失眠的夜晚。

房间里的一切都安静地躺在原地，没有半点声响。它们灰色的轮廓在视线模糊的情况下，仿佛在微微挪动。淡淡的月光投射在地板上，形成一个模糊的光圈，像是一只没有瞳孔的眼睛。

不知哪儿来的猫儿在弄堂里饥渴地叫着，声音在寂静的夜里变得尖厉，带着一丝哀伤。偶尔还能听见一阵窸窸窣窣的声音，应该是猫儿在弄堂里翻找东西。

米灵依的眼睛睁开又闭上。她已经在床上辗转反侧了整晚，虽然眼皮已发沉，但只要一闭上眼，大脑就变得异常清醒。

她起身打开房门，探出头看向于净的房间。她非常希望此时他还在玩电脑，这样就可以找他聊会儿天。可惜，平常三点多还在打网游的呆子今天房间里一点灯光也没有。

"该死的呆子！"

米灵依只好退回房间，重新躺到床上。闭上眼睛，她继续猜想今天回家时看到的情景。

傍晚时分，于净载着米灵依回家。到了弄堂口，她远远就看见李伯和父母站在家门口说话，三人的表情都非常凝重。当时，米灵依心里就有一种不好的预感，尤其当他们看见她和于净回来，马上就散开了，这更是让米灵依心里感到忐忑不安。

"到底发生了什么事呢？"米灵依喃喃说着，"希望不是什么坏事。"

　　　　　　　　　　　　　　　　　　伤　藤

她重重地闭上了眼睛。

（五）

清晨六点半，小贩的叫卖声开始在小巷里此起彼伏，声音清脆响亮地在弄堂里回荡，亲切而悠远。

米灵依就是听着这种叫卖声长大的。

她把被子叠好，起身走到窗边拉开了窗帘。打开窗户，几只停在窗棂上的小鸟立刻扑着翅膀飞走，只留下一阵欢快的鸣叫声。一阵清新的空气迎面而来，米灵依贪婪地做着深呼吸，感觉整片肺叶都被新鲜的气息涤荡了。

柔和的晨光洒在她脸上，那暖暖的感觉慢慢沿着皮肤在全身晕开来。米灵依伸了个懒腰，拿起花洒给常春藤淋了水。虽然一夜不成眠，但此时的精神却是饱满而充沛的。

换好衣服，米灵依下了楼。屋内一片宁静，光线有点朦胧。父母的房门还关着，她转了个弯向洗手间走去。洗漱完毕，她走进厨房。果盘里的水果熬了一夜之后，皮肤开始皱了起来，像是一夜之间老了好几岁的人。

太阳已经斜斜地升起，阳光透过厨房的玻璃窗投射在消毒碗柜上摆放整齐、干净透亮的玻璃杯上，折射出一道道水晶才可以发出的光。

米灵依伸手拿了一个杯子举在眼前端详了一下，然后打开冰箱倒了一杯冰牛奶。正喝着，就听见父母的房门打开了。她探出头看到妈妈打着哈欠向洗手间走去。

"妈——"米妈妈走出洗手间的时候米灵依已经站在她面前。

"哟，丫头不用上班怎么还那么早起？"

"睡不着，所以早些起来。"

妈妈温柔地笑了，"那我现在出去买早餐，你想吃什么？"

"我跟你一起去买吧！"

（六）

清晨微湿的小巷润润的，青石上的露水泛着点点微光。夏末的晨风已经变得凉爽，吹在脸上感觉像是母亲温柔的抚摩。

邻居们陆陆续续打开家门，彼此打着招呼说着话。弄堂里开始热闹起来。

弄堂口有几个小贩推着装有炉子的车子在卖早餐，有馄饨、小笼包、现炸的油条、大饼……比酒楼里的好吃多了，既干净又美味，而且卖家会一直把早餐放在炉子上，无论什么时候来买，都是热乎乎的。

"妈，昨天你和爸爸在跟李伯说什么？"快走到弄堂口的时候，米灵依终于忍不住问。

米妈妈若有所思地停下脚步，米灵依也跟着驻足。

"你们是不是有什么事情瞒着我？"

"丫头，你是不是因为这个睡不着？"米妈妈脸上露出一个淡淡的微笑，"李伯昨天来家里说，季子的妈妈给舅公写了信，舅公托李伯来跟我们说一声。"

舅公是季子妈妈娘家的亲戚，住在吴家庄，跟李伯是老朋友，以前季子妈妈还没跟米爸爸离婚时常有来往，后来做不成亲家也就渐渐疏远了，但每次季子妈妈有什么消息他都会托李伯告诉米家。

"是不是出了什么事情？"米灵依的语气透着担忧。

"也没什么事，只是季子妈妈的生活好像不太好，想借点钱，我正跟你爸商量呢。"米妈妈伸手摸摸米灵依的脸，"傻丫头，别瞎担心，只是小事。"

米灵依这才松了口气，"如果我们可以帮忙，你就让爸爸尽量帮，我现在能赚钱了，也可以帮点小忙。"

米妈妈欣慰地望着女儿，不置可否地点点头，"走吧，都饿坏了吧！"

（七）

"丫头，爸爸帮你问了，旅游局的录用通知应该很快就发下来了。"米爸爸

伤　藤

喝着豆浆说。

季子和于净都还没起床，饭桌边只有一家三口。

"爸，你是不是走后门啦？"米灵依向爸爸挑了挑眉毛。

"胡说！"米爸爸正色道，"以你的学历，加上你们校长的推荐信，还用得着你爸去走后门？"

"就是啊！"米妈妈插话道，"要相信自己的实力，我女儿是很棒的。"

"这几天啊，你就好好陪于净玩，那孩子来我们家住了一个星期，都没去哪儿玩过。"

"你们就知道关心他，也不体谅一下我这个导游的辛苦。"米灵依努着嘴。

"这话从何说起？你读的不就是导游专业吗？这不是刚好给你一个实践机会？顺便还可以畅游苏州，有什么不好？"米爸爸抽了一张纸巾，擦了擦嘴巴，"于净爷爷以前在科室的时候给了我很多指导，特别照顾我，这次于净来我们家住，他还硬把生活费给了我，说不收就不住。做人要饮水思源啊，丫头。"

米灵依愣愣地听着爸爸严厉的训导，一脸冤枉地说，"我只不过说了句玩笑话，你们用不用这么多教训啊？他来我们家这些天我哪有饮水不思源？天天冒着被人误会的巨大风险，和他出双入对，这还不算感恩啊？"

"那……你是不是不喜欢于净啊？那孩子挺好的啊，又老实又斯文，我看你们也没有什么冲突，有说有笑。"米妈妈疑惑地皱起了眉头。

米灵依突然有点张口结舌，也不知今天父母是怎么了，平日里那些幽默细胞好像突然蒸发了，把玩笑话句句当真了。她本想列举几个于净耍滑头的案例，此时也只能硬生生地吞了回去，强挤出一个笑脸道："我们相处得非常融洽，让彼此都感到很开心。"

米氏夫妇好像突然松了一口气似的都笑起来。

米爸爸满意地站起身来准备去拿公文包，突然想起了什么，转身对女儿笑道，"于净爷爷那天还让我给他看了你的照片，又问了很多你的情况，最后他说想让你当他的孙媳妇，呵呵！"

说完，米爸爸转身走了，留下一串笑声在米灵依耳边肆虐着。

米灵依惊讶得张大着嘴巴，转过头看着母亲，她也正对着自己暧昧地笑着。

"我明天就去剃度！"米灵依慌不择路地挤出这么一句。

（八）

"各位小朋友，接下来想玩什么游戏啊？"

陆书杰跟季子难得同时放假，这天一早他们就买了水果到孤儿院来看望小朋友。

活动室里一片欢声笑语，孩子们将陆书杰和季子围在中间。他们已经陪孩子们玩了两个小时，丢手绢、捉迷藏、唱儿歌、讲故事……不亦乐乎。

"我想玩老鹰捉小鸡。"一个癞痢头的孩子挠着痒痒说道。

"那好，我来做公鸡爸爸保护你们好不好？"陆书杰知道被一群孩子拖拽着跑来跑去是很累的事情，于是抢先说道。

"我想要姐姐做鸡妈妈。"小男孩突然跑到季子身后，伸长了手环抱住她的腰。

"我们也要玩……"其余的小朋友们都自觉地排好了队，搭着肩站在季子身后。

季子呆了几秒钟，尴尬的表情慢慢转变为亲切的微笑。她对着陆书杰耸耸肩，后者只好摆出一副老鹰的样子，笑着说，"那好啦，游戏开始，老鹰来咯！"

一阵阵夹杂着尖叫声的欢笑透过活动室的门缝传出来，回荡在孤儿院的上空。

"谢谢你们经常抽空过来。"院长和季子、陆书杰并肩走在走廊上，"很少有人像你们这样花这么多时间过来陪孩子。"

陈院长三十岁左右，短头发，中等身材，戴着一副无框眼镜，笑容非常有亲和力，标准的教师长相。她的无名指上已套上了婚戒。

"我们也只是尽了些绵力而已。"季子和陆书杰对望了一眼，说道，"希望以后可以有更多人来关心这些孩子。"

陈院长带着他们穿过走廊，向自己的办公室走去。

走廊外面的花圃刚刚修剪过，矮树被剪成方方正正的正方体，看上去像是一个刚剪了平头的害羞小男孩。走廊的尽头拐个弯就是院长办公室，同时也是其他生活老师的办公室。这所孤儿院在硬件上是非常简陋的。

陆书杰和季子跟着院长走进办公室，里面摆着三张办公桌、几张椅子、一台电脑和一台空调，墙上挂着一些毛笔写的励志名言，以及一些照片、规章之类的东西。其余两名老师在季子他们做完游戏后照顾小朋友吃水果去了。

陈院长把门窗关好，打开空调，又倒了两杯水向他们走来。

"来，坐下来喝水。"

"谢谢，您也坐。"季子跟院长一起在靠窗的办公桌前坐下，闲聊起来。

陆书杰踱着步去看墙上的照片。几乎全部是老师和孩子们的合照，好像这里真的很少有外人来。

"陈院长，你在这里工作多久了？"陆书杰走回来坐下问道。

"我从去年开始在这里工作，一年多一点了。我以前是幼儿园园长，后来工作调动来了这里。"陈院长推推眼镜，"以前那些小孩子很野蛮的，自从季小姐来了之后变得听话懂事多了。谢谢你啊，季小姐。"

季子莞尔一笑，"其实跟孩子在一起的时候，我也很开心，这里的世界比外面纯净多了。"

陆书杰闻言忍不住转头看向季子。她今天穿着白色的中袖衬衣，头发绾了一个髻，略施淡妆的脸颊显得特别清雅，一种古典之美呼之欲出。也许没有人会相信，眼前这个在孤儿院做了一年义工的女子，跟米家阁楼上住着的那个冷血的女子会是同一个人。

"对了，院长，我想跟你打听一个人。"季子回忆了一下说，"是一个小女孩，有十岁左右，上次我见她独自坐在走廊里发呆，我问她话，她不回答就跑掉了，以前怎么没有见过她？今天她也没跟小朋友一起玩。"

"哦，那个小女孩是刚到这里来的，我们也不知道她叫什么名字，只好给她取了个名字叫小愉，希望她可以过得愉快一点。可是从来的第一天到现在，已经十多天了，她都没有跟任何人说过一句话。"

"你们是从哪里收留她到这里来的？"季子的语气很急切。

"那天下大雨，她一个人在我们院门口站了一天，我们叫她进来避雨她也不理人，眼看天都黑了，老师只好给她披了件衣服，撑着伞在外面陪着她。晚上七点钟的时候，那孩子又累又饿，竟然晕了过去，我们这才把她抱进来。第二天，我们去公安局报了案，直到现在都没人来认领她。"说完，陈院长轻叹了一口气。

"应该是无家可归或是被故意遗弃的小孩。"陆书杰说道。

此时，他观察到季子脸上的表情，十分落寞和哀伤。他知道她在想些什么。陆书杰觉得季子像是一只受伤的小鹿，尽管伤口在很多年前就愈合了，但每每想起那道伤痕还是会隐隐作痛。他第一次真正感到季子是需要保护的。

"院长，我可以见见她吗？"季子继续说，"也许我可以跟她说说话。"

"她在睡觉。我现在去叫她？"

"哦，那算了，不要叫醒她。"季子站起身，"下次吧，我去陪小朋友多玩一下。"

季子走出办公室，陆书杰沉默地跟在后面。他望着她的背影，感到一种隐忍的悲伤。这悲伤，也让他感到一种前所未有的心疼。

（九）

一觉醒来已是下午两点钟了。

米灵依拍了拍沉甸甸的脑袋，揉着微微发肿的眼睛。

原来失眠真的是有后遗症的。

距离爸爸说出那句令她差点昏厥过去的话已经一段时间了，米灵依感到整个人异常疲惫，加之昨晚的失眠，让她这一觉睡得昏天黑地。她伸着懒腰起了床，数小时未曾进食的肚子闹起了革命。她匆匆开门下楼，才发现门上贴着一张纸条：

伤藤

"野蛮的懒虫，我去看爷爷，下午回来。你起床之后，就先收拾一下行李吧，我们明天出发旅游。我已经跟你爸妈说过了，接下来的一星期我们出游不回家。因为你还没有起床，所以我帮你答应了我，不要拒绝哦，旅行要有愉悦的心情和享受的过程。导游小姐，你是知道的哦！记得收拾好东西。等我回来。于净。"

读完纸条，米灵依当场呆住了。刹那间，她觉得好像全世界的人都在刻意安排这场说走就走的旅行，只有她自己没有做好丝毫的心理准备。一丝隐约的担心缓缓爬上心头。

"爸爸该不会为了报恩，把我给卖了吧？"转念一想，于净不像是那样的人，如果今天一起出游的人换成陆书杰，她一定会胆怯而坚决地拒绝，可偏偏是于净，让她觉得莫名的信任。

时间好像突然老去，脚步像八十岁的老太太一样缓慢。

米灵依嘴里嚼着面包，心不在焉地浏览着恶搞照片、视频的网页，思索着这些人为什么能把生命浪费在这些无聊事上，甚至从中能获得她所不能理解的快乐。

她关掉电脑，百无聊赖地下了楼。

刚刚她跟以前宿舍的几个女生通电话，想约她们出来逛逛街打发时间，结果一个在睡觉不愿起床，另外一个正陪着男朋友。米灵依最不喜欢这种无所事事的感觉，虽然知道从明天起她就要开始忙碌了。

楼下空无一人。父亲还没下班，母亲去邻居家串门了。米灵依坐在客厅的沙发上发呆，这个家突然间让她觉得毫无生气。

犹记得遥远的夏天，那时她跟季子还是好姐妹，两人会经常一起在炎热的午后跑出家门去弄堂口买雪糕，是那种当时最好吃的雪人雪糕。

旧日时光甚是美好，一家四口闲暇时会一起看电视、喝茶、玩游戏，母亲经常煮好吃的点心给她们吃，父亲也常常扮演各种故事里的角色哄姐俩开心。那时候的自己多像是一只无忧无虑的快乐小鸟！

可惜一切都变了。只要季子在的时候，父亲就会变得忧郁，母亲也变得低声下气，而自己更是被一种莫名其妙的罪恶感禁锢着。

那些一家和睦的回忆，像是深陷在河床里的鹅卵石，再也难以重见天日。

这个下午，在空荡荡的家里，米灵依感到自己是那么的懦弱无用，一股哀伤的暗涌在胸中翻滚着，虽然电视屏幕呈现着搞笑的暑假剧场，她却一点也笑不出来。

"才四点钟……"米灵依看着墙上的万年历喃喃地说。

她拿出手机一看，屏幕上没有任何未接电话或新信息。是不是没有人记得我呢？她心里默默地想。那些平时收藏得很好的悲伤和落寞，总是在只有一个人的时候悄悄溜出来挑衅她。

米灵依闭上眼睛，张开手仰头靠在沙发上。

"野蛮小姐——"门外突然传来于净的声音。

米灵依像听到福音般跳了起来，奔跑着过去开门。

这一声呼唤，如同一根救命稻草，在她即将沉溺前出现了。

门开了，于净傻笑着站在她面前，两人隔着一道门槛对视着。

不知道为什么，米灵依突然一种久别重逢的感觉。她呆呆地望着于净，紧握着的手心渗出了汗。

"你怎么啦？"于净看着她脸上还没来得及收敛的些许哀伤表情，突然紧张起来。

"没事，我只是一个人很无聊。"

"原来是这样，那我带你出去走走吧！"

于净说完话，径自走到楼梯底下拉出米灵依的自行车，招呼道，"走吧，灰姑娘，坐上我的南瓜车，带你去环游世界。"

听到"南瓜车"三个字，米灵依像是中了蛊般呆住了，一动不动地站在原地。

伤藤

（十）

于净沿着采莲路一直骑行，米灵依安静地坐在后座上。

天气已渐渐转凉，但于净的后背还是渗出了点点汗渍，像是依附在心里的某些秘密。

他们已经骑了很远的路了。

"呆子，新加坡是不是常年都是高温多雨的啊？"米灵依望着他被汗水浸得斑驳的衣服说，"我有两个同学在那边留学，刚过去的时候觉得很难适应。"

"热带岛国都是这样的啦，习惯就好。我在那边出生长大，所以没什么不舒服的感觉，还好来到这边也没有水土不服。"于净平淡地说。

"你在新加坡出门也骑车吗？"

"是啊，我家离学校、体育馆还有商业街都很近，我都是骑自行车出行的，相当环保！"

"那你有没有女朋友？看你的样子一定少不了，你也会骑车载她们去兜风吗？"

米灵依仰着头等待于净回答，对方却没有说话，只是安静地骑着车继续前行。

他是没有听见她的问题，还是找不到适合的答案？米灵依觉得有些奇怪，于净从未像现在这样不搭她的话。

气氛有些尴尬。她看不见他的表情，但能明显感到他在沉思。

"对了，呆子，你爷爷好吗？"米灵依突然大声问道。

"他蛮好的，精神和状态都不错，每天运动、喝茶、跟很多老朋友一起玩。今天我还陪他去奶奶的墓地看了一下。"于净的语气听起来一如既往，平静得有些诡异。

"你爷爷为什么不去新加坡跟你们住啊？"

"我叔叔、姑妈都在这边啊，而且他想陪奶奶。他经常去墓地看望奶奶。"

"哦。"米灵依不知该继续说什么。

两人陷入沉默。

道路也是那么的宁静，像是所有生物都忘了要发出声音。

自行车继续在一排排树木下平稳地前进。

现在还未到晚高峰，路上没有很多车辆。

式微的阳光透过树叶的缝隙洒在米灵依和于净身上，在两人的衣服上面映出一小块一小块大小不一的光斑。米灵依看着这些光斑在自己身上慢慢移动，好像许多精灵踏着轻快的脚步，没人能追得上。

于净身上也同样移动着光斑。看着看着，米灵依不自觉地抬起手，本想要试图捕捉那些闪动的光点，后来却变成在于净背上轻轻乱画。

"你在写什么啊？"

"没有，乱画而已。"米灵依看着他背后越来越大片的汗渍，突然想起他已经载着自己骑了很久。

"呆子，我载你一段路，好不好？"

于净刹住车，转过头来看着她，眼中透出一抹喜悦，"你终于发现我很累啦！"

米灵依无奈地白了他一眼，这才跟他调换了位置。

"哇，终于可以休息一下了。"于净坐到后座上感叹道，"你这个野蛮小姐还蛮重的嘛。"

"你才重呢！"米灵依吃力地说。

她用力蹬车的时候上衣会随着身体的动作向上缩起，腰腹上那道伤疤便若隐若现。

于净突然觉得那道没有刻意去遮掩的疤痕很好看，像是一个藤蔓形状的刺青，但又比刺青更自然——好吸引人的图案！

他眨了眨眼睛，不敢继续看下去。

"好了，趁现在我休息，先把我们的行程跟你说一下。"于净为了分散自己的注意力，故作轻快地转换了话题。

米灵依一听立刻觉得头脑发胀，眼前仿佛已经出现自己背着背包跋山涉水

伤　藤

的情景了，但此刻也只能静静地听着。

于净清了清嗓子，"苏东坡先生说，'到苏州不游某地乃一大憾事也。'导游小姐应该不会不知道这个某地是哪里吧？"

"虎丘——"米灵依拉长了声音。

"答对了！明天早上我们就出发去虎丘，要早点去，就玩一个上午。下午我们就去……"

于净突然抬起手想在米灵依背上写东西，可刚一碰到她的背她就往前缩了缩，"你干什么啊？"

"在你背上画东西给你猜啊！"于净理所当然地说，"要是遇到不识字的聋哑游客，导游不是就得画画跟他沟通吗？要专业一点啦！"

米灵依无奈地摇着头，心里想着，不识字的聋哑游客也不会独自出门旅游吧。可她还来不及辩解，于净就开始在她背上一笔一画地画了起来。

车子漫无目的地继续前行，米灵依在一个岔口处把车子拐进相城大道。

于净聚精会神地在米灵依背上画着图，她也皱紧了眉头仔细地感受着。当于净把她的整个背部都画遍了，她也只觉得全身麻麻痒痒的，具体画的是什么东西，根本就体会不出来。

"好了。"于净的嘴角轻轻上扬，"快说出答案来吧！"

米灵依皱着眉头思索着，完全抓不到头绪。

"不会真的猜不出来吧？你的导游证是怎么考的？！"

米灵依转过头来瞪了于净一眼，"不要告诉我画的是狮子！"

"That's right！就是狮子林。"

米灵依长出了一口气。

"我们呢就在狮子林玩上一个下午，日落之前再去一个地方。"

"什么！晚上也要去玩啊？"米灵依用力握紧刹车，转过头激动地说，"先生，你以为是欧洲十日游啊？一天要去那么多个地方！"

"当然！"于净的表情十分坚定，"我最近在你们店里看的书，加上网上找来的资料，有二十多个地方想去，而且还要趁你现在休假玩个遍，当然要一天去多个地方啊！"

米灵依差点晕厥过去，"你只说要来苏州体验一下梦里的长巷，在我家体验得好好的，为什么还要去二十多个地方？"

"如果你到了巴黎，难道看完铁塔就打道回府？"于净不等米灵依回答继续说，"还以为找到了一个好导游，原来这么不专业，怕苦怕累，还不许游客提要求，要是有一天你当选苏州的旅游大使，苏州的旅游业一定一落千丈！"

米灵依闻言咬紧了牙，怒目圆睁地盯着于净那张得意的脸，忍耐即将决堤。这时，她突然想到"导游的基本素质"里明确写着要维护旅游者的合法权益，并要做到以下几点：导游人员应具有较高的职业道德，认真完成旅游接待计划所规定的各项任务，维护旅游者的合法权益。对旅游者所提出的计划外的合理要求，经主管部门同意，在条件允许的情况下应尽力予以满足。

想到这里，她又觉得自己好像确实不应该这样对待于净，要把他当成一个普通的游客。于是，她只好咽下这口气，微笑着对他说，"对不起，先生，请继续向我介绍您的出游计划，我一定不会再失态。"说完，她回过身继续专心地骑车。

于净得意地笑了，那表情像是抢到猎物的小猎狗，"其实明天晚上根本就没有出游计划，我刚刚只是想跟你说，明天日落之前我们就到另外一个地方去，那里的日落和夜色据说非常美丽，而且我已经在那里订好了房间，我们休息一晚，第二天可以直接在那里玩一天。"

米灵依突然觉得过去这短短一个星期，身后的这个呆子好像已经把苏州的旅游景点都牢记于心了，甚至连住宿、交通这些问题都摸索好了。想来，自己还真的不算一个称职的导游啊！

"听起来好像还挺不错的嘛。那么请问那个地方是哪里？"

"一个经历了九百年的老地方，一个'故乡的回忆'。"

米灵依转过头，对着于净笑了，"就知道你说的是那里。"

那个地方也是米灵依梦里的故乡！

"那么现在我们就先回家吃晚饭吧，填饱肚子准备明天出发。"说完，她突

伤　藤

然刹了车，"现在轮到你载我了。"

于净这才意识到他们已不知不觉来到一个陌生的地方。

天空此时变成一块鲜艳的琥珀。

"这是哪里啊？"于净环顾了一下四周，还是一条平坦的大道，只是身边的建筑物从没见过。这些日子他都只在米灵依家附近走动，现在看着周围陌生的环境，知道他们已经走了很远了。

"你别管这是哪里，总之你骑一个小时左右我们就可以到家了。"

于净看着米灵依，惊讶得张大了嘴巴。

旅行的轨迹

旅行让他们的视野变得开阔、明朗，看清了许多一直未知的东西。苏州，美得令人难以置信。

（一）

清晨七点多。

弄堂的空气中飘浮着一层薄薄的水雾，空气湿润而清新。

米灵依和于净各自背着沉沉的旅行包站在家门口。两人望着对方，脸上均流露出奇怪的表情。

"呆子，你快去把衣服换了！"米灵依的语气有些霸道。

"你干吗不去换？"于净淡淡地说，"我才不要此地无银三百两。"

米灵依扭过头去不看他。

邻居们陆续推开家门，陈阿姨和几个老邻居跟他们打招呼。

米灵依突然觉得人越来越多，头顶上的空气也变得越来越沉重、浑浊。

"喔唷，小两口子上哪里去？私奔哉？"面门的张阿姨一开门就用夸张的眼神审视着他们，随即一阵呛人的廉价香水味在弄堂弥漫开来。

没有受过特别"训练"的于净忍不住打了个喷嚏，米灵依自是习以为常，呼吸时不敢太用力，以免吸入过多的异味。

张阿姨并没发现他们对自己体香的排斥，反而露出一个暧昧的笑容，"两个人私弊夹账（苏州话：有弊端，暧昧不清）的弗要饶脚勿清（苏州话：不要纠缠不清）哉。"

"张阿姨，您不要开我玩笑啦！"米灵依嘴上说着，眼睛则狠瞪着于净，"你不换是吧，我去换！"

米灵依转身准备回家，刚好跟迎面出来的米妈妈撞了个满怀。

"不用去催啦，你爸出来了。"

"我是要去换衣服，你叫爸爸等我一下。"

米灵依正准备走进去，米爸爸已经提着公文包出来了，"丫头走吧，还换什么衣服？"

"米大小姐说我们的衣服像情侣装，不能穿成这样去旅游。"于净不紧不慢地说道。

米家夫妇这才认真地上下打量了他们一番。

两人都穿着浅灰色的布料短裤、白色的翻领运动上衣。裤子都是剪裁简单、没有装饰的款式，上衣的牌子和款式竟也是一样的，只是男女款的区别。乍一眼看上去，谁都会以为是情侣装。

"我觉得挺好的啊，不用换了。"米妈妈看了一下手表，"快八点钟了，让你爸送你们去车站，早点过去可以多玩一会儿。"

"对对对，一点问题都没有，我们出发吧！"米爸爸说罢竟自己走在了前头。

"野蛮小姐，清者自清，就不要想那么多啦！"于净亦是满不在乎地开拔了。

米灵依还有些迟疑，米妈妈只好拉着女儿往弄堂口走去。米灵依连说话的机会都没有，像个木偶般地被一路牵着走。

"出门小心点，我会帮你照顾常春藤的。每天要给妈妈打一个电话，还有，跟于净好好相处……"

伤　藤

（二）

九点十五分，于净和米灵依已并肩站在虎丘入口的海涌桥上。

远处的云岩寺塔笼罩在晨光下，有种超凡脱俗的感觉，"吴中第一山"的美景让人顿觉心旷神怡。

"呆子，我们进去吧！过了海涌桥沿山路走上去，一路就可以把十八景的大部分看完，再从后山绕过去，把其余的景色也通通看个遍。只可惜现在不是秋天，要不然在后山就可以看到成千上万的苍鹭绕着古塔翩翩飞舞呢！"

"没关系，古塔不是我最想看的景色。"

"那好，我们出发吧！"

两人经过断梁殿、憨憨泉、试剑石、枕头石、真娘墓、千人石，在剑池旁边停步。

一路上风光幽奇、景色秀丽，石碑上的刻字雄伟苍劲，让人的心境不自觉的恬静清雅起来。

走在这承载了两千四百多年风霜的古道上，幻想着自己踏着多少大文豪、大诗人的脚印，那种澎湃的心情和奇妙的感觉，让这对青年男女一时难以言表。

"终于看到剑池啦！"于净惊喜道。

"米灵依，这下面是不是真的埋着吴王阖闾啊？"

其实在虎丘的所有景点中，于净对剑池的兴趣是最大的，那充满神秘色彩的千古之谜以及"神鹅易字"的动人传说，的确让人有种难以抑制的向往。

"书上是这么记载的，可到底是怎样的一个墓葬，恐怕连吴王自己也不知道。"说完，米灵依半眯着眼睛眺望远处那座被郁郁葱葱的林木包围着的雄壮古朴的斜塔，它像是一块古老的里程碑，见证了千余年的风雨历史。

"他葬后三天，是不是真有白虎蹲在上面呢？他最爱的'鱼肠'什么的那些宝剑，现在不知还在不在他身边？"于净怔怔地望着池水发呆，"能葬在这么美丽的地方，死而无憾了。"

这一池清露清澈见底，在阳光下泛着粼光，显得更为神秘、诱人，竟像是一位蒙着面纱的神秘女子，既让人捉摸不透，又摄人心魄般地令人流连忘返。

"呆子，是不是很想知道几百年甚至千年前的古人在这里做过些什么？"米灵依看着于净痴痴的样子，更觉他像从古书里走出来的书生，叹息着这似水的年华。

"是啊，好想时光倒流一千年哦！"

两人就这样安静地在池边呆站了许久，仿佛是在追忆前尘往事，忘了要回到现实中来。

"我们还是继续往前走吧！"米灵依回过神来说道，"前面还有很多美丽的景色呢！"

于净点点头，再一次不舍地看了看剑池。

中午十二点半，两人意犹未尽地走出虎丘后门。

回头望去，身后仍是参天的古木和清幽的小径，像是另一片世界，美得像一幅泼墨山水画，让人舍不得走出来。

"我终于知道这个只有三百多亩，山高也只有三十多米的地方，为什么会让人有种不游此地乃一大憾事的感觉了。"于净深深叹了口气，"真是美得不忍触摸啊！"

米灵依也深深被这里的美景触动了。

两人在门口又是呆立了很久。

"好了，流连过了，导游小姐，我们前往下一个景点吧！"

"出发吧！"

（三）

四点五十分左右，米灵依和于净已在狮子林中的湖心亭小憩了。

于净坐在亭子里翻看着相机里的照片，一脸陶醉的表情丝毫不见倦意。米灵依只觉得肩膀有点酸，应该是背包太重了。她靠在椅背上环顾着四周傍池而建的亭台楼榭、假山翠木，置身这个假山王国之中，那种"一树一峰入画意，

　　　　　　　　　　　　　　伤藤

几弯几曲远尘心"的感觉又与早上在虎丘时的心境不大相同了。

一路走来，他们见到无数大小形态各异的"狮子"，无不觉得气势非凡。精巧细致的厅堂楼阁更是目不暇接，令人赞叹不已。米灵依最喜欢"燕誉堂"，宏丽高敞，令人流连忘返；"通幽""听香""读画""幽观""胜赏"这些砖刻匾额，更是让她嗅到一缕浓浓的儒雅书香。一路上还有许多隐没在花木扶疏之中的流泉飞瀑，还有那些令人叫绝的名木古树，让人叹为观止，难以用言语尽述其美。

实习的时候，米灵依也曾带队玩过四大名园，但此刻她还是被这里的一切深深震撼，只恨自己不是善描丹青之人，可将眼前所见一一绘出，但转念一想，即使再精细的画工，恐怕也难以将这满园的美景传神地再现。

"呆子，为什么要把这么多美景挤在一天内玩遍呢？这样就只能走马观花，没法细细品味它们的美了。"

于净转过头看着米灵依呆笑，似乎也倾倒于这片奇景。

"只能怪你假期有限。"于净把相机装好放回背包，夸张地伸了个懒腰，"导游小姐，不是说那些假山之中隐藏着五百罗汉吗，我怎么一个也没看到？"

"你还真是个呆子！"米灵依忍不住笑了，"要是看得到的话，你就是真罗汉了。"

"唉……"于净叹着气，脸上露出失望的表情，"我就是为了找罗汉来的，既然看不到，那我们就走吧！"

"什么！还没有走完一半就要走啦？"

"看不到最想看到的东西，还留在这里干什么？"

"可是我们还有很多东西没有看到啊，这样岂不是半途而废？"

"你不是来过了吗？"于净的语气充满怀疑。

"是来过啊，不妨碍再玩一遍啊！"

"再玩就赶不上看日落啦！"于净已经背好背包站起身来，"不要顾此失彼啦！"

他不由分说地拉起米灵依，"现在就出发去我最想去的地方吧！"

（四）

绯红的夕阳安静地铺在水面上，小河像是笼上了一层茜色的薄纱。桥边街道上绿树的影子婆娑在水中，恰似那红纱上点缀着的碧玉。一艘艘古老的小船轻轻从河面划过，木桨荡起的水波像是一圈圈年轮，把那些古老的回忆和诗情画意般的过往，都悠悠地舒展开来，展现在人们的眼前。水花荡起的涟漪，更像一位含蓄的美人，眼中闪烁着灵光。

站在这石砌的古桥上，望着岸边桥街相连、倚河而建的古朴房屋，倾听着脉脉流水从桥下静静淌过的温柔回声，眺望着渐渐落入西山的红日，那感觉就像是时光倒流了千年。

"细水涓涓似泪流，日西惆怅小桥头。"于净喃喃念道，眼中漾满了惆怅。

米灵依转过头看着他，眼前这个呆呆的男生在她的瞳孔里刹那间幻化成另一个人。他的头发突然变得很长很长，在头顶上束起一个发髻，戴着幞头；身上穿着一套水蓝色的圆领袍衫，束着银色的腰带，宽大的袖子在风里轻轻摇荡。这书生正背着手，仰望远方的天际，吟咏着伤感的诗句。而米灵依自己也仿佛化身一位身着瑰丽衣裙、云鬟峨峨、略施粉黛的女子，正凝神地凝视着身边这忧郁的男子。

这幅画面在这夕阳西下的古桥上，显得如此唯美、婉约。

米灵依不知已多少次带团游玩过此地，每次只要站上这座造型独特的双桥，还是会感到自己仿佛曾在这桥上流连徘徊过无数次。

周庄，这个承载着千年历史的古镇，在别人眼里也许是一个如诗如画的水乡，是一个保存完好的文化遗产，但在米灵依眼中，竟像是阔别了千年的故乡，那深藏心底几世的乡愁在那一刻终于得到了释放。

这是，她梦里的故乡啊！

很奇妙的感觉，就像三毛当年看到撒哈拉沙漠时的心情。

他们两人就这样静静地站在桥上，身边过往的行人完全和他们无关，时间就此静止。

伤　藤

傍晚的微风拂面而过，缕缕青丝在风中乱舞着。不知时间淌过了多少，直到太阳完全没入远山，阵阵的饭香在古镇中徐徐荡开，水面只余一抹抹晃动的树影，两人才恋恋不舍地走下桥。

（五）

"我就知道你一定是订了这里的房间。"

米灵依和于净在客栈门前站定。

这间客栈是周庄最有名的民宿，就坐落于双桥旁边，店主把客栈装饰得古色古香，极具当地特色。

米灵依抬头望着楼上古朴清雅的朱红木窗，又一次感到自己似置身梦中，她甚至突发奇想，等待着窗子突然被推开，随后一位百年前的美人倚窗轻叹，叹这如流水般的年华，惋惜那薄如蝉翼的姻缘。

"你来过这间客栈？"于净轻问。

"是啊！上次来的时候是冬天，晚上下了一场雪，天亮后门前积了白白一层，整座客栈银装素裹的，特别美丽。"米灵依转身走到河边那一排树下，伸手摸了摸树身，"当时，树上全挂满了冰针，晚上看起来像是夜空里的星星。"

于净仰头看着这一排郁郁葱葱的树木，微风中，枝叶轻轻晃动。他在心里幻想着米灵依所说的那幅画面，又一次陷入了沉默。

"两位是住店吗？"

这时，一个中年男子朝他们走来。米灵依和于净回过神来微笑着向他打招呼。

原来是客栈的主人。两人跟在热情的店主身后，走进了这间古朴的客栈。

"什么！只订了一间房？"于净填写登记表的时候，米灵依突然惊叫起来，"你为什么不订两间？"

"是双人房，有两张大床。"于净解释道，"订房的时候就只有这一间了，再说我又不会对你怎样，你那么紧张干吗！"

店主打量了他们一番，不禁笑道，"你们不是情侣？住一间房没什么问题吧？"

米灵依再次为早上没有冲进家门换衣服而感到深深后悔，但事已至此，只能硬着头皮强撑。待于净登记完毕，两人匆匆上了楼。

店主简单介绍了一下房间里的各种设施和注意事项，便关门离去。

于净立刻放下背包，一个"大"字朝天躺在靠墙的那张床上。

房间看起来普普通通，设备还算齐全，收拾得干净舒适。

米灵依放下背包，跪在床上推开木窗，虽隔着一层防盗网，还是能很清楚地看到外面的河景。华灯初上，一切都是那么静谧美好。

"看我对你多好，把靠窗的位置让给你。"于净淡淡地说。

"是是是，你最好了。"

米灵依看到河对岸用餐的食客，猛然发觉自己也饥肠辘辘起来。

"呆子，你饿不饿？"

"当然饿，你没看我都起不来了吗？快饿死了啦……"于净气若游丝地说道。

米灵依跳下床，一把拉他起来，"走，导游小姐带你去风卷残云一番！"

（六）

两人沿着河边踱步，停步在米灵依钟情的那家饭店门口。

他们在室外靠河的位置坐下，服务员走上来热情地招呼他们，米灵依点了几个招牌菜。

"在这里吃饭不但可以品尝到地道的美味，还可以欣赏两岸的夜景。"

"还真是一个好地方！"

菜被一道道端上来，饭店的大红灯笼也一排排地亮了起来，把于净和米灵依的脸庞映得通红。

"呆子，这个就是当地最有特色的万三肘子。"米灵依夹起一块猪蹄放在于净碗里，"本来最地道的吃法是用蹄髈中的一根细骨代刀，整只切着吃的，我怕麻烦，所以就让服务员切好了。"

此时，于净的口水都快流到河里去了，迫不及待地把碗里的肘子塞进嘴里。

"哇，好好吃哦！"于净嘴里塞满了食物，声音模糊而兴奋。

"这个万三肘子可是招待贵宾的必备佳肴哦！"说着，米灵依举起茶杯，"客从远方来！我呢，以茶代酒，欢迎你到苏州来。"

于净端起茶杯和她碰了杯，"这句话等到现在才说，不过也谢谢你啦，带我玩了这么多地方！"

两人边谈笑边吃饭，童子黄瓜、虾糟、三味圆……一道道特色菜肴让于净赞不绝口。等到最后一道汤上桌的时候，于净差不多已经吃饱了。

"这是什么菜？"于净从汤里夹起一根菜问道。

"这是一种叫莼菜的水生植物，很好吃的，你试一下。"

于净舀了一小碗汤细细品味着。

"好鲜美的味道！"

"你有没有听说过，西晋文学家张翰的'莼鲈之思'？指的就是我们眼前这道莼菜和鲈鱼做成的莼菜鲈鱼羹。"

"原来还有典故啊，那要吃多点。"于净又添了一碗汤，也帮米灵依舀了一碗。

"为了庆祝我再一次回到梦里的故乡，我们要把这道汤全部喝完。"

听完米灵依的话，于净突然呆住了，表情慢慢地起着变化。

"原来，我们梦里的故乡是同一个地方！"

（七）

夜晚的房间很安静。客栈的隔音做得很好，几乎听不到室外的任何杂音，让人感觉很舒服、很安心。

米灵依从浴室走出来的时候身上笼罩着一层薄薄的雾气。一阵清新的发香随即在房内蔓延开来。此时，她已经换好了睡衣，是一件纯白色的背心和一条粉红色的短裤。

于净看着她走到床边轻轻坐下，拿着大毛巾反复擦着头发。一阵阵白色的水汽从她头发上慢慢升起，袅袅地飘进空气中。

米灵依把潮湿的长发拨到一边，有几缕贴在脸上，被她腾出手来轻轻拨开了。

于净怔怔地看着这个生动的画面，突然想到"出水芙蓉"四个字。

此时，米灵依也确实像一朵濯清涟而不妖的莲，清新可人，带着淡淡的水雾，朦胧而美丽。

于净呆呆地看着她，眼前似乎又出现了另一个女孩的模样。

米灵依也注意到于净陶醉的眼神，当即瞪了他一眼，严厉地说道："呆子，乱想什么呢！"

一语惊醒梦中人。于净一下子露出了惊讶的表情，随后拍拍胸口，让自己镇定下来，"被你吓死了！不说话的时候还蛮优雅的，一说话就像母老虎！"

"你……"米灵依刚要为自己辩护，房门就被敲响了。

于净望向房门的方向，又转过头来看了看米灵依。米灵依已经把头别过去，于净只好起身去开门。

"来尝尝我们周庄的阿婆茶。"店主端着茶盘走进门，"请你们两位喝的。"

"多谢老板。"米灵依连忙起身上前接过茶盘。

"这里环境还可以吧？有什么需要就跟我说。"

老板跟他们寒暄了几句便离开了房间。屋里又恢复了安静。

米灵依端起一杯茶，尝了一口，"还挺有味道的。"

于净没有接她的话，也端起茶喝起来。

这种男女共处一室的气氛让他们都感觉有点尴尬，甚至不知该聊些什么，只能默默地坐在各自的床上。

于净百无聊赖地按着电视遥控器，事实上，他并不关心电视上到底播放的是什么。他的心情有点杂乱。

　　　　　　　　　　　　　　　　　伤藤

米灵依则侧过脸观赏着窗外的夜色。朦胧的街灯倒映在河面上，一团团的光晕在水里轻轻荡着，看着看着，竟有点头晕。

"喂，我们到门口树底下坐一坐，好不好？"于净打破了沉默，"待在房里好闷，我们去那里喝茶聊天？"

米灵依犹豫了一下，点了点头。

（八）

"善居，你觉得要不要跟季子说？"

米家夫妇在弄堂里踱着步，慢慢地往家门走去。他们的脚步都显得有些沉重，平时一分钟可以走完的弄堂此刻竟变得如此漫长。

米善居仰头看着空中凝结不散的乌云，似乎预示着一场倾盆大雨的来临。

阴沉的天像是一张老人生气的脸，很阴郁，很沉闷，压得人喘不上气。

"还是先别说吧，等事情真正来了，再想办法应付吧！"米爸爸深深叹了一口气，"刘月，这些年委屈你了。"

他伸出手臂搂住妻子的肩膀，这让米妈妈顿时生出一种无可比拟的安全感。正是这对有力的臂弯，让她这许多年来无论遇到怎样的困难乃至屈辱，都坚强地挺了过来。

"既然是夫妻，就应该什么都一起承担，何况灵依丫头不是常说嘛，我们都会好起来的。"

夫妻俩走到家门口。米爸爸凝视着身边的妻子，眼神柔情似水，有着说不尽的疼惜和愧疚。他正想再跟她说些什么，忽然看见两个身影被路灯的光线投射到弄堂里。他们只好推开家门，走了进去。

陆书杰和季子刚好在此时走进弄堂。暖黄色的灯光下，两人的脸上都带着一种朦胧而又梦幻的神色，仿佛都有点伤感。

季子中分的长发很自然地垂在肩头，有一点白色的东西沾在了头发上，陆书杰伸手帮她弹落。

"我有个同学现在在公安局上班，我已经叫他帮忙查小愉的事情了。"

"希望我们可以快点帮小愉找到她的父母。"

两人面对面站着，陆书杰高大的身影把季子完全覆盖住了，这让季子看起来很瘦小。他看着季子苦笑的脸，突然觉得这个平常看起来很冷漠、很倔强的女孩，竟是这样纤弱。

这天下午，陆书杰又陪季子去了一次孤儿院，刚好有一队青年志愿者也去探望小朋友。季子和陆书杰便抽身去找小愉，那个从来不跟人说话的小女孩。

她还是像季子第一次看见时那样安静地坐在走廊的角落里，季子走到她身边，也陪着她在角落里坐着。

两人都没有说话。

过了很久之后，小愉突然抬起头看了季子一眼，眼中射出一道仇恨的光。

"可以跟姐姐说说话吗？"季子的声音无比温柔。

"我恨你们大人！"小愉冲着季子声嘶力竭地吼了一声，随后快速地跑了。

几个小时过去了，季子仍觉得那个声音始终在耳边回荡，挥之不去，像梦魇一般。那也是许多年前乃至现在，曾无数次回响在自己心里的一个声音。

"季子——"陆书杰突然叫了一声她的名字，并痴痴地望着她，眼里充满着十分复杂的情绪。季子抬头看着他，有点困惑。

"以后，不要去看小愉了，好不好？"

"为什么？你不觉得她很可怜吗？"季子感到很错愕。

"我不想你每次看到她都感到不开心，不想你总是因为她而想起以前的自己，不想……"

"不想我一想起以前的自己就更加恨米灵依，对吗？"季子打断了陆书杰。此时，她的眼眶已经慢慢变红，"我知道你们都不喜欢像我们这样的小孩，都喜欢米灵依，那么乖巧，那么善良，那么听话！这么多年来，谁都不喜欢我，包括你！"

陆书杰愣愣地看着季子，她脸上两道泪痕在他的影子里闪耀着冷冷的光。

"不是这样的，季子，你不是那样的人，我知道。"陆书杰的眼眶也跟着红了起来，不知是被她内心的悲伤感染了，还是自己想起了什么。

季子望着陆书杰的眼睛，灯光从他背后投射过来。因为背光，他的眼睛显得格外深邃而悠远，而且流露出难以形容的暧昧和柔情。这就是让季子一直无法挣脱的那个眼神。

"你不用解释，我明白，谁都会喜欢米灵依的，换成是我——也会。我不会计较，更没想过要跟你怎样，这么多年来都没有想过。只要大家都是朋友，一直可以见面，我就很满足了。"

季子不敢再和陆书杰对视，她伸手抹掉脸上的泪水，抬头望着布满乌云的天空，害怕一低下头泪水就会止不住地往下掉。

陆书杰看着她那么哀伤却还故作坚强的面颊，心里仿佛有把刀在狠狠地扎着自己，疼得有点发麻。

这一刻，他终于发现了一直深藏在心底，最真实的那个秘密。

"季子，"陆书杰突然拉起她的手，"对不起……"

（九）

"终于体会到那句歌词的意思了。"米灵依啜了一口茶，"但愿能化作唐宋诗篇，永远在你身边。"

周庄的夜格外宁静，没有喧嚣的车鸣，亦无匆忙的脚步。小河静静地从身边流过，像是轻移莲步的少女；橹声是她的叹息；依稀倒映在水中的路灯灯光，则是环绕在她身边轻轻舞动的萤火虫。

这样美丽的夜晚，即使天空密布乌云，也让人有说不尽的清幽舒服，反倒期盼能下上一场雨，洗去游人留下的脚印和尘埃。人们心中更是塞满了诗篇，都是抒发对周庄的爱，亦是淋漓尽致描绘梦中故乡的美，但又找不到一首可以尽诉这浓浓的乡愁。

又或者，最美的诗，竟是无声的爱吧！

于净和米灵依坐在河边的砖石上，喝着店主送的阿婆茶，各自望着河水出神。树梢晃动的影子映在他们脸上，像是随风飘荡的发丝。

这一刻，时间是静止的，若说周庄是一幅油画，他们便是定格在画中的人物。

要是真的可以这样，倒是不错的选择。只可惜不能。

"为什么说周庄是你梦中的故乡？"于净问道，眼睛却没有离开河面，像是在端详着一位刚揭开红盖头的新娘，生怕少看一眼就错过了那份娇媚。

"小时候有一次，我跟妈妈到这附近一个茶商处进货，因为顽皮乱跑，误打误撞跑到了周庄。当时真的以为自己跑到古代或者自己的前世里了，那份兴奋和激动至今记忆犹新，才知道什么叫'似曾相识'、什么是'久别重逢'。年幼时，我曾无数次在梦中来过这里，所以，这里应该就是我前世的故乡。"米灵依的眼神渐渐朦胧，仿佛又回到了十几年前第一次站在双桥上的时候。

"后来你就常来周庄？"

"每年至少来一次，就像回老家一样。"

米灵依和于净对视了一眼，似是交流了一些不为外人所知的讯息，只有他们二人心知肚明那一掠而过的眼神里包含了什么。

"你呢，呆子？这里为什么也是你的梦中故乡？难不成是你研究古诗词研究得走火入魔？"

"你忘了？我是学建筑的啊，著名的建筑学家罗哲文曾经盛赞周庄'不但是江苏省的一个宝，而且是国家的一个宝'！怎么说我也是中国人，所以就回来看看国宝咯！"

于净不以为然的表情让米灵依有些生气，"你少打官腔！套完我的话，自己就不想说实话啦，你试试看！"说完，米灵依在于净面前亮出一只拳头。

于净笑了，"其实我也不知道什么原因，而且……"说着，他站起身拍拍裤子上的灰尘，顺手把茶杯放在砖石上，"你想知道，我偏不说！"

米灵依眼睁睁看着于净大笑着往客栈跑去，等回过神来想追的时候，他已站在前台处朝她扮鬼脸。

"你个死呆子！看我怎么修理你！"

欢快的嬉闹声被恬静的夜悄悄冲淡，恬静的夜也在隐约传来的欢笑声中，深沉下去。

（十）

刚回到房间，外面就下起了瓢泼大雨。

刚躺下的时候，米灵依和于净还有些莫名的尴尬，所幸很快就在催眠的雨声中睡着了。

清晨，二人耳畔仿佛还回响着那如水晶钢琴弹奏出的清音。推开窗户一看，河面被一层朦胧的水雾氤氲着，像是冬日人们呼出的热气。微红的晨光穿过薄雾挥洒下来，竟在河面放射出一道道彩虹般的光晕，船只穿梭其中。那画面美得好不真实。

收拾行李的时候，米灵依埋怨于净，"你这个呆子，也不调好闹钟，你看，现在好啦，看不到日出了！"顺手把自己还没开机的手机塞进背包里。

"留点遗憾才更美啊！"

于净注意到米灵依今天穿着白色上衣、深蓝色牛仔裤，自己穿的是黑色上衣，也是同色牛仔裤——又是很明显的情侣打扮！但他只是在心里偷笑，并不提醒米灵依。

这时，热情的店主把他们送洗的衣服送了回来。米灵依伸手去接的时候，于净发现她手上戴着一条粗线条的银色手链，上面挂了一个小小的木马吊坠。他立刻故作镇定地打开自己的背包，若无其事地挑选着要戴的配饰，把一条颜色、款式都很相近的手链戴在手上。之后，他心里突然有种吃完一整块黑森林蛋糕般的满足感，自己都感到很神奇。

两人收拾妥当后下楼退房，在店主的热情欢送之下，开始了他们的"故乡一日行"。

清晨的空气无比清新，阳光也是那么温柔。米灵依和于净坐在轻轻摇晃的小舟上，听着船家操着浓重的乡音讲述着关于周庄的故事，感觉自己就像睡在摇篮中的婴儿，被包裹在浓烈的幸福感和安全感之中。

小船慢慢向前漂着，树木、房屋的倒影被船橹轻轻拨开，缓缓退到船尾，还没来得及恢复原来的影像，又被下一条船拨乱了。

沿河房屋那一扇扇朱红的窗子内浮动着形形色色的人影，都在热情地向游客们挥手致意。擦船而过的游人之间也亲切地交换着笑容，每张面孔都写满了陶醉和满足，人们似乎都惊叹于竟置身如此质朴而优雅的美景之中。无须赘言，只静静欣赏，便已觉得无比欣喜。

整个上午，于净和米灵依就这样悠闲地随波逐流。他们没有过多的交流，于净陶醉得忘了吟诗，只偶尔与米灵依对视一下。他们的心灵亦被这轻轻泛着涟漪、微微闪着银光的河水洗涤得一尘不染。

青灰色的屋瓦，斑驳的屋墙，朱红的木窗，围在屋后的篱笆，堆砌成房屋、桥梁、街道的原始粗糙的石块，顺着河岸延伸而上的石阶，连接街道的古桥，屹立在河边的树木以及高挂的大红灯笼……古镇里的一砖一木像是在脑海中牢牢砌了一座城堡，把最美好的记忆都包围在其中，永远都不会遗失。

午饭时分，小船穿过桥底。两人踏着石阶上了岸，走进临水而立的一家老饭庄用餐。

饭后，他们踏着青石板路沿河漫步。绿荫下，不少当地居民在说笑谈天，有抱着小孩的，也有摇着葵扇的，还有吹拉弹唱的。米灵依和于净看着这一派与世无争的人间烟火，不禁流露出无限向往的神情，一如走进了武陵人的桃花源。

岸边还有许多售卖特产的商店。二人买了一些便于保存的刺绣留作纪念。

午后两点半左右，他们又登上一条小船。多么希望可以一直这样漂下去，不要靠岸！

四点钟，二人坐上开往下一个景点的大巴车。车子缓缓驶离，他们还恋恋不舍地回头张望渐行渐远的"梦中故乡"。

"以后有机会的话，我们每年都来一次周庄，好不好？"于净恋恋不舍地说。

"只要你可以的话，我当然没有问题。"米灵依用一只手托着下巴，靠在车窗上淡淡地说。

于净轻轻叹了口气，重重靠在椅背上，"要是可以一直留在这里就好了。"

米灵依没接话，只是看着窗外迅速后退的树木。空调从他们头顶的位置机械地向下倾泻着冷冷的风。

"灵依——"于净突然弹坐起来。

米灵依转过头看着于净，发现他的眼中莫名闪着兴奋的光。

"如果我将来成了著名设计师或工程师，就用赚来的钱在周庄买一条船，送给你。"

于净的语气和眼神中流露出的那份认真让米灵依倍感受宠若惊。也许是平时打闹惯了，突然看到对方郑重其事的样子，她反而感到些许陌生。那感觉就像冷不丁看到陆书杰扮出一个夸张的鬼脸那样错愕。

"为什么要送我一条船？"

于净一时语塞。他也不知道为什么自己会突然生出这样的想法，也许他只是纯粹想买一条船，并不在乎是不是送给米灵依吧！

"……到时候我钱多得花不完，就买条船送你啦！"于净又恢复了那招牌式的平淡语气。

"那就祝你富可敌国啦！最好是买一条蜡笔小新造型的船，那就更好了。"说完，米灵依转过头继续望着窗外不断变化的景色，突然想到一个问题，又转过头来问道，"礼尚往来，你送我船，我回敬你什么呢？"

"这个嘛……"于净皱起眉头沉思片刻，突然喜上眉梢道，"你不用送我什么，只要专门做我的船橹，天天被我泡在水里摇就好了，啊哈哈……"

"于净，你找死！"

车厢内顿时传来一声努力压制但仍火药味十足的闷吼。

"不要这样嘛，船没有橹哪里动得了……"

Chapter 7

过往的归结

既然决定了要重新开始，那么，那些刺青般抹也抹不掉的过往，只能将它决绝地归结。

（一）

"书杰啊，下个月一号可以正式去文化局上班了。"

陆爸爸下班回家，把一枚信封递到儿子手里。

"哎呀，总算可以堂堂正正地去上班了。"陆妈妈从厨房里快步走出来，将沾湿的双手用力在围裙上擦干，"让我看看。"

陆家夫妇凑到一起小心翼翼地捧着录用通知细细读着。

陆书杰看到父母因这一纸薄薄的信件而无比欣慰的样子，皱纹好像都在一瞬间被熨平了。突然，他心里无端地酸痛起来。虽然他自小成绩优秀，无论在家或是学校，都深得长辈、同龄人的喜欢，就连文化局的工作也是在学校院长推荐下，通过自己的努力得来的，并没让父母过多操心，可此刻看到父母兴奋的表情，心里还是充满了无尽的感激。

母亲在他小学二年级时下岗，之后就没再去找工作，一直在家照顾他。每次成绩单拿回家，母亲总是心急地翻开来看，看到喜人的分数，眼中总是闪烁着夏夜星辰般的光芒。每次拿到各类比赛的奖项，父亲总是要带到单位向同事炫耀一番，哪怕只是一个小小的鼓励奖。

——这就是为人父母最大的成就感。

培养出一个优秀的孩子，那种欣慰和快乐比中了头彩还要长久得多。

只是，作为一个二十二岁的大男生，陆书杰已不习惯跟父母直白地表达感激，就好像不习惯当街吃冰激凌一样。他觉得有些话藏在心里比说出来好，更何况，他从小就是一个不轻易表达感情的人。

此刻，他突然想起季子的父母。这许多年来，他们必定过得更艰辛。

"如果真能帮季子或是她的家人做些什么，就好了。"陆书杰喃喃自语道。

"书杰，明天下班叫你妈陪着出去买几套正式点的衣服。"陆爸爸拍着儿子的肩膀说，"上班了，还是要穿得正式一点好。"

"明白。后天再去买吧，明天我约了季子。"

"那就叫季子陪你去买好了。"陆妈妈说着又走进厨房，"年轻人的眼光比我们强。"

陆书杰嘴上答应着，又看了一眼握在手里的手机。今天，它一整天都没响过，除了新闻早晚报。陆书杰有些怀疑手机坏了，或是欠费停机，可他发现余额充足，信号也是满格的。他忍不住跑到座机旁，想要拨打一下自己的电话，可刚拿起听筒手机就响起短信铃声。他连忙把听筒放好，兴奋地按亮了手机。

"书杰，今晚有空吗？我想约你散散步。"

是文小蕾。陆书杰皱了皱眉头，礼貌地回了几个字："不好意思，我今晚有事情要忙。"

这不是他等待的消息。

他瞄了一眼手机上显示的时间，六点二十分。从早上八点钟到现在，他已经等了十个小时又二十分钟了。本来这就是一段很长的时间，尤其是等待回复的过程，感觉上会比实际时间还要漫长得多。陆书杰突然有种度秒如年的煎熬感，但手机像死了一样，漆黑的屏幕倒映出的还是自己失望的表情。他感到有一队蚂蚁在自己心上缓慢地爬行着，却始终没能爬到它们要去的地方。

　　　　　　　　　　　　　　　　　　　　　　　伤　藤

他深吸了一口气，按出手机的通讯录，迅速找到"米灵依"的名字，然后盯着屏幕犹豫起来，仿佛米灵依就站在眼前。

半晌，他像是鼓起了莫大的勇气，终于按下了拨打键。

"对不起，您拨打的电话已关机。Sorry，the number……"

陆书杰拨了三次，都是相同的回复。他合上手机，心里忽然忐忑起来，一股难以言喻的落寞瞬间袭上心头。那感觉就像是鼓起勇气打开一本自己一直不敢翻阅的书，结果里面竟然全是空白页。

"灵依，你到底是怎么了？"陆书杰喃喃自问。

（二）

"于某人，从这一刻起，你将改写我人生的历史。我保证从今天开始，我生命里不会出现第二个像你这么能玩到让我无语的人。"米灵依有气无力地说着，用一种看破红尘的眼光幽怨地盯着坐在她对面的于净。

"哎，导游小姐，到苏州，而不到寒山寺，则不算苏州客。书上说寒山寺和苏州园林一样，都是姑苏城的象征，苏州人的骄傲啊，我来看看你们的骄傲有什么错？"

于净一副大言不惭、理直气壮的样子，看上去精力无比充沛，眉宇间都写满了难以掩盖的兴奋。

"游寒山寺自然是没问题，可我们已经把大雄宝殿、藏经楼、钟楼、枫江第一楼甚至大大小小的碑刻啊、罗汉像啊全都游览过了，斋菜也吃了，这样还不能算是一览无余吗？今天都已经这么累了，你还要来搞这个！"

"只看了《枫桥夜泊》的碑刻，不亲眼见识一下夜泊枫桥，跟没来有什么区别？"说完，于净再一次理直气壮站起身，走到船头。

他们的船已经穿过桥洞，缓缓往前面的河道行进。河面上，只有寥寥几只船和他们平静地擦身而过。

满天星斗熠熠生辉，闪烁的倒影铺满了水面。加上岸上灯光投射下来的影子，还有一些建筑物、树木的影子，层层叠叠铺在水面上，朦朦胧胧的，都被两岸的河堤框了起来，像是烛影下一幅古老的屏风。

于净伫立船头，背着手摇头晃脑地吟咏道："月落乌啼霜满天，江枫渔火对愁眠。姑苏城外寒山寺，夜半钟声到客船。"

米灵依摇摇头，"张继先生，今晚有星无月，何况我们都穿着短袖呢，哪里来的霜满天？"

"你有一点想象力，好不好？"于净转过身白了她一眼，继而回过身，仰头迎着晚风，想象自己正是那落第返乡的张继，载着满船的落寞和无处可施的才情，忧伤地漂荡在水面上。

"好好好，是我缺乏想象力，那我现在就努力想象一下吧，大诗人！"

米灵依半靠在船舱内伸了个懒腰，轻轻闭上眼睛。她开始依照张继的诗文在脑海里描绘起当时的画面，希望以此来麻醉自己疲惫的神经。天知道船头那位诗人还要吟诵到几时！

过了一会儿，米灵依突然听到一阵钟声，并不像寺里的新年钟声那样洪亮整齐，而是叮叮咚咚，有些杂乱。起初以为是幻听，却越听越觉得奇怪。于是，她用力睁开几乎粘在一起的眼皮，疲倦地环视了一下四周。这一环视，令她突然爆出一阵笑声，以至于船头的诗人也被她吓住，打了个激灵，而她的倦意也被抛到九霄云外。

原来，于净左手正拿着一个小钟，就是旅游景点卖的两个拳头大的那种，右手握着一根小木槌，正摇头晃脑地敲打着，那声音毫无节奏感，音色也杂乱无章。诗人本尊倒是陶醉得很，米灵依的这声狂笑不禁令他有点恼怒。他再次转过头瞪着米灵依厉声道，"你不要吵，好不好？好好的意境都让你给破坏了！"

"对不起，对不起。"米灵依努力遏制住自己的笑意，"'夜半钟声'原来是诗人自己敲出来的，我真是太肤浅了，无法共鸣这种打钟吟诗的意境。你不要管我，继续，继续。"

"那你就不要再吵啦！"于净转身继续制造着独创的"夜半钟声"。

米灵依压低了笑声，只是看到船家也在竭力忍住笑，她反而笑得更嚣张了。

米灵依心想，要是张继可以看到今天这一幕，估计那落第的苦恼和壮志难酬的沮丧都会瞬间消散，八成也忍不住要狂笑一番。

许久之后，米灵依才止住了笑声，顿觉满血复活，像刚睡醒般精神。

诗人也不再敲钟，只是仍背着手站在船头不肯回来，仿佛只有摆出这样的架势才不负满腹的诗意。

米灵依无奈地摇摇头，低声说："还说不是研究古诗词到了走火入魔的地步。"

这时，她突然想到今天还没有给母亲打电话报平安，便从背包里拿出手机。她急于把诗人打钟的事情与人分享，一按手机才发现居然一天都没开机。

一阵开机铃声过后，屏幕上出现了蜡笔小新的屏保。她按着自家的电话号码，按到最后一个数字时，短信铃声响起来。

米灵依条件反射地按了阅读键，在没有任何心理准备的情况下，一行文字跃入眼帘：

"灵依，我跟季子坦白了，我想你会支持我的，所以想快点把这个消息告诉你。尽快回复我。"

米灵依呆住了，嘴巴张开却一句话也说不出来。

坦白？坦白什么？他难道把那晚和她说过的话都告诉了季子？还是……

突然间，无数个疑问同时破土而出，密密麻麻的像是蚂蚁一样啃食着她的神经。她惊慌地握紧手机，竟有些手足无措，甚至已经脑补出季子仇恨的眼神、父母满面的泪痕。

她的手微微颤抖了起来。

于净还站在船头背对着米灵依，陶醉在自己的诗情画意里，完全没有察觉到她的变化。

这时，电话响起，屏幕显示出的名字刺痛了米灵依的眼睛。犹豫了几秒钟，她还是按下了接通键。

"灵依，我今天打了一天电话，你怎么都没有开机？"电话那头是陆书杰焦急的声音。

"你现在在哪里？"米灵依尽量压低声音，但还是难掩急切的情绪。于净闻声，也回过头来。

"我刚跟同学在珍珠弄的茶馆里喝完茶……"

"你等我，我现在来找你！"米灵依打断了陆书杰的话，匆匆挂断电话。

此时，于净已站在她身边，眼中充满了关切之情，"我已经叫船家靠岸了，出什么事了？"

"陆书杰跟季子坦白了，我要去问一下他到底怎么回事。"

"我陪你去，好不好？"

"不用，你先找个酒店订好房间，我弄清怎么回事就来找你。"

于净知道自己不方便插手他们三人之间的感情纠葛，只好点点头，一再重复叮嘱，"你自己小心点，有事随时打电话给我……"

（三）

陆书杰在茶楼门口徘徊。他一只手提着一个袋子，另一只手插在裤兜里，左右张望着。

今晚的天气很好，夏末夜晚的空气既清新又凉爽，舒适的体感像是刚嚼完口香糖的口腔。但此刻，他无心于这完美的体验，满天星斗反而平添了内心的紧张和烦躁。

米灵依在电话那端的语气非常慌张，难道她不同意自己的做法？为何会心急如焚地要赶来见他？就在他百思不得其解之际，一辆出租车停在他旁边。

"陆书杰，你到底跟季子说什么了？"

这个问题劈头盖脸地落下来，让陆书杰不自觉地后退了一步。

"陆书杰，无论我们是多少年的朋友，只要你胆敢伤害季子，我都绝对不会原谅你！"

出租车开走了，只剩下米灵依和陆书杰在路中间对峙着。

"灵依，你在说什么？我怎么可能伤害季子？"陆书杰一头雾水。

"那你跟她坦白了什么？你以为跟她坦白，我们就有可能吗？"米灵依的态度咄咄逼人。

陆书杰终于明白她在电话那头如此急切的原因了。他重重地吐了口气，平静道："灵依，你完全误会了。"

（四）

于净把米灵依送上出租车后，带着所有行李在附近找了一间酒店，开了两间单人房。他把酒店地址和房号发给米灵依，走进浴室冲了个热水澡。出来的时候，米灵依还没有回复信息，他不禁有些担心。

"也不知那个野蛮小姐有没有遇到麻烦？"他一边用毛巾擦着头发一边喃喃自问。随后，他拿出手机准备打给米灵依，转念一想，陆书杰跟她相识多年，还彼此喜欢，想来不会出什么事情。

"还是不要庸人自扰吧！"说着，他把手机丢在床上，打开笔记本电脑。

许久没有管理自己的邮箱了，他删除了海量的垃圾信息和无聊的广告。无意中，他看到一封今天才发来的信件，来自 Adela。这几个英文字母让于净的头皮一紧，那种震撼力就像是有人用力一拳打在他心上。他的手心微微渗出了汗，许是因为房间里开着冷气，因此，那汗竟然也是冷的。

他犹豫了一下，点开了邮件。

（五）

"你对季子不是坦白，而是表白？"米灵依小心翼翼地问道。

此时，她和陆书杰并肩走在一条较为幽静的小街上。她竖起耳朵，生怕自己一不小心又听错。

"是的。这段日子以来，我陪季子去孤儿院做义工，才了解到很多以前我一直不了解的东西。"他停下脚步，微笑看着米灵依，"灵依，其实我很任性。一直以来我都认为从小到大喜欢的是你，是因为季子我们才会分开，才不能自由自在地在一起；我甚至还在心里一直埋怨季子，恨不得她从未出现过。这么多年了，我始终没有真正敞开心扉去关心过季子，去了解她，更不用说接纳她，想来，自己真的很混蛋。"

陆书杰继续往前走，米灵依跟了上去。

"我一直为自己开脱，觉得季子生性坚强冷漠，任何困难对她来说都是无所谓的，却从来都不知道，她也会因为一个小孩儿流泪。当我看到她那么伤心却还要抑制住哭声的时候，才知道她需要依靠、需要被保护，只不过她跟你一样，喜欢把悲伤藏起来，不让人看到罢了。"

米灵依的喉咙已经哽咽了，她故意清了清嗓子，用听起来正常的声音，轻声地问道，"所以，你接受了她？"

"是的。那天晚上，我第一次以一个倾慕者的身份，牵了她的手，跟她说'我喜欢她'，希望以后都可以保护她、照顾她。"

"她一定很感动。"米灵依的声音低到尘埃里。

"她呆呆地看着我，突然扑到我怀里，像个孩子一样哭了很久，可不知为什么，当时我竟然感觉很幸福。原来感情，尤其是爱情，是包含任何可能性的。"

陆书杰说完闭上眼睛仰着头微笑着，似乎还在回想着那个晚上的甜蜜。

米灵依在他闭上眼睛的那几秒钟迅速转过身，泪水像是早已决堤的洪水，毫无遮拦地喷薄而出。

满天的星星在那一刻竟无情地璀璨着，像一颗颗高贵的水晶镶在高高在上的黑呢绒长袍上，肆意地嘲笑着米灵依这卑微的、胆怯的、见不得光的悲伤。

陆书杰不曾察觉米灵依此时脸上的泪水，竟像水银般沉重而美丽。

"我真的很为季子高兴。"

陆书杰睁开眼睛，米灵依一如既往灿烂地笑着。十年前，二十年前，她都是这样在自己面前，灿烂地笑着。也许是光线昏暗，也许是米灵依隐藏得绝好，他竟看不出她哭过。

"我就说嘛，坚持就是胜利，你看季子的坚持不就成功了吗？以后你就是我的大块头姐夫，要好好照顾季子，别让她受委屈，要把她拒收的我们对她的爱，全部给她。"

"我会的，你放心，我已经辜负她很多年了，会加倍补偿的。"陆书杰轻轻地把手放在米灵依肩头，"倒是你，别老是想着别人，要多多照顾自己。"

这句话像是催泪弹，又一语击中米灵依。她的鼻子一阵酸楚，刚刚平息下来的洪水又在迅速涨潮。她立刻警觉地推开陆书杰的手，转身背对着他，不敢再看他那双温柔的眼睛，不敢再跟他有任何的接触，她怕自己经受不住那罂粟般的诱惑。

米灵依快步往前走去，故作轻快道："灵依小丫头毅力超强，遇到任何困难都是所向披靡的，根本用不着你担心。你啊，尽量把时间用来关心季子吧！"说着，又有几颗顽皮的眼泪从眼眶里跳了出来，米灵依伸手迅速擦干了。

"好了，我该回去了，那个呆子还在酒店里等我呢。大块头，我祝福你跟季子永远快乐地在一起。"米灵依拼尽全力保持着灿烂的笑容。

"谢谢你，你也要永远快乐。"陆书杰把提在手里很久的袋子递给米灵依，"这个送给你。"

"是什么？"

"巧克力啊！我知道你听到我和你姐姐在一起的消息，必定会高兴到想吃巧克力，所以就买了。"

米灵依呆滞地望着那个袋子，许久都没有伸手去接。她知道，这是陆书杰为她做的最后一件己事了，也知道，这是她最后一次从他手里接过代表快乐的巧克力。从此，巧克力于她只剩下孤单的苦味。属于他们两个人的故事，正式落幕了。

那个袋子像是浑身长针的刺猬，米灵依竟把手缩在背后，不敢去接。

"怎么啦？"陆书杰轻声问。

"没有，高兴过头了。"米灵依强撑着微笑的嘴角，不得不伸出手勇敢接过那个袋子。

好沉的袋子，直拉着她的心跟着一起下沉，沉入一片深不见底的海洋。

"好了，我要走了，再见大块头！"米灵依朝陆书杰挥挥手，转身快步走了。

泪水终于在那一刻得到彻底释放，像是撬开了监牢大门的罪犯，汹涌地夺门而出。

季子的坚持得到了胜利，而米灵依的坚持也大功告成，她成功地把自己最心爱的人献给了自己最愧对的人。努力了这么多年终于可以功成身退，她却没有丝毫成就感，反而感到前所未有的伤心。她不知道自己到底是得到了，还是失去了。

米灵依把袋子抱在胸口，快步往前方奔跑着。

"再见，陆书杰——"

陆书杰站在原地，安静地看着米灵依的背影一点一点消失在自己的视线里，感觉这次他们相隔的不仅仅是一整片大海，而是一个世界。

泪水悄无声息地从他脸颊滑落，重重地砸到地面。

"再见，米灵依——"

（六）

头发蓬松的于净穿着一套黑色运动型睡衣，站在酒店门口大口地喝着饮料。他手里提着一袋零食，是刚刚漫无目的地走到附近超市买的。

他在门口徘徊不定，许多的士司机以为他想打车，一辆辆在他身边停下又驶走。起初，他还不厌其烦地冲他们摇头摆手，到了第五辆车开来的时候他已经完全失去了耐性，只是呆呆地站着，不再理会任何人。

罐装饮料上融化的水沿着他的指缝缓缓流出来，冰凉凉、湿答答的。他举起手看了一眼，突然觉得一阵莫名的恶心，好像手上流出来的是血液。于是，他赶紧走到离他不远处的一个垃圾桶旁，用力地把罐子扔了进去。

"明天飞回来见我，好吗？即使是最后一次。我真的很想你。"

邮件里的这句话反反复复在于净的脑海里盘旋，像是一架美式轰炸机不断向他投射炮弹，攻击着他本来很坚决的心。他暗骂自己没用，看完邮件居然不舍得删除，还为了这样短短一句话心神不定、魂不守舍。

伤藤

她又不是第一次说这种话了。

是不是男人都是那么好骗？他暗暗自问。

有时候，明明知道自己只是别人寂寞时的一杯鸡尾酒，还是愿意没头没脑、奋不顾身地跳进调酒师的杯子里，直到把别人的寂寞麻醉，自己却落得无处栖身。但人就是这样，常常莫名其妙地想些借口出来，为自己制造一些希望的假象。而有的人也确实了不起，只要略施小计就可以温热他人一道冻得裂开的伤口，还让他忘了痛，好像枯木逢春。

于净多希望米灵依可以快点回来，替他解读一下此刻内心的疑难。

"这个家伙，十一点了还不回来！"

又过了十几分钟，于净等越烦躁。他气急败坏地提起那袋零食重重地打了一拳，塑料袋发出杂乱刺耳的呻吟声让他更觉火大。于是，他决定不再等了，先回房间再说。刚一转身，就听到身后发出一阵刹车声。

"我不是要坐车的啦！你们烦不……"于净吼叫着转过身，却见米灵依呆呆地站在他面前。

她眼眶很红，红得像快滴出血来似的。

"你怎么啦？发生什么事了？"于净把内心的烦躁狠狠甩到一边，关切地盯着米灵依渐渐低下的头，"到底发生了什么事？你被欺负了吗？"

"呆子，我想回房间。"说完，米灵依径自走进酒店。

于净只好快步赶上去，领着她进了电梯，刚想开口接着问，米灵依就摆出一个拒绝的手势。

"你别问，我也不想说。我想休息了，有什么事情明天再说，不用担心我。"

进了房间，米灵依仍旧低着头。她把于净推出门外，随后用力关上门。她爬到床上，抱起枕头蜷缩在一角，巧克力袋子被抛在地上，糖果撒了一地。

米灵依的身体被抽成真空，眼里已无多余的泪水，心脏像是干涸的河床，一块块地龟裂开来。她缓缓闭上眼睛，房间里只剩下空调发出的细微的机械声。

过了一会儿，她突然听到门被打开的声音。米灵依警觉地睁开眼睛，坐直了身子。

是于净。他关上房门，慢慢向她走过来。

"你怎么进来的？"

他晃了晃手里的房门钥匙，"这个房间是我的，你的房间在隔壁，钥匙都在我这里。"

米灵依机械地点点头，"那我去隔壁吧！"

"不用！"于净坐到她身边，"我们聊聊天，好吗？"

米灵依把头埋在胸口的枕头里，不发一言。

"陆书杰是不是跟你姐姐在一起了？"于净小心翼翼地问。

米灵依点点头，转过脸来看着于净，"你怎么会知道？"

"你真的以为我是呆子啊？他要是为了你跟季子摊牌，你一定也会很伤心、很伤心地哭，但绝不会是现在这个样子。"于净伸手把粘在米灵依脸上的头发拨开，"你的样子是失恋了。"

米灵依的眼睛又像涨了潮的湖泊。

"你是不是觉得一直想把一样心爱的宝贝送给人家，可一直没成功，突然有一天，这个宝贝主动找到新主人，你心里既高兴，却又有说不出的落寞、伤心和不舍？"

米灵依怔怔地看着眼前这个目光呆滞的男生，他像是长了一双透视眼，把她心里的感觉原汁原味地解读了出来。她再次机械地点点头，却感觉自己像只尾巴被踩伤的小猫，此刻刚刚止住血的伤口又被揭了开来。而泪水，又一次决堤而出，一颗一颗滴在自己的手背上，冰冷得刺骨。

"人就是这样，抓住的往往不是最爱自己的，自己最爱的反而要放手，还要假装潇洒地祝对方幸福，然后为他打开车门，吩咐司机把他送到幸福终点站。车子开走了，转过身来自己却已体无完肤、欲哭无泪。干吗总要做这样的傻事呢？都是笨蛋！"于净痴痴地说着，"也许爱情根本就是一个抽奖游戏，只能怪我们的手气太差了。"

他看着米灵依，伸手帮她擦掉脸上的眼泪。

米灵依发现，此刻他的眼睛里也闪烁着流动的光。

于净把米灵依紧紧抱在胸口的枕头抽走，然后靠近她坐下，很自然地把她揽入怀中。

"我们都需要一个温暖的怀抱，而不是冷冰冰的枕头。"

米灵依顺势张开手臂，紧紧环抱住于净的身体，再也忍不住大声地哭了出来。

"我很爱陆书杰，真的很爱。从小到大，他天天跟我在一起，保护我，什么事只要有他在就没有办不妥的，跟他在一起的日子真的很开心。有时候，我真的很恨他，为什么要那么优秀！为什么要让季子也爱上他！我不可能跟季子抢任何东西，只要是她要的我都给她，尽管我知道她不会稀罕，也不会感激。我爱陆书杰，爱到让我自己很害怕，害怕得不敢去接近他，所以，所以当他跟我说他喜欢季子的时候，我心里真的很难过。你说得对，我失恋了，失去了一个我喜欢了那么多年的人，只有他知道我最喜欢什么、最害怕什么，他比我自己还还要了解我。以后我怎么办？我还要经常跟他见面，还要看着他跟季子结婚，我害怕，呆子，我真的很害怕。"

"我懂，我懂。"于净抚摩着米灵依的长发，"我们都是很懦弱的人，没有办法面对自己，也没有办法面对自己喜欢的人。"

"我不是懦弱的人，会好起来的，明天就会好，可是现在我没有办法，我只能哭。"

"你哭吧，有我在，我这件衣服吸水能力超棒的，你哭吧！"

米灵依用尽全身力气在于净怀里大声地哭着。于净只是紧紧抱着她，自己眼睛里的泪水也悄悄渗进米灵依的发丝里，只是，没有人会发现。

夜色慢慢地深沉着，像是一块越染越黑的大幕布。

而满天跳跃的星星却像没有烦恼的精灵，不停地在大幕布上欢快地玩耍着，它们璀璨的笑脸在夜空显得更加耀眼。只是再耀眼的星光，也照不进那个悲伤弥漫的房间，米灵依和于净的心情只会随着夜色越来越暗淡，直到疲倦的双眼终于重重地闭上，什么也不知道了。

（七）

醒来的时候，米灵依的枕头一角还是湿的，鼻子里尚存一股酸楚的余味。窗子被厚厚的窗帘隔住，阳光透不进来，也不知现在是什么时候，但她觉得自己应该是睡了很久。

她躺在床上望着天花板发呆，脑袋有种发胀的疼痛感。昨晚的事情像是发生在几个世纪前般遥远，现在回想起来已经很模糊，就连自己是怎么睡着的都想不起来。

米灵依挣扎着想坐起来，感到肩膀有些酸痛。这时，她才发现自己和衣睡在床上，盖着被子，头发被整齐地梳在一边。看来这一晚，她真的很疲倦，睡觉时都没怎么翻动。

她用手揉揉眼睛，无意中摸了一下自己的脸，竟没有泪水弥漫蒸发后的干涩感，手感竟很柔嫩。她挠挠后脑勺，试图努力记起昨晚睡前的事情，却怎么也想不起来。她摸索着自己的手机，却发现手机摆在床头柜上，旁边还放着一堆首饰，是自己身上那些容易刮伤皮肤的耳环、手链和项链。首饰下面压着一张纸，米灵依轻轻把它抽了出来。

"好荣幸哦，我居然可以两度看到野蛮小姐痛哭的样子，真是丑得令人永生难忘。喂，野蛮小姐，以后不许再这样出来吓人啦，吓我一个就够了。其实，我也经不起那么多惊吓，不要再有第三次了哦！你啊，自己抱着我哭完就睡，我还要像个老妈子一样照顾你，真是吃了大亏了！总之，以后不要再那么伤心啦，米灵依是世界上最野蛮无敌的人，要坚强哦，要不然对不起你的野蛮！好好睡一觉吧，明天起床继续我们的旅行！于净。"

米灵依捧着纸条，忍不住笑了。这段有点语无伦次的俏皮话像是一杯浓浓的卡布奇诺，让她瞬间忘却了昨晚的伤心，满血复活，精神饱满。

"这个呆子还真是细心。"米灵依伸伸懒腰，懒懒地打了个哈欠。

她正准备走进浴室去洗漱，门就被敲响了。是于净，只见他站在门口，双手交叉在胸前，一副整装待发的样子。今天，他穿了一条宽松的黑色牛仔裤，

伤 藤

上身是一件白色 T 恤，印着夸张抽象的图案，还佩戴了很多金属的首饰物，头发打理得也很是养眼，只是脸上多了一副超大的墨镜，盖住了三分之一的脸孔。

"就知道你这条懒虫还没有起床！"于净跨门而入，表情跟平时没有两样。

"呆子，戴个这么大的墨镜干什么？怕被人看见你那两颗核桃啊？"米灵依的眼睛不依不饶地盯着他墨镜后面的眼睛。

于净警觉地推了推眼镜，"我的是核桃，你的就是熟鸡蛋！把悲伤华丽地遮盖住有什么不好？"说着，于净从裤子后面的口袋里取出另外一副墨镜递给米灵依，"你也华丽地遮盖一下吧，要不然真的会吓到路人！"

米灵依冲到洗手间照了一下镜子，发现自己的眼睛像是熬了十夜般红肿，嘴唇干裂得像是刚从撒哈拉回来，头发像秋风中的一堆枯草。那么一副憔悴的尊容，别说路人了，自己都被吓了一跳，嫌弃得很。

她迅速地打理了一下头发，火速进入洗漱状态。

"是不是把自己也吓到啦？"于净倚着浴室的门，再次把墨镜递给米灵依，"要不要？"

米灵依白了他一眼，拿过眼镜架在鼻梁上。

"你看，马上就像换了个人！要是能多掩盖一点就好了！"

米灵依再次瞪了于净一眼。

"别以为你戴上墨镜我就看不到你在瞪我。快去换衣服吧，我在房间等你，收拾好过来找我，咱们赶快出发啦！旅行还是要继续的！"

于净说着朝门口走去。

"喂，今天去哪里啊？"

"等一下你就知道了。"

于净顺手关上门。米灵依转身开始收拾自己的东西。陆书杰送她的巧克力已经被于净捡好放在桌上。她拿起来看了一眼，匆匆把它塞进行李包。

"米灵依，新生活开始咯！"她暗暗自勉道。

Chapter 8

交错的隐喻

也许生活里许多被隐藏的情绪，总是在两个人不经意间交错编织着。

（一）

日子安静地滑过，秋天的脚步悄悄地踏近了。

这些天，米灵依和于净又去了灵岩山，走了一遍当年专为西施去香山采种香草所开的采香泾；去了阳澄湖，赏景吃了大闸蟹；去了东山品味"湖光岚影景清幽，丛丛萃萃拂晴烟，登楼更觉胸怀爽，一片平丛水映天"的美景，还品尝了不少当地的美食。两人沉闷的心情仿佛在旅行中得到了舒缓，又或是两个伤心人在一起刚好负负得正吧！

米灵依带着于净去了她认为好吃、好玩的山塘街，度过了旅行的最后一天，然而，这也是最让她后悔莫及的一个决定。

陆书杰和季子这一对刚刚牵手的情侣也没闲着，天天都处在约会的甜蜜中。

陆书杰继续在书店站好最后一班岗，季子也像往常一样在首饰店上班。下班后，他们常一起吃饭，然后回家，有时间就去孤儿院看望小朋友。当然，最让季子开心的是，他们终于可以像其他情侣一样，牵着手走在电影院外面的情侣路上。

"书杰，糖果都带上了吗？"季子把包包放在陆书杰的自行车篮子里，"还有给小朋友们做的手工呢？"

"都带了。"陆书杰把东西从身上的挎包里翻出来给季子看，"喏，都在。你今天怎么那么紧张啊？"

"我不是紧张，今天有一个小朋友过生日，我怕没有带齐东西。"

陆书杰握住季子的手，微笑地看着她，"你以后一定是个好妈妈。"

季子咬着嘴唇白了他一眼，脸颊竟像是被一阵热气蒸到似的，笼上了一层红晕。

上午十点钟，微风温柔地拂面而过，像是刚长出来的嫩嫩的树梢，细细骚动着恋人们的心。

也许是因为只恋爱了不到一个星期，正处于热恋期，即使是两个已经认识了十几年的人，还是会为一句简单的情话而脸红心跳。

"快走吧，不要让小朋友等那么久。"季子拍了拍陆书杰的肩膀。

陆书杰笑着跨上车子，季子也坐到后座上，伸手环抱住他。

两人正准备出发，突然看到迎面走来一男一女，各自背着一个大背包，气喘吁吁的。

"呆子，你是不是疯了，旅行就够累了还要买这么多东西！"米灵依感觉肩上的背包像是装了一吨石头那样沉重。

"谁叫你带我去山塘街，那么好玩，又多东西吃又多东西买，当然要买点回家送你父母，还有我爷爷啊！"

"大家都是老苏州了，谁稀罕你这些东西！"

"那是我的心意啊！好啦，你再坚持一下就到家了。"

米灵依已没有力气再跟这个顽固的呆子争辩了，她拖着绑了沙包似的脚，缓缓向弄堂踱来。

"我们走吧！"季子叫了一声陆书杰。

陆书杰点了点头，骑着自行车迎面过去。

经过于净他们身边的时候，陆书杰分别叫了两人的名字当作是打招呼，季子还是一如既往地视而不见。米灵依因这一声招呼怔了一下，她站在原地，看着季子坐在后座上搂着陆书杰谈笑风生而去。

于净知道米灵依心里又起了波澜，于是伸出手把她的身体扭过来正对着自己，"这边的风景比较好，多看些养眼的东西。"

"养你个头！快回家啦！"

（二）

"你们这两个傻瓜，自己在外面吃够、玩够就好了，还买这么多东西回家做什么？"米妈妈看到那一大堆米灵依他们辛辛苦苦背回家的小吃特产和纪念品，有点啼笑皆非。

"听到没有啊，呆子，都叫你不用买了！"米灵依揉着自己的肩膀，没好气地说。

她和于净坐在客厅的沙发上，两人脸上都写满了倦意。

"没关系啦，家里有归有，我还是可以买回来送给你们吃的啊。"于净淡淡地说。

"那就谢谢你啦！"米妈妈帮他们沏好茶，"灵依啊，你单位那边通知了，下个月一号去上班。"

"下个月一号？那就跟从前开学是同一天咯。还有几天我人生最后的一个暑假就结束咯！"米灵依感叹着。

"是啊，以后就没有暑假咯。书杰妈妈说书杰也是下个月一号去文化局上班。"

米灵依漫不经心地"哦"了一声。

米妈妈转过头笑着对于净说："于净啊，出门这几天有没有给你爷爷打电话啊？"

"有的，天天打。"

"你们休息一天，明天带上这些东西还有我们家里的一点茶叶，让灵依陪你去看看爷爷。"

"哦，好……"

"我不要去！"米灵依打断了于净的话。她想起那天米爸爸说的话，顿时觉得全身起了一层薄薄的冷汗，搪塞道："我不方便打扰人家。那个……我先上楼看一下我的常春藤。"

"丫头，你怎么这么没礼貌啊？"

米灵依没有回答，径自跑上楼。

"妈，"她突然又转过身说道，"我休息一下，吃午饭的时候叫我。"

她匆匆跑上了阁楼，耳边还传来母亲和于净交谈的声音。

"这孩子……于净啊，丫头这几天没欺负你吧？"

"还好啦，没怎么欺负……"

（三）

"好的，我知道了。谢谢你啊晓升，改天请你吃饭。"陆书杰挂上电话，眉头紧紧地锁住了。

季子正跟小朋友们坐在一起吃午饭。

今天有一个唐宝宝过生日，生活老师准备了丰盛的午餐，季子她们也买来许多糖果和小礼物。所谓生日，不过就是被收进孤儿院的那一天。

小愉也在，不过她还是独自躲在窗边的角落里吃饭，像是一棵被人遗忘的小草，不和其他人说话，只是不时抬头用哀伤的眼神望着窗外的蓝天，就像笼子里的小鸟，期盼着不知何时才能降临的自由。

"小愉，你吃饱了吗？"季子走到她身边弯下腰问她。

小愉没有回答，仍旧愣愣地望着窗外。

"季子，我们出去一下，我有话跟你说。"陆书杰拉着季子往门口走去。

两人站在门外。季子疑惑地看着他，"怎么了？"

陆书杰顺着门缝望着屋内角落里的小愉，喉咙里一阵哽咽。

"季子，小愉的妈妈，再也不会回来接她了。"

（四）

下午五时过后，阳光开始变得慵懒。树叶的苍绿渐渐转为柔和，仿佛连叶片也变得柔软。树上不再有蝉儿寂寞的喧嚣，世界在秋天初到之际安宁了许多；又或许是夏天真的比较吵闹吧！

空气中没有那么多发酸的汗味，尽管行人还是身着夏装，但后背因汗渍形成的图案面积已渐渐缩小了，亦如人们越来越狭窄的生存空间。

有时候人的记忆就像是夏天的汗渍，经历得越多，蒸发得也越多，而最后值得铭记心中的，却越来越少。

于净和米灵依走在春申湖中路上，影子被长长地拖在身后。

"你是不是真的那么不情愿啊？"米灵依看着于净板着脸的样子，心里有些不舒服。

于净别过脸去不回答她的问题，故意把脚步放得很慢。

"别忘了，当初我们约定过，带你去旅行，你就得付出代价。"米灵依仰着脸得意地笑着，那表情像是手里握着一张于净签好名字的卖身契。

"我是答应过你，可你不能老是占我的便宜啊！"于净转过脸来看着米灵依，眼睛里充满了委屈，"爷爷叫了我两次带你去看他，我都帮你挡回去了，今天你妈妈也说叫你陪我去，你却这样不给我面子。现在倒好，还要我陪你跟同学喝咖啡……"

"你爷爷老是说……"米灵依发现自己说漏了嘴，立刻把后面的话硬生生吞了回去，转而问了一句，"他为什么老想要见我？"

于净沉默了一会儿，突然想起了什么，立刻看着米灵依坏坏地笑道，"原来你是怕我爷爷叫你做我女朋友啊！你放心啦，就是把你们家那套老屋子倒贴给我，我也不会要的，放心放心！"

说完，于净仿佛把淤积在胸口的一口闷气彻底吐了出来，忍俊不禁。

米灵依咬着牙瞪着他，"我告诉你，等一下见了我同学你给我老实点！"

"那么紧张干吗？你又没跟她们说我是你的男朋友。"于净脸上的笑容像是盛放的鸢尾花，"我们只是好朋友，好朋友当然可以开开玩笑啦！对了，你的朋友应该还没见过你哭吧，他们知不知道你会抱着人家大哭呢？"

"你想说就尽量说咯！"米灵依也毫不示弱，"今天中午我收拾东西的时候，无意中在我背包里发现了一张信用卡，不知道是谁丢的呢？"

于净如梦初醒，"原来我的卡放在你那里了！你快还我啦！那张卡还有很多额度！"

说话间，两人已走到咖啡厅门口。

于净伸长了手等着米灵依把卡还给他，她却只是给了他一个异常妩媚的笑，"那就要看看你这位好朋友会不会乱讲话咯！"

于净无奈地翻了翻白眼。

（五）

"好久不见啊，你们俩！"米灵依带着于净走到紧挨落地玻璃的一张咖啡桌前，她的同学已经等候多时了。

是两个女同学，带着各自的男朋友。一番介绍之后，大家再次落座，点了单。

"哦——灵依，难怪整个暑假都见不到你，原来有个这么帅的客人在家陪着你啊！"

"就是啊，要是我们家有个这么养眼的客人，我也天天宅在家里！"

许文文、黄萌坐在米灵依对面不怀好意地笑着，你一言我一语地调侃着，尤其每当讲到"客人"两个字时，都故意加重了发音，仿佛这个词才是句子的重点。她们的男朋友也同样目不转睛地打量着于净。

于净礼貌地笑笑，不自在地换了个坐姿。

"喂，还说我！每次约你们出来，是哪个要陪男朋友？哪个要睡懒觉？"

许文文、黄萌对视一下，意味深长地笑了笑。她俩是米灵依的大学闺蜜，也是室友，都是长相很普通的女生，基本上看一眼再眨一下眼就能忘记她们的样子，而且她们的成绩也和长相一样的平凡。然而，异性缘却未因长相普通而减少，大学四年两人各换了两任男友，现在坐在身边的是她们各自的第三任，米灵依也是第一次见。

大学时代，米灵依一般只跟女生来往，偶尔会跟陆书杰在一起，但由于全世界都知道陆书杰跟她姐姐季子是一对，所以并未出现任何绯闻。当然，也不乏追求米灵依的男生，但她向来拒人于千里之外，久而久之他们也就知难而退了。许文文、黄萌也常借异性缘的话题来争取除长相、成绩和人缘以外的优势。女生之间有时就是这样，总要在别人身上找寻一点缺憾或较自己逊色的部分，来缓解自卑感。其实今天带于净同行，米灵依并没有攀比的意思，只是自己已经做了四年的电灯泡，确实应该休息一下，否则真要面临爆炸的危险了。

许文文、黄萌已和于净畅谈起来，反倒将彼此的男友冷落在一旁，因此两位男士看于净的眼神不禁多了几分敌意和戒备。米灵依借机打量起两位闺蜜的新男友来。

许文文的男友叫陈谦凡，看上去比她们要年长几岁，身材微胖。听许文文介绍，好像是某家建筑公司的工程设计师，跟于净的专业一样，只是从外表看就知道两人设计出来的东西必定风格迥异。

陈设计师剪了一个平头，皮肤很白，脸很大，五官没有立体感，看上去就像一个刚擀好的面饼。单看长相，很难和他的专业联系起来，可他脸上却格格不入地透着一股高人一等的傲气。他身着衬衫西裤，要命的是衬衫还束在裤子里，腰间扎了一条镶嵌着巨大 logo 的黑色皮带。米灵依看不见他的脚，但不难猜到必定是穿着黑色皮鞋。他跟许文文坐在一起很有夫妻相，说是已婚多年的普通夫妇也没有违和感。

黄萌的男友看上去像是同龄人，叫阿 Ben，身材很瘦小，长相算是过得去，眼神非常犀利，好像时刻都在防备别人的袭击。衣服是全套的名牌，举手投足也透着几分与身材不太相称的贵气。黄萌说他刚从外国留学回来，在家里的公司帮忙。应该就是所谓的富二代了吧！

转了一圈，米灵依的眼睛又回到于净这里，他还是平常的简单衣着和打扮，言谈间满是谦逊和礼貌，从气质上就甩出那两人整条街。

两位男士此时也将注意力从于净身上移开，自然而然地交谈起来，像是两个在聚会上偶然碰面的大企业家，谈论着最近刚买了多少地皮之类的问题。

于净对两位热情女同学的盘根问底也明显有些招架不住，尤其当她们问到他在新加坡有过几个女友、为什么要在米灵依家住、喜欢什么类型女生的时候，他开始猛烈咳嗽起来，拼命地在桌子底下踢着米灵依的脚。

米灵依歪着嘴角笑了笑，朝他使了一个眼色。

"你们两个重色轻友的家伙也太明显啦！"米灵依终于挺身而出，"理都不理我，就只跟他聊天？"

于净随即长舒了一口气。

"没有没有，关心你而已。"说着，许文文冲米灵依抛出一个暧昧的眼神。

米灵依无奈地笑笑，"说正经事吧，你们两个的工作怎么样了？"

这个问题像是踩到两人的痛脚，她们同时收起戏谑的笑脸，各自叹着气。

"昨天，我面试失败了。"黄萌喝了一口咖啡，"那个野鸡旅行社不仅是私人的，也没什么名气，居然还敢嫌弃我的表达能力太差！"

这时，男友搂住她的肩膀，说："叫你来我爸公司上班你还不愿意，何必去给别人打工呢？"

"我好歹也是现代女性，也要试试自食其力吧！"

"我比你也好不了多少！我去应聘的旅行社嫌我学历只有本科，还说我只会英文，不会其他语言太差劲了，把我的自尊心践踏得四分五裂，最后才说让我先实习三个月，没有工资，连通勤费都要自己贴，三个月后表现良好的话才能转正。"

"那也不错啦，起码是个好的开始。"米灵依安慰道。

"可是我上班第一天就发现，我的上司只有大专学历，一看就是靠关系进去的！"

许文文不服气地拍了一下桌子，片刻后她脸色缓和下来，看着米灵依说：

伤藤

"还是你好，成绩好，还有院长的推荐书，旅游局的工作比我们的好一千倍。"

米灵依只是笑了笑没有说话。这时候无论说什么人家都会觉得你是在炫耀，所以沉默是金。

"所以我说你笨，去之前要是打个电话给我，保准你现在如鱼得水了。"陈先生仰着那张面饼似的脸对着女友微笑，"我在很多行业还是很吃得开的。"说着从身后的公文包里拿出两张名片，分别递给于净和米灵依，只见上面写着"××工程公司设计工程师兼总经理"。

很耀眼的头衔！

米灵依客气地把名片放进包里，又说了几句恭维的话，陈先生的大脸上立刻绽开一朵花瓣肥厚的巨型花朵，头顶似乎也开始慢慢升起一个彩色的光圈。

"听你们聊天，于先生好像也是从事建筑业？"陈先生暂时收敛了笑容，流露出一种长辈看晚辈的神情，身体也调整成一副居高临下的姿态。

"是的，我在新加坡是学这个专业的。"于净淡淡地说。

"应该设计过很多作品吧？"陈先生顿了一顿，用眼睛瞄了许文文一眼。

许文文立刻化身他的私人秘书，细心地补充道，"谦凡已经设计了很多作品，我以前就读的小学现在重建，就是他设计的。还有最近刚开盘的那个欧式住宅小区，售楼部也是他的作品。"

在座者礼貌地恭维了几句，阿Ben还笑着说，"Well，我爸在郊外买了块地，准备建一套别墅，到时候可以请你帮我们设计一下。"

"好说好说，没问题，随时打我电话。"陈先生笑得有点忘形，许文文、黄萌也像沾了光似的，脸上写满了得意的笑。

阿Ben继续着刚才的话题，"于先生，也介绍一下你的大作吧！"

"我？"于净微笑着跟米灵依对视了一眼，"我可没什么值得一提的作品，就是帮一位商人设计了一座私人别墅，还有一间中学，比较满意的是设计了一个罗马式的住宅区。"

"哇，好厉害啊！"黄萌惊讶道，"应该赚到很多酬劳吧！"

"刚毕业的学生应该拿不到很高的报酬。"陈先生胸有成竹地说道，那神情似乎是在做抢答题。

"是不多。"于净谦虚道，"别墅是爸爸朋友的，中学是慈善工程，所以都没有收费。只有那个住宅区是有偿的，也不多，差不多五十万吧！"

"五十万？"许文文睁大了眼睛，"人民币吗？"

"新加坡币。"说完，于净微笑着低头抿了一口咖啡。

所有人都安静下来。陈先生的额头冒出薄薄一层汗，阿 Ben 也面露不快，像是被人暗地里拍了一把，却还要强忍着痛不吭声。于净几乎隔着一张桌子都能听到他们嫉妒的心跳。许文文和黄萌迅速倒戈，眼睛里都洋溢着崇拜的光芒，米灵依也诧异地看着面露微笑的于净。

"上天真是太不公平了！"

沉默了一会儿，黄萌突然发出一声惊叹。此时，设计师和富二代一改之前或不屑、或轻蔑的神色，争先恐后地跟于净攀谈起来，像是两个成功人士遇到了另一个比他们更成功的人士，大谈生意经。许文文和黄萌也加入男人们的话题，甚至聊起关于这座城市的未来规划。于净被他们反转的态度吓了一跳，也只能客气地敷衍。

米灵依无奈地端起咖啡喝了起来，她已经没有心思听这些虚伪的奉承了。

她转过头望着落地窗外面的人来人往，回忆起大学时上课、吃饭、进图书馆、回宿舍、聊天、睡觉的单纯生活，再听听耳边充斥着的一句句客套话，心里无端地厌恶、伤感起来。

有些事情，总是改变得那么突然，猝不及防。

正当她准备转头来跟几位"生意人"道别，先行一步时，眼角的余光突然扫到街上一个熟悉的身影，随后立刻转过头细看。

"不好意思，我看到一个熟人在外面，出去打个招呼。"米灵依站起来说。

"你要去哪里哦？"于净抬起头，眼神惶恐地问道，那神情像是怕被丢弃的小孩。

"就在外面，去去就来。"说着，米灵依朝门口跑去。

（六）

"小蕾——"

米灵依跑出咖啡厅，大声地喊着相隔大概百米的一个女生。

"灵依？！"文小蕾转过身兴奋地朝这边跑了过来。她仍是过去的神情、过去的打扮，活力四射的。

"好久不见，你最近好不好？"米灵依帮她拨了拨奔跑中散在耳边的头发。

"没有什么好不好的，还是照常在书店上班，就是很想你，你也不找我！"文小蕾细细尖尖的声音传达出几分亲切感。

"我去旅行了，刚才在咖啡厅里喝东西，碰巧看到你，就跑出来跟你打招呼。"说着，米灵依指了指斜对面咖啡厅的落地窗，于净刚好转过脸来，对文小蕾微笑地点点头，文小蕾也热情地朝他挥了挥手。

"你啊，真是让人羡慕。"文小蕾拉起米灵依的手，"要是我有你一半幸运就好了。"

米灵依笑着拍拍她的手背，"别和我说笑了。对了，你的围巾织好了没有？"

"哎呀，别提了。"文小蕾拍拍额头，"已经拆了七八次了，现在总算织出了点样子。对了，快帮我出出主意，他明天最后一天在书店上班，我想在他临走前送他一件东西，可刚去服装城逛了好久都没看到合适的。你跟他这么熟，快帮我想想送什么好。"

米灵依突然收敛了笑容，眼神变得飘忽不定。她不敢跟文小蕾对视，生怕看到对方那装满期待的眼睛。她帮不了文小蕾。文小蕾却天真地以为米灵依正在为她出谋划策，耐心地等待。

"想到了吗？"文小蕾终于忍不住问。

"小蕾……"米灵依支吾着，像是医生不知该不该把严重的病情告诉病患者一样。

"怎么啦？"

"其实，大块头已经正式跟我姐姐在一起了，以他们两人的感情基础，应该很快就会结婚的。"米灵依把声音放得很轻，希望自己的音调可以把伤害的程度降至最低。

文小蕾的眼中渐渐有液体在流动，脸上却依然挂着倔强的笑，"这有什么！'应该很快就会结婚'就是还没结婚，我还是有机会的。"

"小蕾，世界上有很多很好的男生，为什么一定要是陆书杰呢？你们认识不久，了解也不深，甚至可以说是两个世界的人，更何况他已经是别人的了，听我的，不要太固……"米灵依把最后一个字吞进肚子里，她不忍心伤害这样一个执着的姑娘。

"我也不知道为什么一定要是陆书杰。"文小蕾苦笑着叹了口气，伸手揉了揉即将垂泪的眼睛，可眼泪并没有被她揉进去，反而沾在手上被带了出来，"也许说得清楚的就不是感情了，就像可以用钱解决的问题都不是问题。"

米灵依不置可否地点了点头，"我明白。可是，我不希望我姐姐受到伤害，也不希望你伤害自己，你能理解我吗？"

"我理解，但如果可以争取到自己幸福的话，我会坚持的。"

文小蕾坚定的语气把米灵依接下来想要说的话逼了回去。她怔怔地望着文小蕾，这个敢于正视自己内心的小女生，让她一句话也说不上来。

"灵依，我该走了。"文小蕾勉强地笑了笑，"你也回去陪你朋友吧，再见。"

没有等米灵依说再见，文小蕾就转身走了，脚步匆忙而沉重。米灵依皱着眉头看着她微微抽动着的肩膀，心里又是一阵酸楚。

（七）

陆书杰和季子从公安局走出来的时候，天空是一片阴郁的黑暗。路灯把他们的影子拉得很长很长。

陆书杰牵着季子的手走在路上，季子没有说话，眼睛有些红肿。

"也许我们可以委婉地跟小愉说，她可以接受的，我们乐观一点。"陆书杰紧紧地握住季子的手。

"一个十岁的小女孩怎么接受得了！"季子抬起头看着陆书杰肯定地说，"今天你告诉我之后，我试探着问小愉，问她认不认识王芳，她的眼神立刻活了起来，一直追问我王芳在哪里。"季子的声音哽咽了，"可我不敢告诉她。"

陆书杰搂住了她的肩膀。

季子和陆书杰在孤儿院和小愉接触之后，就决心要帮她寻找亲人。陆书杰托一个在公安局上班的中学同学帮忙调查，那个同学后来打电话告诉他，小愉被丢在孤儿院门口那天，附近有一个叫王芳的女人横穿马路被汽车撞死了。案发地点附近开小店的人说之前看见她跟一个小女孩一起来买过东西，后来她冲过马路的时候就只有她一个人了。陆书杰和季子带着小愉的照片找到那个开店的人，证实了小愉就是那个小女孩。后来他们又跑了趟公安局，想问清楚王芳还有没有其他亲人，结果是王芳的身份证是假的，没人知道她的真实身份，认尸启事登了半个月也不见人来认领。

"或许那个并不是小愉的妈妈，只是阿姨呢，或是别的亲戚？"陆书杰想尽办法安慰着伤心的季子，但季子只是摇了摇头。

"季子，不要伤心，总会有解决的方法的。"

季子突然扑到陆书杰的怀里，用力抱住了他，"书杰，无论以后发生什么事，你都不要丢下我一个人。"

季子哽咽的声音让陆书杰的心一阵揪痛，他想起季子当年知道自己身世的时候，必定也是如此伤心绝望。

被妈妈抛弃的感觉应该比失恋痛上一亿倍吧！

"我答应你。"陆书杰抚摩着季子的头发，"我永远都不会离开你。"

（八）

又是一个有月亮的夜晚。

路上很寂静，行人很少。月亮像是被馋嘴的小猫偷偷咬去了一口，形成一个弧形的小缺口。月光静静地倾泻在地面上，和路灯相得益彰，把路面照耀得像一张洗得很干净的脸。

于净和米灵依并肩而行，没有交谈，沉溺在各自的世界里。

下午喝完咖啡，黄萌的富二代男友执意要请他们吃饭，盛情难却的几人只好到了附近一家西餐厅吃牛排。吃饭的时候，几个人仍滔滔不绝地谈论着自己的远大抱负以及长远的发展计划。起初，于净还能礼貌地回应，直到收到一条短信之后就再也无心交谈了。饭后，他借故头痛跟米灵依先行离开，其余的人还在挑选喝酒唱歌的地方。

此时，两人在各自的世界里神游，只有脚步声机械地回响在空气里。

米灵依回想着下午和文小蕾交谈的情景，百感交集。

"回来见我好吗？真的只是最后一次。"

这句近似哀求的话一次又一次在于净耳边回响，他仿佛可以听到 Adela 带着哭腔的声音。

这是两个没有交集的世界。

过了许久，米灵依决定不再让文小蕾的问题困扰自己，反正她也帮不上什么忙，扭头想跟于净聊天，却发现他机械地行进，眼神异常空洞。

这时，迎面一辆自行车朝于净冲了过来，对方已经按了铃，于净却置若罔闻，继续朝车子走过去。米灵依惊呼一声，迅速拉着于净退到一边。自行车从两人身边呼啸而过，远远地还传来一阵骑车人的谩骂。于净此时方缓醒过来。

"呆子，你想自杀也用不着找自行车啊，死也死得不痛快！"米灵依拍拍自己受惊后狂跳着的胸口，"你想什么呢，那么入神？"

"没有啦！我是在想今天这个无聊的聚会。"于净支吾道。

"的确无聊。"米灵依叹了口气，"人一旦走进社会，真会像跳进一个大染缸似的被染得五颜六色。看到他们今天虚伪的面孔，我真的有点想吐。"她吐了吐舌头，随即转过头用手肘顶了顶于净，"对了，原来你这个呆子那么有钱啊，难怪可以到这里来过逍遥日子，完全不用考虑生计的。"

于净淡淡地笑了，没有说话。

"要是我也可以赚这么多钱给我爸妈就好了。"米灵依感叹着。

"你那两个同学好像很期望可以在男朋友身上赚到长期饭票。"于净平淡地说。

"是啊，以前在学校交的男朋友都只要帅、浪漫、贴心就好了，现在不一样，看那两位的长相跟性格，就知道我的两位朋友变得现实了。也难怪她们，许文文家境一般，父母是开小杂货店的，黄萌是单亲家庭，她爸对她管得不多，她们自己的成绩又不好，所以……"米灵依自嘲地摇摇头，"只有我还是那么傻，一点都不入流。"

"她们好像很羡慕你的工作。"

"是啊，很多人想去旅游局工作，只可惜我自己不喜欢。"

于净疑惑地看着米灵依，"你不喜欢？那你想做什么？"

"我自己呢，最想要做的当然是导游啦，可以全世界到处跑，去希腊爱琴海、罗马斗兽场、意大利大教堂……可是爸妈不喜欢，他们说女孩子安定一点好，可以常常在他们身边，这样才是最理想的。"

"所以你就满足他们的心愿，放弃了当导游？"

米灵依点了点头。

于净又陷入了沉思。米灵依可以为了父母的心愿放弃自己的职业梦想，那他是不是也应该在能力范围内去满足某些自己在乎的人的愿望呢？二者在逻辑上毫无关联，但他在心里给了自己一个肯定的答案。

人总是这样，同一个地方摔过许多次后会发誓再也不重蹈覆辙，可一旦好了伤疤就忘了疼，不知不觉中再次踏进同一条河流。

"灵依，我明天要回一趟新加坡。"于净突然对米灵依说道。

米灵依停下脚步，呆呆地看着他，"明天不去看你爷爷了？怎么突然要走？"

"突然要去看望一个人，要去解决一些自己一直不敢面对、不敢正视，甚至要逃避的事情。"

米灵依疑惑地看着于净，他的神情前所未有的郑重其事。相识这么久，米灵依还是头一次看到他这个样子，不过她并没有追问下去。

两人继续往前走，不知不觉中已经走到弄堂口。

才晚上八点钟多一点，米灵依抬眼看到离自己不远处的路灯下坐着一个女人：脏乱的头发，破旧的衣服，端着一个破碗仰头坐在灯光下，几个小孩惊呼着从她身边跑过。

就是那个女人！她终于又来了！

米灵依像见到老朋友似的跳了起来。她让于净看着那个女人，自己迅速往家跑去。于净还来不及问原因就被米灵依抛在弄堂口。

"搞什么啊！"他只好听话地站在原地，一动不动地盯着不远处那个邋遢的女人。过了十几分钟，他不禁疑窦丛生。米灵依并未出现，而那个女人似乎只是一个寻常乞丐，他想不出自己要留守这里的理由。

我是不是被她耍啦？于净越想越确定自己的想法，打算去找米灵依兴师问罪。刚走进弄堂口就看见米灵依端着一大碗东西跑出来，于净只好跟在她后面。

"你怎么那么久没来？"米灵依蹲在路灯下看着女人大口吃着她带来的，刚刚热好的饭菜，"最近没有捡垃圾吃了吧？"

女人没有抬头，更没有回答问题，只埋头吃饭。

于净蹲到米灵依身边，看看那个女人，又看看米灵依，疑惑地问："她是谁？"

"我也不知道。"米灵依轻轻答道，又转过头问那个女人，"你最近都去哪里了？要是别的地方找不到吃的，你就经常来这里吧，我会给你送饭的。"

于净傻傻地看着自言自语的米灵依，又看看那个只顾吃饭的女人，一头雾水。直到那个女人吃完饭起身走了，他跟米灵依才站了起来。米灵依一直目送着女人的背影，直至她消失在街角。

"那个女人是哑巴吗？为什么人家给她饭吃她都不理人，也不说谢谢？"于净的语气里有些不平。

"一定要得到感谢，那就失去助人为乐的意义啦！就像我种常春藤，不一定会成功，但一旦种了就有希望。予人玫瑰，手留余香，懂不懂啊，呆子？"

看着米灵依一本正经的表情，于净恍然大悟。

"这又是你的一个坚持，对不对？"

米灵依笑而不答。

沉默了几秒钟，她突然问于净，"呆子，你走了还回来吗？"

"当然回来，苏州我还没有玩够呢！再说了，欠你的蜡笔小新还没有还呢，这笔债不还，你可能会追到新加坡找我要！"

米灵依听完"咯咯"地笑起来，"你知道就好！呆子，我等你回来。"

听到最后一句话，于净心里突然生出一股莫名的哀伤掺杂着幸福的感觉。另一片夜空下，是不是也有人在等着他回来呢？

（九）

一道阳光照射在米灵依的眼皮上，她感觉一阵温热，下意识地伸手挡住了那道光线。

睁开眼睛，她透过指缝看到窗台上晒太阳的常春藤。它已经长到防盗网第一个菱形图案的高度了。原来是昨晚睡觉的时候忘了拉窗帘。

米灵依伸了个懒腰，正准备再蒙头多睡一会儿，突然想起了什么，立刻像搁浅在沙滩上的小虾子一样弹坐起来。她摸出枕头底下的手机一看，已经九点四十五分了。昨晚忘了调闹钟了。

"完蛋了，居然睡过头这么长时间！"米灵依慌张地揉揉自己的脑袋，掀开被子跑出房间，看到于净的房门紧闭，自己的门上贴着一张纸条：

"真是过分，我回新加坡你也不送我。好，你睡个饱吧，等我回来找你算账！"

这行字下面还有一个新加坡的手机号码。米灵依对着那两行稚嫩的字体笑起来，心里却生出一种强烈的愧疚感。她知道于净这次回去必是有要紧事待处理，虽然没有问清楚，但看他的样子知道应该是比较严重的事情。她本想今天送他的时候说几句打气的话，谁知自己竟然睡过了头。

近来，米灵依发现自己的记忆力明显退步了，精神也不怎么好。可能人一散漫就会这样，只要几天不写字手就生硬，只要几天不看书思想就不容易集中，记忆力当然也就退步了，尤其一离开校园，人的整个精神状态也立刻变得松散起来。

多看点书就没事了。她在心里自我安慰道。

这时，她听到楼下有聊天的声音，便收起字条，回房间换好衣服下了楼。

"李伯——"

米灵依下楼的时候母亲正跟李伯谈论着什么，他们故意压低声音，神色都有些凝重。

"哦，灵依丫头。"

一见米灵依，李伯立刻松开刚刚紧皱的眉头，脸上浮现出一个慈祥的笑容。越是这样，米灵依越是觉得他们是在谈论一件不肯让她知道的事情，而且直觉告诉她，这件事跟这个家息息相关。

"丫头，今天起晚咯。"米妈妈把一壶烧开的水提起来倒进茶壶里，泡起了工夫茶，"你爸八点半就开车送于净出门了，本来想叫你起来送送他，可他说不用，我就由着你睡了。"

"是啊，我忘记调闹钟了。"米灵依说着话，眼睛却毫不松懈地盯着母亲和李伯的脸，想从他们的表情中找到一些蛛丝马迹，却没看到半点破绽，许是他们隐藏得太好。此刻的米灵依希望只是自己多疑。这个家就像一件被撕破的旧棉袄，棉絮已开始不断往外漏出来，经不起寒风的肆虐了。

"丫头，过来尝尝这个茶，是新进的碧螺春，你不在的那几天妈妈刚去进的货。"

"我还没有刷牙，等一下再喝。"

米灵依礼貌地跟李伯寒暄了几句，走进洗手间。

洗漱完毕，米灵依故意站在离客厅不远处的洗手间门口，竖起耳朵想要听听母亲跟李伯的谈话内容，却也只是一些琐碎的家常。

米灵依松了一口气。

"但愿不是有事瞒着我。"米灵依喃喃地说。

（十）

李伯坐了坐就走了，屋里只剩下米灵依母女两个喝着工夫茶。

"丫头，要不要吃喜糖啊？"米妈妈走到电视柜旁边打开平时放茶叶和零食的小柜子，取出一包糖果。

"谁的？"

"你忘啦，你许洁姐姐结婚啊！"

"喔唷，她哪一天出嫁的？我都没去看看新娘子。"

"你们去周庄的那一天她就嫁过去啦！"米妈妈把糖放在茶几上，"她老公长得挺俊的。"

"好羡慕啊！"米灵依捧着喜糖痴痴地说，"不知道我什么时候能请人家吃喜糖呢！"

"小丫头想嫁啦？"米妈妈喝了一口茶，眼神暧昧地看着米灵依，"要不我让你爸去跟于净爷爷说说，把你许给他们家做孙媳妇？新加坡是远了点儿，不过妈妈也可以多个地方旅游啊！"

米灵依吓得瞪大了眼睛，挥舞着双手道，"别别别，你别吓我！我只是随便乱说的，我跟那个呆子只是朋友，他不喜欢我我也不喜欢他，你们可别把我当成政治婚姻的牺牲品！"

"于净就真的那么不好吗？"米妈妈皱起了眉头。

"不是他不好，是我不喜欢！也不是不喜欢，我们只有朋友之间的喜欢，没有爱人之间的那种喜欢……"米灵依突然觉得自己有点语无伦次，舌头已经开始打结了。她长长叹了一口气，不知该从何解释。

"灵依，你告诉妈妈，你是不是还喜欢书杰？"米妈妈突然严肃地看着女儿问道。

这一个神情的反转让米灵依心里打了个突，感觉心头那块快要结痂的伤疤又被揭了起来。

"没有。"米灵依故作镇定，"我对他只有好朋友的感觉了。看到他跟季子在一起那么开心，我也很开心，只不过我也不必立刻随便找个人谈恋爱吧，又不是七老八十嫁不出去的老闺女。"

米妈妈叹了口气，怜爱地看着女儿，眼里装满了歉疚与不安。米灵依最怕看到母亲这个样子，每次看到这种眼神，她心里总会情难自制地发酸。

"妈，你别担心我，像我这样国色天香的姑娘还怕会嫁不出去？"

米妈妈被米灵依这句话逗笑了，嘴里的茶水险些喷了出来，"对对对，我女儿是国色天香，用不着我担心。"

"我倒是有点担心你们。"

"担心我们？"

"你今天是不是又跟李伯谈我们家的事了？"

米灵依直截了当的问题让米妈妈脸上的笑容像被按下了定格键，一下子僵住了。

"李伯是来说季子妈妈的事情。"米妈妈的表情恢复了一些，"上次你爸借给她的钱，她说还不够。"

"那怎么办？"米灵依紧张起来，"爸爸还借她吗？季子知不知道这件事？"

"你先不要跟季子说。"米妈妈握住女儿的手压低声音，"那年你和季子做手术，我跟你爸几乎把积蓄都用光了，还好这几年家里收入稳定，没有什么困难，现在季子妈妈既然开口了，我跟你爸还是会尽量满足她的，只是先不要跟季子说，免得她不开心。"

米灵依会意地点点头，"我知道了。妈，等我正式去上班了，你们就不用那么累了。"

米妈妈欣慰地笑了。

"对了妈妈，后天季子生日，我们要不要帮她庆祝一下？等一下我就出去买礼物、订蛋糕，好不好？"

"她会不会又不高兴？"米妈妈脸上写满了担忧，"每年我们帮她过生日她都不理我们，生日蛋糕总是我们自己吃。今年有书杰陪着她，会不会更不想我们帮她庆祝呢？"

"她毕竟是我姐姐。她纵然不理我们，我觉得我们还是应该为她庆祝一下。"

米妈妈没有说话。

"好了，我出去买东西了，蛋糕也让我去订。"说罢，米灵依推着自行车出了门。

"好吧，早点回来。"

米妈妈倚着门，轻轻地叹了口气。

Chapter 9

亲情的回归

走失了那么多年的小女孩，终于找到了回家的路。

（一）

"季子，后天就是你生日了，是不是打算跟男朋友一起庆祝啊？"

此时，首饰店里只有季子和老板两人。

星期天是季子的休息日，这一天老板会自己看店。

店不大，生意却很好，首饰都是买手从天南地北淘回来的，设计独特，做工精巧。

老板是季子的好朋友，三十岁左右的待嫁女子，个子矮小，喜欢穿小女生的可爱衣服，身高不占优势，却永远不介意地穿着平底鞋。她长着一张长不大的娃娃脸，剪着学生头，脸上架着一副彩色厚框的近视眼镜，总体造型很像漫画里经常出现的卡通人物，名字也很卡通，叫 Minnie。由于外形和气场的原因，常有客人误以为她是员工而季子是老板。她为人很随和，从不计较这些，而且她眼光独到、审美前卫，店里的首饰向来受到年轻顾客的青睐。

"应该是吧！"季子正在清点刚上架的新货，"不过还没有具体的安排。"

"后天呢，我放你一天假，你好好过生日。"

"不用了，我生日也没有什么好过的。"

"你不要跟我客气了。"Minnie走到她前面仰着头对她说，"我说放假就放假，你啊，每次送你礼物你都说不用了，我就放你一天假当是生日礼物咯。好好跟男朋友过生日去。"

季子笑着谢过了Minnie。身高一米六八的季子看着一米五○的Minnie，总是忍不住想摸摸她的头。

Minnie又跟她闲聊了几句，便走回柜台，季子继续在店里忙碌。

"你过来看看。"

季子正在把客人弄乱的首饰摆放整齐，Minnie却忽然走过来拉着她走到玻璃墙前面。

"外头那个是不是你妹妹啊？"Minnie指着马路对面问。

顺着她手指的方向望去，季子看见斜对面的文华书店门口，米灵依正坐在自行车上和另一个女生聊天，车筐里放着一个粉红色的礼物盒，正方形的，刚好比车筐小一圈。

"应该是出来帮你买礼物的，你真幸福啊！"Minnie的语气里充满了艳羡之情。她只知道季子有个妹妹，很久以前曾到店里看过她一次。当时她觉得姐妹俩长得并不像，季子似乎不太愿意家人到工作场合找她，却不清楚这个妹妹跟她的感情是如此复杂。

季子没有搭她的话，只沉默地站在玻璃前看着对面的米灵依。她已经拒绝她十五次了，这一次也不会例外。可令她感到意外的是，为什么米灵依就是不肯放弃呢！

"米灵依，不要再干蠢事了，好吗？"季子隔着玻璃低声地说。

（二）

回到弄堂口的时候，还不到十一点半。

李伯坐在门口的藤椅上，闭着眼睛摇头哼着戏曲的调调，一只手摇着葵扇，另一只手在大腿上打着节拍。他的常春藤已经爬到屋顶了，照这样枝繁叶茂的长势，再过不久就可以在他的小屋顶形成一片绿色的空中地毯。

米灵依停住车，跟李伯聊着天，他的小孙子正在屋旁玩耍。这个夏天，小孩子想必经常四处去玩，皮肤已被晒成近似古铜的颜色。由于孩子很瘦弱，还认生，看起来缺少阳光不太健康的感觉。

聊了一会儿，米灵依突然闻到一股浓重的香水味从弄堂里飘出来，还没来得及捂鼻子，张阿姨已经叉腰站在他们面前了。她见到米灵依和李伯只淡淡地打个招呼，却像瞄准了目标似的径直走到李伯孙子身边，盯着他左看右看。

"喔唷，要死快哉！我说老李啊，别人家的小孩子嘛个个肉乎乎的，你们家这小赤佬怎的这般瘦？你看看这皮肤，晒得黑铁麻踏（苏州话：黑黢黢），我记得他爷（苏州话：爸爸）长得白白胖胖，这小赤佬，倒像隔壁张木匠。"张阿姨又拍拍胸口，皱着眉头道，"喔唷，瘦得我看到都拗痛。"

孩子听了她的话，低着头自卑地跑进屋子。

李伯的儿子和媳妇常年在外地工作，家里三代单传只这么一个孙子，平日里疼惜得从不肯打骂，此时听见张阿姨把孙子骂成这样，李伯脸上立刻露出厌恶的表情，只是碍于街坊情面只好假装听不到。

张阿姨不喜欢小孩子是这附近人尽皆知的事情，讨厌到自己也不生小孩。当然，没有人知道她是因为不喜欢小孩而不生，还是因为没法生而讨厌小孩。附近的孩子都躲着她走。米灵依也觉得张阿姨的话过于刻薄，便推着自行车往弄堂里走去。

突然，一群不知名的白色大鸟从弄堂上空喧嚣着掠过，翅膀扑飞时发出一阵低低的闷响。

米灵依吓了一跳，顺着声音的方向往天边望去，眼睛却被耀眼的阳光刺得酸酸地发疼。

这阵鸟群让她心里无端烦躁起来，不禁又想起季子妈妈的事情。她担心母亲仍有事瞒着她，可她也明白，即便真有什么事情，母亲若存心瞒着她，是如何都不会松口的。

十几年来一直都未解开的谜团，再次潮水般地漫上心头。

这时，张阿姨也紧随她走进弄堂，嘴里还唠叨着李伯对她的冷漠。

米灵依不由得加快了脚步。然而想到刚才张阿姨评价李伯孙子的话，除了难听点之外，倒也挺实在的。是不是口无遮拦的人反而会把事情如实地讲出来？想到这里，米灵依不由停下脚步，转身等着张阿姨走近。

"张阿姨，有些事情我想跟你打听一下。"

"喔唷，张阿姨我嘛是远近闻名的老实人，有事情尽管问，张阿姨绝对不会瞎七搭八。"

看着对方写满正义感的脸，米灵依犹豫了一下，客气地问道："张阿姨，季子出生的时候你是不是就在这里住了？"

"是啊，季子嗯妈（苏州话：妈妈）那时候怀孕我还送过两回鸡蛋。现如今，哼，见面嘛都不打招呼！"张阿姨愤愤不平起来，米灵依则听到了她最想听到的信息之一。

"季子妈妈，她是个什么样的人？"

"她嘛，哼！"张阿姨脸上露出鄙夷的表情，"她那个人额着个皮夹子（苏州话：拣小便宜），铜钿眼里千跟头（苏州话：爱财如命），只认得钱，小孩也不管，天天嘛跟你爷相骂，真真是不像话！比起你嗯妈，要差七八只脚哦！"

米灵依心里的疑惑似乎减少了一些。季子妈妈既然是个贪财之人，也就难怪会跟父亲一再伸手，可如果是这样，父亲为什么不跟季子解释清楚呢？是因为解释也没有用吗？

张阿姨还想长篇大论地细数季子妈妈的种种不良行径，米灵依却已听不下去，于是她打断了对方，礼貌谢过后就回了家。只剩那阵浓得化不开的香水味，还霸道地弥漫在弄堂里。

（三）

"祝你生日快乐……"

小朋友们在孤儿院活动室里欢快地唱着生日歌，包括那些智力障碍的小家伙，也唱着跑调的歌曲，胡乱地打着拍子。然而这些杂乱无调的声音加在一起，竟也成为一首动听的歌谣。

"谢谢你们，季子姐姐好开心！"

季子和陆书杰相视一笑。

陆书杰温柔地看着季子，轻轻地说了句，"生日快乐。"

陈院长把一个包装精美的礼物盒送到季子手里，"季小姐，这是小朋友们一起动手做给你的生日礼物，希望你喜欢。"

"真的吗？"季子异常兴奋地接过盒子，迫不及待地打开，一个用碎布缝制的布偶安静地躺在盒子里，她有一头长长的头发和一张美丽善良的笑脸，穿着白色的连衣裙，手里捧着一个粉红色的爱心。

是季子！小朋友们合力缝出来的是一个玩偶季子。有些地方缝得皱皱巴巴的，有的地方左右完全是不对称的，还有一些线头像是年轻人头上的白头发突兀地从布偶的脸上刺出来。季子却觉得她从没见过这么好看、这么精致的布偶。她呆呆地望着正对着她怯怯微笑的一群孩子，竟感动得说不出一句话来，水晶般晶莹的光闪烁在她的眼睛里。

"谢谢你们。"哽咽良久，她终于缓缓说出这句话。

陆书杰把桌上的大蛋糕切开，一块块分给小朋友。

季子把那个礼物盒小心翼翼地放好，正准备过去陪小朋友吃蛋糕，突然发现门缝外好像有一双眼睛在朝屋里张望，于是，她快步朝门口走去。

（四）

天空中凝聚着大朵大朵深灰色的乌云，阴沉沉的天幕压迫着整座城市。

早上出门的时候，季子就发现天色有点不对劲，此刻的天空就像一张不快的脸，正阴郁地生着闷气。远处有几声沉闷的雷声隐隐传来，走廊外的落叶被突然刮起的风吹起，无力地在地上拖着脚步慢慢移动着。

一场大雨蓄势待发。

季子站在门外往走廊两边张望，发现一个小女孩正坐在走廊右侧尽头处的长椅上。

是小愉！她还穿着旧旧的连衣裙，扎着凌乱的马尾，坐在长椅上发呆。

可是这一次，季子却觉得她是在等着自己。

"小愉，季子姐姐今天生日，你怎么不过来吃蛋糕呢？"

季子在她身边坐下，微笑地看着她。小愉抬头看了她一眼，欲言又止，嘴唇动了动，随即又低下了头。

季子看懂了她的心思，但她没有追问，而是站起身来走到小愉背后，帮她把头上的橡皮筋解下来，轻轻把打结的头发解开，又把散落在脖子上的发丝一起拨到头顶，帮她重新扎起了马尾。整个过程小愉都没有反抗，而是安静地坐在那里，直到季子帮她扎好头发，重新坐到她身边。

"小愉长得真好看。"季子看着孩子的侧脸忍不住称赞道，"这么好看的小脸为什么老是要低着头呢？"

"我不叫小愉。"女孩突然转过头来看着季子，那双传神的眼睛里还是写满忧伤，"我叫思忆，思念的思，回忆的忆。"

这是小女孩第一次主动跟季子说话，季子有点受宠若惊地看着她。

"很好听的名字，是爸爸帮你取的吗？"季子不敢提起她的母亲。

思忆又一次低下头，眼神迷离起来，"爸爸离开家来苏州很多年了，我已经忘记他长什么样子了，妈妈在家很想念他，所以带着我来苏州找他。"

"你还记得爸爸叫什么名字吗？"

思忆摇摇头，"我从来都不知道爸爸的名字。"

"那……妈妈带了你去哪里找爸爸？"

"带我去了很多地方，都没有找到爸爸，最后只找到一个电话号码。"

"思忆，你的家是在哪里？家里还有别的人吗？"

"我家在湖南的一个农村里，家里只有我和妈妈，妈妈没有工作，连身份证都没有。我没有钱上学，所以妈妈带着我出来找爸爸。可现在连妈妈也不要我了。"思忆直直地望着前方的空气，眼睛像是暴雨中的玻璃窗，正氤氲着湿润的水汽。

"那……那天，妈妈为什么把你放在孤儿院门口？"季子尽量把语气放得很轻，怕任何一个过重的音节都会触痛眼前这个小女孩的伤口。

"妈妈给我买了东西吃，叫我站在那里等她，她要去马路对面打个电话，就再也没回来了。"

季子没再问下去，她想象着那天滂沱的大雨，嘈杂雨声中，一个小女孩站在孤儿院门口等着妈妈，而隔着一个拐角的马路对面，妈妈却无声地躺在大雨中，雨水把她的泪水和血液悄然冲走，静静汇成了一条河流。

"姐姐，你为什么哭？"

思忆看着季子脸上无声流淌的泪水，自己的眼泪也开始大滴大滴往外滚。

"姐姐没事，只是心疼你。"季子顾不上自己脸上的泪，而是伸出手帮思忆把泪水擦干，那些眼泪像是滚烫的血液，让季子的手感到一阵灼热的疼痛。

"思忆，以后就在这里快乐地生活下去，好吗？姐姐会经常来看你的。"

思忆呆呆望着季子，突然又低下了头，小声啜泣着。

"其实，我知道妈妈已经回不来了……"

（五）

厚厚的云层让夜色看起来更加凝重，真正的大雨还在酝酿。

季子、陆书杰牵着手走在路上，彼此沉默。路灯在这样的夜里显得格外明亮。行人很少，偶尔有几辆车子从他们身边小心地经过。路面经过下午那场雨水的冲刷显得特别干净，低洼处还有些浅浅的积水，如同积攒在心窝里的伤。

风刮得比平时大，季子的绿色长裙在风里轻轻舞动，像是一片舞姿优美的落叶。

树叶上凝集的雨水在风的唆使下奋不顾身地跳落地面，也有一些落在陆书杰和季子的脸颊和手臂上，湿湿凉凉地沿着皮肤滑下来，意犹未尽地被风干了。

季子的长发在风里凌乱地飞扬，遮住了半张脸。陆书杰转头看着她若隐若现忧伤的侧颜，忍不住抽出牵着她的手，轻轻搂住她。

"还在想思忆的事情？"

季子苦笑道，"原来小孩子也是有第六感的，她能感觉到妈妈已经不在了。"

"这样也好，她早晚要知道的。"陆书杰安慰道。

"是啊，明确地知道已经失去了，总好过模棱两可不知结果地无尽等待。"季子的语气透着无奈和哀伤，像是一只受伤的小兽，舔着自己久未愈合的伤口。

陆书杰知道她又联想到了自己，想起了离开她多年的母亲。

"对了，你还没有问我送你什么礼物呢！"陆书杰突然停下脚步，转移了话题。

"今天晚上的烛光晚餐不就是生日礼物吗？"季子显得有些意外。

"当然不是。"陆书杰打开了身上的挎包，从里面掏出一个巴掌大小的礼物盒，"打开看看。"

季子笑着接过礼物盒，轻轻地打开盒盖，一对陶制偶人正朝着她甜蜜地笑。是季子和陆书杰的头像，逼真的五官配上花白的头发，坐在摇椅上。显然，是陆书杰拿他们两人的合照去定制的。这对老夫妇隔着两张摇椅竟还手牵着手，苍老的紧紧相连的手臂在空中划出一道美丽的弧线，像是一道连接永恒的桥梁。

季子抬头呆呆看着笑意融融的陆书杰，仿佛真的看到他的头发变得花白，皱纹在脸上肆意蔓延，却仍然是陆书杰，那个她深深喜欢了那么多年的男子。

季子没有说话，只是安静地投进陆书杰的怀里。

"季子，无论以前你有多少不开心，都过去了，以后有我陪着你，我永远都会在你身边。希望我们可以像这对陶偶一样，直到老得走不动了，还可以像歌里唱的那样，一起坐在摇椅上聊着年轻的事情。我会牵着你的手，永远都不放开。"

季子点了点头，她知道自己已拥有了一份最完美的礼物，这个承诺比任何浪漫的铺陈都更令她感动。即使这个承诺在以后的漫长岁月里会渐渐褪色，但这一刻已经让她心满意足。

两人就这样静静地在夜幕下相拥着。

乌云还在不断加厚，一场大雨即将降临。

（六）

"丫头，季子今晚会不会不回来啊？"米爸爸一边站在门口朝弄堂口张望一边不无担忧道。

滂沱大雨如约而至，那雨水像是人家阁楼上多得用不完的水，一盆盆毫不吝啬地往下浇着。

米爸爸只在门口站了几秒钟，衬衫立刻被一个个大雨点溅湿。

"应该不会吧！她不回家还能去哪里？"米灵依从客厅走过来，"爸爸，你快进来吧，小心着凉。"

米爸爸还是坐立不安地在门口踱步。

巨大的雨声让整个屋子产生一种沉闷的回响，玻璃窗也被打得噼里啪啦乱响。

"奇怪，这雨怎么就下个不停呢？"米妈妈也有些焦急，抬头望了一眼墙上的万年历，已经十点多了，"季子跟书杰会不会是被大雨给困住了啊？"

"再等等吧！"米灵依走到桌前把蛋糕盖好，回到客厅陪母亲坐到沙发上。

屋外传来几声遥远的闷雷，米灵依下意识地靠紧母亲，紧紧地握住她的手，"今晚又要打雷了，妈，你……你晚上得陪我睡。"

"这几声小雷都怕！"米妈妈拍拍女儿的手背，"还是个长不大的孩子，今晚妈妈陪你睡！"

"你又不是不知道，打雷是我的死穴。"

"回来了，回来了。"一直站在门口的父亲突然跑进客厅，"我看见巷口有两个人撑着伞走来，应该是他们没错。大家准备，快点蜡烛。"

米灵依母女立刻跑进饭厅。母亲打开蛋糕，开始插蜡烛，米灵依帮忙点火。

"好了没有？我关灯啦？"父亲将手放在墙壁开关上。

"好了，关吧！"米妈妈一声令下，丈夫立刻按下了开关。

屋里暗了下来，只剩一片幽幽的烛光飘荡着。

（七）

陆书杰把季子送到门外时，两人已经全身湿透，这把临时买来的伞竟形同虚设。

季子拨了拨滴着水的头发，轻轻地在陆书杰脸颊吻了一下，"书杰，这个生日我过得很开心，谢谢你。"

"我也很开心。"陆书杰也温柔地回吻她的脸颊，"快进去吧，洗个热水澡换套衣服，小心着凉。"

两人不舍地对望了片刻，季子便目送陆书杰撑着那把毫无作用的伞走了。

转过身来，季子看到家里的窗户黑着灯，心想这样糟糕的天气米家三人应该早早睡了，于是甩了甩手上的水，拿出钥匙开门。她小心翼翼地走进黑漆漆的房间，脚步声在宁静中发出清晰的声音。她走到客厅，摸索到了电灯开关。当她要按下开关的时候，忽然发现有一团火光朝自己移动过来。

季子心里打了个突。她并没有开灯，而是警惕地伸手去摸桌上的东西，想找一件可以防身的硬物，摸索良久却只摸到工夫茶的茶具。她把厚厚的紫砂茶盘握在手里，高高地举在肩膀上。

那团火光离自己越来越近，季子的神经也绷紧了，像是待发的弓弩，握着茶盘的手心甚至渗出了汗。直到她渐渐看清火光后面三张熟悉的笑脸，直到一阵英文生日歌响起，她才松了一口气。她把茶盘放回桌上，伸手按下电灯开关。

灯光在眼睛能够适应周围的黑暗时突然亮起，刺目的光线像是专门对准眼球直射下来似的，所有人都本能地躲避着。

米灵依捧着蛋糕站在季子面前，米家夫妇就站在她的身边。

"季子，生日快乐！"

三人脸上都洋溢着热情的笑容。

季子看看他们，又看看那个蛋糕。圆形的巧克力蛋糕装饰着一圈圈雪白的花边，蛋糕中央有一个季子小时候最喜欢吃的雪人雪糕。在烛光的映照下，那个小雪人显得是那么诱人漂亮。这个精美的蛋糕像是一张童年时的照片，设计这个蛋糕的人，必定是希望人们在看到它的那一刻，能够唤起记忆深处那些纯真美好的甜蜜回忆。

"季子，快许愿吹蜡烛吧！生日一过就是一个新的开始，希望你天天都开开心心，也希望你可以想起我们小时候最爱吃的雪人雪糕，把那些不开心的事情都忘记，只记得快乐美好的一切。"

三个人站在季子面前等着她的回应。

门外的雨还在肆无忌惮地下着。

不知道为什么，无论米灵依，还是米氏夫妇，每个人在街坊邻居眼里都是友善的、热情的、乐于助人的，可一旦面对季子，却总是变得那么卑微渺小。此时，他们就像三个做错事的小孩，安静地站在季子面前，期盼着她对他们的宽恕。

季子却一点也回想不起以前的欢愉，从看到这个蛋糕的一刻起，她的心中便充满了从童年时代积攒到现在的怒火。她记得的只是孤单和眼泪。

"米灵依——"季子终于开口了，"你是天真还是蠢？你以为这样一个蛋糕和这样的一句话，就可以化解我们之间的一切吗？"

季子的语气像腊月里的寒冰，让米家三人瞬间觉得脊背发凉。

"季子，你听爸爸说……"

"说什么！"季子冷漠地看着父亲，"说你们有多爱我、多需要我、多希望我们可以像十五年前那样过着快乐的日子，对吗？不要妄想了，从我知道你们欺骗我、知道你们赶走我妈的那天起，这就是永远都不可能的事情！你们都是禽兽，装扮成好人的禽兽，可我告诉你们，我心里除了恨，对你们没有半点的感情。"她转过头来指着米灵依道，"尤其是你，如果这个世界上没有你，我就不会这么痛苦。"

蛋糕上的蜡烛已经烧完了，一圈圈彩色的蜡泪凝聚在花朵形状的小烛台上，像是一道道美丽的伤疤。

米灵依愣愣地站在季子面前，一句话也说不出来，只有泪水在眼眶里打转。

"季子，不要恨灵依，你应该恨我。"米妈妈走到季子面前，"一切都是我不好，我应该在你小的时候就告诉你我不是你的亲生母亲，是我不好，如果不是我，你不会像现在这样不开心，你要恨就恨我，我可以走，我可以消失，可你不要怪灵依……"

"不，妈！季子恨的是我，这不关你的事，是我的错，是我让季子不快乐，都是我……"

米灵依母女忍不住低声哭泣起来，米爸爸站在一旁懊恼地捧着头，不知道该说什么好。

听着这些争辩和哭声，季子的心中更是感到极度的愤怒和烦躁。

"你们的戏演够了没有！"她生气地胡乱挥舞着手，却一不小心把米灵依手中的蛋糕掀翻，糕体斜着飞了出去，整个砸在了米妈妈身上。奶油、巧克力、装饰水果，像是一句句肮脏侮辱的话，瞬间沾满了她的衣服。

"妈——"

米妈妈的脸涨红了，像是被谁狠狠掴了一巴掌，眼里的泪水控制不住地喷薄而出。

"季子！"米爸爸终于抑制不住淤积在胸口的愤怒，此时他的脸因为愤怒涨得通红，湿润的双眼写满了疼惜、愧疚、失望和遗憾，"季子，二十几年来，我和灵依、刘月为你做的事情你竟然可以那么无情地全盘否定，你心里只记得你那个不负责任的母亲，难道我们对你的养育之恩就比不上那个生了你却又不要你的女人吗？"

"不是她不要我，是你喜新厌旧赶走了她！"季子歇斯底里地喊叫着。

"你——"米爸爸高高地抬起了手，一股愤怒的力量驱使他朝那张被仇恨扭曲得狰狞的脸用力扇了过去。

"爸爸不要……"

一个破碎响亮的巴掌声回荡在屋里。

米爸爸的手痛得瑟瑟发抖，整个掌心像是有血液喷出似的通红。

米妈妈震惊得张大了嘴巴。

季子也倒吸了一口冷气。

米灵依站在父亲面前，呆呆地望着他，脸上的泪痕像是一道道伤心的轨迹，肆意地分割着她的坚强。一个宽大的巴掌印像是水滴透过纸张般慢慢地在她左脸上渐渐浮现出来，而最让人触目惊心的，是她嘴角竟流出了鲜血。

那一巴掌落下来的一瞬间，米灵依挡在了季子前面。这一巴掌像是有几千吨的重量，把她的自尊远远打到云天之上。虽然是替季子挡的，但这毕竟是她最爱的父亲生平第一次打她。

"灵依！"爸爸喃喃地呼唤道。

米灵依只感到一阵血腥的味道在嘴里疯狂地蔓延开来，整个口腔像是吞进了一整口碎玻璃似的剧烈地疼痛，而她的左脸也像被滚烫的熨斗熨过一样痛得要裂开。渐渐地，那疼痛像是将神经麻木了，她感觉自己失去了知觉。

米灵依缓缓回过了神，捂住自己的脸颊，转过身飞快地跑向楼梯。

此时，米妈妈也从震惊中惊醒，顾不得身上甜腻腻的蛋糕残渣，径自冲到门边，夺门而出。

"刘月！"米爸爸带着哭腔喊叫着妻子的名字，冲出门去追她。

哭声、喊叫声、脚步声被淹没在门外黑暗的雨夜里，渐渐远去，直至消失。

震耳的雨声和滂沱的雨水随着大门被打开而有恃无恐地冲进屋子，像一群唯恐天下不乱的好事者，冷眼围观这一家人各自不同的哀伤，并不时奉上几声讥笑。

季子完全没有预料到事情会发展成这个样子，甚至有些手足无措。她站在客厅里，屋外的雨声让室内显得格外的安静和冷清。她环视了一下凌乱肮脏的地板，脸上不知何时已挂满了泪水。

大雨继续没心没肺地倾泻着。

（八）

雨势已经渐渐弱下来，但闷雷还是一个接着一个，像是疲倦的人在睡梦中发出的鼾声。

米家夫妇没有回来，客厅很安静，显得季子下楼的脚步声异常清晰，甚至有细微的回响。她感觉自己像是在走进一间尘封多年的地下室。她看了一眼墙上的电子万年历，已经凌晨两点半了。黑夜里那几个跳动的红色数字显得又鲜艳又刺眼，像幽灵的双眼透着狰狞恐怖的光。

季子拐进厨房，打开冰箱的门，那道带着烟雾的亮光把自己的脸照得透亮，脸上两道弧形的痕迹瞬间彻底曝了光。她拧开了一小瓶矿泉水，没有间断地一口气喝完。干渴的咽喉和闷热的胸口被突然浇进去的冰水冻得发疼，闷闷地疼。

呼吸像是在一瞬间停滞了。她突然记起小时候弄堂口有一个卖雪糕的小摊儿，炎夏的午后小贩的叫卖声尤其响亮。有一种雪人雪糕是季子最喜欢吃的，每次只要弄堂里响起雪糕的叫卖声，季子总会带着妹妹顶着烈日跑出去买。汗水融化在握着雪糕的小手心，雪糕散发出的白雾模糊了视线，这就是季子眼中最幸福的味道。记得有一次吃得太急，一大口雪糕堵在喉咙里，像长了冻疮般地疼痛。如今想来，雪糕冰凉甜蜜的味道仿佛还在味蕾上跳动，只是那种幸福的滋味，却已再也想不起来了。

季子用手捂住发疼的胸口。她已经很多年没有这样的感觉了，差一点就忘却了。

这时，一道刺眼的闪电张牙舞爪地划过夜空，客厅里闪过一阵光亮，又迅速地暗了下来。随即，一阵巨大的雷声响起，像是引爆了小型的炸弹，屋子在这声巨响中颤抖着。

季子吓了一跳，迅速跑回阁楼，坐在床上忐忑不已。

"米灵依一定吓死了。"她喃喃自语，"算了，也许她已经睡着了，过去又不是没有打过雷。"她脱掉拖鞋，上床盖好被子。

她把眼睛重重地闭上，可几秒钟后又忍不住睁开双眼。雷声像是蓄谋已久

伤藤

的恶作剧，好不容易上演了，完全没有要停下来的意思。

"这该死的雷！"她懊恼地坐起身来，发现窗帘忘了拉。

当她走到窗边时，一条狰狞的闪电再次划过夜空，天空瞬间被照得亮如白昼，闪电经过的时候，季子甚至能看清对面人家的天台。外面的风很大，不知哪家人的一件衣服忘了收起来，挂在晾衣绳上来回剧烈地晃动，却始终没有掉下来，像是一个失足落水的人慌乱地向岸上的人招手呼救。忽明忽暗的天空像是短路的电灯，在做熄灭前的最后挣扎。

季子的心也在挣扎。她用力地拉上窗帘，叹了一口气，闭上眼睛。

"过去打雷，她都有妈妈陪着睡觉，学校里也有同学做伴，今天……"季子再次踌躇了。

一声轰隆巨响在夜空中咆哮着，季子冷不防又是吓了一跳。这一声比刚才还要响，她还在震惊中没有回过神来，恍惚听见对面房间传来一阵恐惧的哭声。

"米灵依，你真是我的活冤家！"季子咬着牙、跺着脚骂了一句，却忍不住向房门走去。

（九）

"该死，备用钥匙到哪里去了！"

季子打开电灯，在电视柜下面的抽屉里慌张地搜索着。窗外的雷声像击鼓传花似的一个响似一个，不断摧残着她的神经。

在刚刚那声巨响过后她跑到米灵依的门外，隔着房门就听见米灵依极度惊恐的哭声，她在门外不断喊着对方的名字，可米灵依就是不开门。房门反锁着，季子怎么推也推不开。她想起家里还有一串备用钥匙，便跑下楼四处寻找。

此时，寻找钥匙的双手在微微颤抖。

"快出来啊，那丫头快吓死了！"

在几乎把家里所有抽屉都翻遍之际，季子终于在米家夫妇房间的床头柜里找到了那串钥匙。她像是找到所罗门宝藏似的兴奋不已，一刻也不敢耽误地跑回阁楼，迅速地打开米灵依的房门。

　　房间没有开灯，从季子房间射过来的灯光刚好照在米灵依的床上。季子看到床上的棉被被裹成一团，正在瑟瑟发抖。哭声隔着被子发出来，像是被捂住嘴巴的人挣扎发出的声音。这哭声持续了许久，已经变得沙哑而模糊。

　　季子听着这个好像从遥远谷底传来的声音，一直压在胸口的那块巨大的铅块突然被熔化掉了。她打开书桌上的台灯，轻轻拉开裹得严严实实的被子。

　　米灵依惊慌地探出半个头来。汗水、泪水把她的头发全浸湿了，凌乱而嚣张地贴满她的额头和脸颊，像是巫婆张开的利爪。她还在剧烈地抽噎，张着一双红肿的眼睛看着季子，眼神里的委屈和惊恐像是一只被射伤的小兔发出的，让季子的鼻子瞬间发酸了。

　　"季子……我害怕……"

　　米灵依的这声沙哑断续的哭诉，让季子的心脏突然像被抽了一鞭子似的揪痛了起来。她掀开米灵依身上的被子，把她拉了起来。

　　两人靠坐在床头，米灵依仍然控制不住地发抖。

　　"打雷有什么好怕的！"季子没好气地说着，双手却忙着帮米灵依整理着脸上的乱发。当她把那些头发全都拨到耳后时，眼睛突然湿润了。米灵依的左脸红肿得像是腮帮子里含了一个面包，那个大大的巴掌印像烙印般清晰地印在上面。

　　季子知道，当时若不是米灵依挡在她前面，现在红肿着的就是她的脸了。一种无法言喻的伤心和愤怒同时奔赴心头。她跳起来指着米灵依，厉声道："米灵依，你是不是白痴啊？我生病的时候，你把肾给我；米善居打我的时候，你去帮我挡，要是有一天我要你去死，你是不是也会去死！"

　　"我不会。"米灵依抽噎着说，"如果我因为你而死，你就永远都不会快乐了。"

　　季子虚脱地坐在地板上，已不知该说些什么，而泪水却在此时毫无防备地夺眶而出，在脸上泛滥成灾。

　　"米灵依，你这个白痴！"季子反复骂着。

米灵依从床上爬起来，挣扎着走到书桌前，在一个抽屉里翻出一把钥匙，然后颤抖着打开一直用钢锁锁着的那个柜子。季子沉默地看着米灵依从柜子里拿出一个个大小不一的礼物盒，每一个都原封不动，包装精美如新。米灵依把它们整齐地摆在季子面前，一共十六个。

"季子，这是十六年来我每一年买给你的生日礼物，可你每次都不要，我就一直把它们锁在柜子里，因为我知道，有一天你一定会收下它们的。"说完，她动手拆开那些礼物。

季子仍旧沉默地看着。

包装纸发出清脆的撕裂声。那声音就像深秋时踏在厚厚的落叶上发出的动静，又像是绝情地撕碎一张张泛黄旧信纸发出的响声。

窗外的雷声已经渐渐弱下来了。等到米灵依把十六件礼物全部呈现在季子面前时，那道一直坚守的冷漠的防线，终于被撕开了一个缺口。

那些礼物有米灵依亲手画的画、有玩偶、有项链、有水晶模型……每一件都不一样，却又都一样——全都是雪人雪糕的造型。季子忍不住伸手去抚摩这些尘封了十六年的生日礼物，像是在触碰着一件件沾满尘埃的往事。此刻，她的舌尖像是又感觉到了那种冰凉甜蜜的味道，那甜味顺着味蕾渗进血液里，蔓延至全身每一个毛孔。

"季子，十六年了，你恨了我十六年了，如果说恨我可以让你快乐的话，我不介意，即使你恨我一辈子，我也心甘情愿。然而并没有，你并没有因为恨我而快乐。这么多年来，爸爸妈妈还有我，我们每天都像虔诚的信徒一样祈祷着，希望你可以原谅我们，跟我们一起过回小时候那样快乐的生活，毕竟我们是一家人，我们身上有着同样一道伤疤，共享同一个生命！至于你的母亲，无论你再怎么想念她，她都不可能再回到你身边了，为什么要让上一辈的仇恨禁锢我们呢？你是我姐姐，一辈子都是，我多想跟别的妹妹一样可以叫你姐姐，而不是叫你的名字；我多想每次逛街的时候，可以跟姐姐手挽手。季子，你回到我们身边吧！就像小时候每次你生我的气那样，只要我买雪人雪糕给你吃，你就会开心，会跟我和好。我现在用十六年的等待和这十六个雪人雪糕，请求你的原谅。"米灵依伸出手用力地握住季子的手，这次季子并没有反抗，"爸爸妈妈已经不年轻了，你真的希望他们每次看到你的时候，连微笑都要小心翼翼的吗？只要你一个笑容就可以让他们快乐得不得了。如果你觉得我不在你会开心，那我可以走，可以永远消失。可是那样的话，你真的会快乐吗？我知道，你其实是爱我的，否则刚才你不会开门进来看我，不会跟书杰借相机去拍我的毕业典礼。我知道你当时一定在的，只是你不想让我们看见，不想让我们知道你爱我们。季子，爱自己的家人，真的有那么难以启齿吗？"

米灵依已经哽咽得说不下去了，眼泪在她肿得不对称的脸上像河水般蔓延。

"米灵依，你真的很烦人！"季子抽出被对方握着的手，用力地抹了抹脸上的眼泪，"我是恨你！小时候我恨你，那是因为我嫉妒你有妈妈而我没有，我欺负你是想要爸爸注意我，想要他把我妈妈找回来。长大了我恨你，是因为你明明跟陆书杰两情相悦，却因为我而不敢跟他在一起。高中的时候我更恨你，因为你竟义无反顾地把一个肾给了我，万一以后你生病了，怎么办？谁还能救你？你怎么那么笨？米灵依，你知不知道当你没办法去回报一个人对你那么白痴的爱的时候，当你无论怎样冷漠地去拒绝可对方还是坚持的时候，那种恨是最深刻的，不是恨你，是恨我自己！"季子用力地大口呼吸着。她缓和了一下语气，继续道："你以为我不想光明正大地疼爱自己的妹妹，承欢父母膝下吗？你以为我愿意看到父母把钱全部用来给我治病，这么多年来一直住在这个老房子里吗？你以为我明明很关心自己的妹妹，却不敢去表达的时候心里很好受吗？她为了我舍去半条命，我明明很心疼却不能直接说，只能用责备甚至痛骂的方式来警告她要爱惜自己。她大学毕业典礼我不敢去参加，却要远远躲在角落骄傲地偷拍她戴着学士帽的样子，再把照片存到电脑里，时不时看上一眼。还记得我们刚做完手术那会儿，家里经济情况不好，我不想再拖累大家，放弃了高考，而让你去考、让你去读，可你这个白痴却什么责任都揽在自己身上！我一直不想让你们靠近我，就是因为我不想你们再为了我付出！你以为我真的还对自己的母亲抱多大希望吗？我只是不想让你们再爱我了，我会拖累你们的！这不值得，你懂不懂！"

季子已经泣不成声了，把头埋在自己的膝盖里，肩膀剧烈地抖动着。米灵依却感到从未有过的幸福，她知道，从这一刻开始，她的姐姐回来了。

"姐……"米灵依上前抱住季子，泪水顺着她的脸颊流到季子的身上。

眼泪在那一瞬间化成一道浓浓的血脉，连接了两个人的心脏。

窗外的雨停了，雷声也像离人渐行渐远的脚步，慢慢消失在夜空中。

夜，像是一个疲惫不堪的人，沉沉地睡去了。

米家的大屋也终于安静下来。

（十）

"姐，地板已经拖好了！"

米灵依把拖把插在水桶里，伸出手背擦了擦额头上的汗。

季子从厨房走出来，手里拿着一个纱布做的简单的冰袋。

"我说了让我来拖的。"季子抢过拖把，把冰袋递到米灵依手里，"再去敷一下脸，还没有消肿呢！"

米灵依接过冰袋，笑着看着季子，愣愣地站在原地不动。她眼中流露的感动和幸福，像是走失的小孩终于找到了回家的路。为了这一刻，她已不记得等待了多久、坚持了多久、辛酸了多久。

"不要这么肉麻地看着我！"季子白了她一眼，"从昨晚到现在我们已经够肉麻的了！去去去，一边敷脸去，我再拖一次地板！"

"知道啦，管家婆！"米灵依笑着跑到沙发上坐下。

冰袋敷在尚有些红肿的脸上，有一种冰冷的刺痛感，可米灵依却觉得昨晚那一巴掌挨得实在是太值得了，如果可以早一点挨那一巴掌，也许他们家可以早一点恢复小时候的欢愉。想着想着，她突然感激起昨晚的雷声来，要不是它们，恐怕自己现在还躲在被窝里哭呢！米灵依竟忍不住傻笑起来。

季子也在回想着昨晚发生的一切。

当她跟米灵依相拥痛哭的时候，那种久违的温存和血浓于水的复杂心情让她再也无法压抑埋藏内心多年的真实感情。她跑到楼下做了个冰袋给米灵依敷脸，和她躺在一张床上聊了一整晚的天。她们翻开尘封多年的相簿一起看到笑着流泪，甚至还挤在镜子前比较着彼此身上那道雷同的伤疤。

原来，承认对别人的爱，也不过是一个短暂勇敢的瞬间，而长期隐藏自己的感情，甚至恨一个人，却需要更大的勇气。

"灵依，爸妈什么时候回来？"季子突然想起尚不知道在哪个角落伤心的大人。

"爸爸昨晚发信息说妈妈情绪很不好，他陪她在外面找个地方休息，今天一早就回来。要是他们知道我们和好了，一定高兴得不得了！"米灵依看了看时间，"姐，你先去上班吧，快九点半了。"

"今天我请了一天假，先把家里的事情安顿好再说。"

"那我给爸爸打个电话。"米灵依拿起座机的听筒。就在这个时候，家里的大门被打开了。米家夫妇一前一后地走进来。

米灵依迎了上去，"爸，妈。"

季子却有些胆怯，不敢多看父母的神情，迅速提着拖地的水桶走进洗手间。

米灵依发现父亲的脸上写满疲倦，眼袋重重地挂在眼睛下面，皱纹也好像一夜之间爬满了整张脸。母亲穿着一套新买的衣服，从材质和款式上便可看出必定是慌乱中随便买的。她手上提着一个袋子，应该是装着昨晚那套沾满蛋糕的脏衣服。她低头走到客厅的沙发上坐下，米灵依轻易就看到她肿得不成样子的眼睛。

这一夜究竟经历了多少辛酸、挣扎，流了多少眼泪，恐怕只有这对夫妻自己知道。

"妈，你没事吧？"米灵依走到妈妈身边坐下，看着她疲倦、憔悴、沧桑得如同刚从荒岛上回来的样子，心里不由得酸楚起来。

米妈妈摇了摇头，伸出手抚摩着女儿红肿的面颊，轻轻问了句，"还疼吗？"

她的声音如此沙哑，以至于米灵依一听到，眼前就立刻浮现出昨晚母亲在雨夜里痛哭狂奔的样子，喉咙瞬间就哽住了。

伤藤

米灵依紧紧握住母亲的手，安慰道："我没事，我们家以后都没事了。"

"是啊，以后都没事了。"米爸爸走到她们身边，从衬衫口袋里拿出一张折好的纸，展开平铺在茶几上，"灵依，你自己看看吧！"说完，就颓然地坐到沙发上，双手抱住头，不住叹息。

米灵依拿起那张纸，上面是父亲苍劲洒脱的草书，第一行赫然写着"离婚协议书"五个字。她惊讶得几乎跳起来，已没有心思再看下去，只觉喉咙里像是被谁塞进去一颗黄连，苦得令人作呕。

"爸……妈……你们……你们为什么要离婚？我说了，我们家以后都不会有事了，季子她……"

"丫头……"米妈妈打断了她的话，"离婚是妈妈的意思。这么多年来，因为我们的婚姻，让你们两个孩子痛苦了这么多年，这是我们的责任，我们必须负责。我跟你爸离婚以后，咱俩搬出去住。现在你也长大了，工作又有了着落，妈妈没有什么好担心的。"说完，米妈妈伸出手掩住嘴巴，低声啜泣着。

"你们听我说好不好！"

"灵依——"

季子从客厅后面走出来。夫妻俩的话她听得清清楚楚，明白何谓解铃还须系铃人。这一切痛苦该由她来终结。她深吸了一口气，大步走到三个人面前。她从米灵依手中接过那张纸，看都不看就撕掉了。

这么多年的怨恨与不和，就像这张薄薄的纸片一样，被轻而易举地撕碎了。

米家夫妇同时抬起头，眼睁睁地看着那张离婚协议书变成碎片，然后被季子随手扔进了垃圾桶。他们像是在观望一个慢镜头似的目光呆滞，忐忑地以为又有一场暴风雨要降临。

"我们是一家人，谁也不可以离开！"季子说着走到父母面前，"爸，妈，对不起，请你们原谅我十六年来的任性，让你们伤心了十六年，对不起！"

米家夫妇张着嘴说不出半句话来。他们不敢相信自己的耳朵，瞪大双眼互望了一眼，又转头看了看微笑的米灵依，仍有点回不过神来。二人缓缓地用慢于平常好几倍的速度从沙发上站了起来，呆呆地望着季子。

“季子，爸爸可能是年纪大了，有点耳背，你刚才说什么？”米爸爸用几乎难以置信的语气问道。

“我是说——”季子提高了音量，“爸，妈，对不起！我知道错了，让你们伤心、难过、操心，是我不对，请你们原谅。”

季子说完，对着父母深深地鞠了一躬。

十六年的等待，终于在这一刻盼到了结果。

“丫头，这是真的吗？”米妈妈拉着米灵依低声问。

“是真的，以后她不是季子了，她是我姐姐。”米灵依肯定地说。

几乎是同一时刻，米家夫妇上前紧紧地抱住了季子。

“女儿，爸爸等这一刻已经等了十六年了！”米爸爸抑制不住内心的兴奋，竟失声痛哭起来。

“对不起，对不起，是我不好，请你们原谅我，好吗？”季子的声音也因哽咽而颤抖不已。

“爸妈不会怪你的，从来就没有怪过你。”米妈妈把季子的脸捧在手心，仔细端详着，眼中的温柔和慈爱在泪水的洗涤下，显得益发纯洁而晶莹。她望着季子，久久没有眨眼，仿佛要把这十六年来没能好好看过的这张脸一次看个够。

“妈，真的很对不起，让你受了这么多年委屈。”季子伸出手帮米妈妈擦去脸上的泪痕，“以后再也不会了，我保证。”

“傻孩子，能听到你叫我一声妈，再大的委屈都不是委屈。”

两人再次紧紧抱在一起。

米灵依看着这破镜重圆的一幕，终于欣慰地笑了。

“灵依，爸爸谢谢你。”米爸爸转过身来，紧紧搂住米灵依的肩膀，“谢谢你的坚持，让爸爸找回了一个女儿。谢谢……”

“不用谢我啦！”米灵依拍了拍父亲的手，“要谢就谢昨晚那几个平地惊雷，是它们把我姐对我们的爱打醒了！”

“对，谢谢那几个雷！”米爸爸笑了起来，“以后每次打雷我们家就举行庆祝仪式，希望以后多点打雷，最好天天打！”

"不行！"米灵依惊叫了起来，"要是天天打雷，你们最最可爱听话的小女儿就要被吓死啦！"

四个人破涕而笑。

这件破到露出棉絮的旧棉袄，终被一根叫作血脉的长线，一针一针细密地缝上了缺口，渐渐恢复了原先的样子。

这个家在这一刻充满了久违的欢笑声。

弄堂里，雨后的空气格外爽快，散发着清凉的青苔味。邻居天台上晾晒的衣服依旧稳稳地挂在那里，上面的雨水慢慢地被风干了。屋檐还在往下滴着水，水滴落在地面发出细微的啪啪声，均匀的节奏像是哪个小孩子在顽皮地拍皮球。路面的青石湿润干净，像是刚被泪水洗刷过的记忆一般。墙壁上的罅缝里聚集着还舍不得被蒸发掉的雨珠，它们在阳光下若隐若现，害羞地闪动着粼粼的水光。

这一刻，世界是那么安详和美好。

时光沿着弄堂向前慢慢延伸着，静静地延伸着。

悲伤的种子

Chapter 10

每一株藤蔓都是由种子长成的，如果你种下的是悲伤的种子，那么结果将会是……

（一）

那场大雨过后，天气变得凉爽了一点，昼夜的温差渐次变大。

正午的太阳依旧热情高涨，然而东升西落时的温度则会让外出的人皮肤上竖起一层薄薄的汗毛。

季节交替的边缘，就像是昼夜转换时的灰色地带，让人心里不自觉地空荡荡起来。怀揣等待的人心里的那份期盼也随着时间的推移慢慢变得轮廓模糊，越发没有接近结果的可能。

于净已经走了四天了，今天是第五天。

这几天，米家人全都沉浸在亲情失而复得的喜悦里，每天都像迎接新年一样热闹欢乐，每一餐都少不了丰盛的菜肴。米妈妈反复做着姐妹俩小时候最爱吃的点心，老家的舅舅也亲自把茶叶送到苏州，借机看看十六年不见的季子，还带来很多潮汕特产，诸如老婆饼、甜橘饼、乒乓粿、腐乳饼、芝麻酥、佛手老香黄，甚至萝卜干、咸菜等。米妈妈也买了许多苏州特产回赠舅舅。他住了短短两日，欢天喜地回家去了。

季子开始礼貌地跟街坊邻居打招呼，包括"圆规"张阿姨。当看到季子主动跟她打招呼时，她惊讶得眼珠子差点掉下来，已到嘴边的风凉话像是一块没有嚼过的西兰花，被生硬地咽了下去。

街坊邻居好友来家里串门子时，言谈举止也更加畅快，像是家里一个多年的禁忌被彻底打破了一般，所有人都如释重负。

听说季子跟家人冰释前嫌的那天，陆书杰就向米家每一位成员表示了祝贺，更以准女婿的身份频繁出现在米家。只是，他再没买巧克力送给欣喜若狂的米灵依。

米灵依深知自己该戒掉这个坏习惯了。对于陆书杰，她也渐渐习惯了准姐夫和好朋友这个身份。只是她心里的那份挂念与悲伤，却像一根坚韧的藤蔓，不松不紧地缠绕着自己。

生活的状态突然彻底改变了，除了季子的名字。

一切就像一条朝着正极方向延伸的直线。

（二）

"这个呆子，怎么抬脚一走就杳无音信了呢！"米灵依站在服饰店门口懊恼地挂掉了电话。

五天来，这已是第无数次听到电话那头机械般的声音了，每次一听到"The number..."，米灵依就会按掉通话键，然后再打，再挂，再打……于净像是人间蒸发了，手机打不通，信息也不回，她又不方便直接把电话打到他家去，便托父亲向于净的爷爷打听，结果也是一无所获。

于净像在地球上突然消失了一样。米灵依甚至怀疑他是不是像某部科幻小说里描写的那样，进到了哪个异度空间或时空隧道，又或是像电影《不能说的秘密》里的女主角那样，从来就只有自己才可以看得到？然而，她很快就否定了全部的假想。

米灵依的内心莫名空虚着，第一次知道当自己想要跟他人分享心里的快乐，却怎样也找不到那个人的时候，那份快乐是会缺了一角的。对于这种强烈的感受她并没有觉得意外，只认为是朋友之间正常的牵挂。她甚至在心里自嘲，前两天突然患上的记忆衰退症，竟然没有办法让自己忘记对一个朋友的期盼。

"灵依，你站在门口干什么？"陆书杰从服饰店里走出来，看着米灵依心不在焉的样子，疑惑地问，"是不是有什么事情？"

"没有。"米灵依勉强地微笑着，"是于净那个呆子，回新加坡到现在一点消息都没有，我有点担心。"她失望地叹了一口气，"也许我只是他的一个导游，连朋友都算不上，他不找我甚至不记得我都是正常的。"

看着米灵依眼中那种期待落空的神色，陆书杰觉得一根短短的刺突然扎进心里某块尚未痊愈的伤。他明白，她可不是像牵挂一个朋友似的牵挂于净，只是她自己没有察觉而已。

"不要这么想，也许他有事情做呢。我们进去吧，季子快试好衣服了。"

陆书杰转身走进服饰店，米灵依随后也走了进去。

（三）

服饰店内，米灵依和陆书杰开始在一排排衣架上漫无目的地翻看着衣服，各自魂不守舍的手在衣架上懒散地移动着，那样子倒像是在点数衣服的数量。他们完全看不到那些衣服具体的款式和颜色，只是一整片一整片的布料从眼前一一掠过而已。直到在衣架上触到了另外一只温热的手掌，米灵依才突然惊醒过来，发现自己的手搭在了陆书杰放在衣架上的手上，而那只手竟然条件反射似的握住了她的手。

米灵依猛地抬头一看，发现陆书杰也正愣愣地站在自己面前。

两人尴尬地相视一笑，迅速抽开了彼此的手。几乎是同一时间，两人把身体转向相反的方向。

"请问，这件衣服有没有小一码的？"季子的声音出现在更衣室的门口。

米灵依的心跳得很快，仿佛打破了花瓶的小孩。慌乱之中，她只好又转过身去，继续在衣架上浏览衣服。

"灵依，有没有看到喜欢的？"季子提高了声调问着。

姐妹俩彼此背对背，看不到对方的表情。季子却在镜子里看到自己僵硬的笑容，以及旁边陆书杰慌乱的眼神。

刚才站在更衣室门口看到那一幕的时候，季子感觉自己的世界像是毫无防备地被一辆车子迎面撞了一下，突然旋转出一个弧度，让她冷不防地眩晕了一阵。下唇被咬出一道深红色的痕迹，她却觉得自己没有权利生气。幸福像是从别人那里窃取而来的一样，因此即使是快乐也是胆怯的，甚至觉得就算有一天这幸福被追讨回去也是应该的。

季子胡思乱想着，服务员已经站在她面前，手里拿着一件和她身上款式颜色一样的白色衬衣。

"小姐，这一件是小一码的。"

"谢谢。"季子微笑着接过衣服，"灵依，你去试试这件衣服，我觉得你穿这个去上班应该不错。"

米灵依转身朝季子走来，脸上已恢复了和平时一样自然的笑容，"好啊，我想我衣柜那些乱七八糟的衣服啊，应该很快就会被这些职业女装取代咯。"说着，她接过衣服走进更衣室。

陆书杰和季子沉默地站在镜子前。

"怎么啦？心不在焉地在想什么？"季子看着镜子问陆书杰。

"没什么，明天第一天上班，想想好像有点压力。"陆书杰朝着镜子里的季子微笑。

"穿着我帮你挑的衣服去上班，工作一定会很顺利的。"

"我也觉得。"

镜子里，两个人相视而笑。

（四）

米灵依把一根中指粗细，长度一米左右的竹棍扎在常春藤的盆子里，然后小心翼翼地把常春藤缠着窗户防盗网向上攀缘的藤叶慢慢解开来，再轻轻绕在竹棍上。这个看起来似乎很简单的过程，她足足花了半个小时才完成。直到所有藤蔓毫发无伤地绕在竹棍上，米灵依才长舒了一口气。

"好啦，以后你就乖乖地沿着竹子天天向上吧！"米灵依又给常春藤喷了些水，才走到电脑桌前坐下。

依旧没有任何属于于净的消息传来，等待，似乎已成为一种习惯，而落空，也正慢慢被习惯着。

米灵依抽出键盘，想给于净发邮件，可双手却好像突然患了严重的风湿，动弹不得。她轻叹一口气，心里责怪着于净的杳无音信，却又忍不住后悔那天没能起床送他离开。

"我才不算是个好朋友吧！"米灵依喃喃地说。

敲门声突然响起。

米灵依望着房门发了几秒呆，起身走了过去。

"米家二小姐，下来吃点心吧，妈妈煮了汤圆。"季子站在门口说。

"我不想吃。"米灵依撇着嘴，"姐，你进来陪我聊聊天，好不好？"

季子犹豫了一下，点了点头，拉着米灵依的手一起走进房间。

两人在床上坐下。

"怎么啦，是不是第一天上班遇到了什么麻烦？看你吃饭的时候无精打采的。"季子关切地问。

"没有啊，办公室的同事都很好，虽然年龄上跟我好像都有代沟，可对我挺热情的，工作也很轻松，没什么问题。"米灵依耸耸肩道。

"书杰单位好像也不错，我听他说工作内容也比较简单。"季子顿了顿，"那你在烦什么？"

"我也不知道。"米灵依往后一倒，平躺在床上，"感觉好像被一个好朋友遗忘了。"

"你是说于净吗？"季子转过头看着她，"我听爸爸说你好像一直找不到他。"

"是啊，他回新加坡到现在好几天都没有跟我联系了，我打了不知多少个电话给他，都找不到他。"米灵依的语调越来越低，声音里透着淡淡的疲倦。

"傻瓜，回到新加坡怎么会用这边的手机号码？"

"我打的是他临走时留给我的新加坡的号码。"说完，米灵依懒懒地伸出手臂挡住眼睛，失望地说，"也许他忘了有我这个朋友了。"

季子看着米灵依这个样子，忍不住笑了，"丫头，才几天不见就想念成这样，你是不是喜欢上人家了啊？"

"我当然没有！"米灵依弹坐起来，"我只是觉得自己跟他有一种一见如故的感觉，不知道为什么，就是觉得跟他在一起很安全，什么都不用隐藏和掩饰，每次只要一跟他聊天就想掏心掏肺地把什么都告诉他。而且，我们梦中的故乡还是一样的呢！说不定上辈子我们是邻居。"米灵依嘴上说着，表情也慢慢由失落转为兴奋，仿佛是在叙说着一件开心的往事，眼里也充满了神采。

直到米灵依回过神来才发现，季子一直冲自己坏坏地笑着，"丫头，你会喜欢上于净的，我保证！"

"喔唷，男女之间就不能有纯洁的友情吗？一定要爱来爱去的啊！"米灵依白了季子一眼。

"别人我不知道，反正我妹妹是一定会喜欢上那个呆子的。"季子伸手轻轻推了推她的额头，暧昧地笑着说，"都已经相见恨晚了，还有什么好说的。"

"喂，我是说一见如故，没有说相见恨晚。"米灵依郑重地澄清。

"你看你看，要是真的没什么，干吗那么紧张地解释？"

"哪里有解释？我是在更正。"米灵依焦急得跳了起来。

"还说没有，脸都红了。"季子指着她的脸笑道。

"我没有脸红！"米灵依捂住了自己的脸。

"红了！"

"没有没有。我没有脸红……"

伤　藤

窗外繁星点点，天空一片缄默。姐妹俩的欢声笑语自窗内传出来，弥漫在安静的弄堂里，轻轻回响着。就这样，又过了无尽等待的一天。

（五）

星期五的下午，米灵依提着公文包站在单位附近的公车站等车。额前的刘海儿在晚风里像是鸟儿扑飞时的羽毛，迎风上下舞动着。纯白的衬衫在五光十色的街头仿佛冬天里的第一片雪花，耀眼夺目。

初秋傍晚残余的日光还依依不舍地在人们头顶盘旋着。公车停停又走走，路人被目送了一批又一批，米灵依却等不到回家的车。她沉默地伫立站牌旁边，过往车辆的玻璃门总会在停站的那几秒映出她低头沉思的样子。她的眼神像失去了魂魄般迷茫着。

人群、车辆、时光纷纷在米灵依眼前匆忙经过，好像被按下了快进键的录像带，而她就像是录像带里一动不动的路标，忘了时间的存在与流逝。直到被旁边一个追赶公车的人猛地撞了一下，米灵依才惊骇地从神游的世界里醒过来，抬头一看，回家的那趟公车正喧嚣着从身边开过。她想追赶上去的时候，公车的尾巴已经离自己很远很远了。

米灵依懊恼地叹了一口气，垂头走回站牌前面自语道，"今天是怎么啦？"说着拍了拍自己的额头。

这几天工作非常顺利，虽没有享受到当导游那样的愉快和惬意，却也体会到了学以致用的快乐。至于于净，米灵依已经看淡了，她安慰自己说朋友间的交往不过一场缘起缘落，不必勉强，内心自我催眠般地渐渐麻木起来。直到今天午休时爸爸发来信息，于净爷爷告诉他于净今天回国了，只是不知道具体时间。当时，米灵依心里像是被一根包着棉花的锤子重重打了几下，软绵绵地疼痛起来。她开始相信自己的猜想，否定了一切惊喜的可能。他已经忘了她这个朋友，连回来都懒得说一声。

天空已被染成绯红，米灵依的白色衬衫也开始被映得泛黄。她转头看了一眼站牌上"十五分钟一班"的字眼，心里倒数着还有六分钟，如果公车准时的话。这时候，包包里突然传来一阵细微的振动，像是一根松懈的神经，突然有人在某一个点用尽全力把它拉开，紧绷得几乎断成两截。

米灵依拿着手机的手跟着颤抖着，直至看到屏幕上显示着"许文文"三个字，她瞪大的眼睛才慢慢地、失落地放松下来。

"陈太太，是不是想约我去逛街啊？"米灵依尽量使自己的语气听起来跟平时没有两样。

听了一会儿，她开始用另一只手揉起太阳穴，表情随着电话那头许文文的叙述，而变成疑惑与惊讶，眉头也渐渐皱紧。

"谢谢你，文文。我现在就过去，改天再聊。"

米灵依挂断电话，趁着绿灯马上跑向马路对面一辆停着的出租车。

（六）

今天，春申湖中路那间咖啡店人很少，或是说现在这个时段的人很少。

米灵依推门进去，迎面袭来的冷气让她不禁打了个寒战。随后，一阵哀伤却洒脱的歌声传进她的耳朵，是梁咏琪的《洗脸》。忧伤的旋律、寂寞的歌词让她的胸口顿时有种阴郁的压抑感。

她朝四周张望了一圈，走到落地窗边靠最内侧的一张桌子前坐下。坐在她对面的男生双手平放在桌面，脸深深地埋在手里，别人看不到他，他也看不到别人，甚至连旁边有人坐下他都不知道。桌旁放着他的行李箱。

米灵依看着这个风尘仆仆、远渡重洋的旅人，此刻竟像没有家的孩子一样坐在离家那么遥远的一间咖啡馆内，独自逃避伤心。她心里对他的责备和怨恨在那一瞬间突然像面前这杯冷掉的拿铁一样，热气早已烟消云散了。

她知道他现在需要朋友。

米灵依伸出一只手，缓缓搭在他肩上，轻轻地叫了声"呆子"。

于净仿佛突然在睡梦中被清晨耀眼的阳光刺醒一般，带着怀疑的犹豫，慢

　　　　　　　　　　　　　　　　　　　　　　　伤　藤

慢地抬起头来。

"米灵依？你怎么会在这里？"

于净刚一抬头，米灵依立刻觉得眼睛被他此刻的样子刺痛了。才十来天不见，他竟然有点脱相，头发好像突然长长了好多，蓬松地顶在头上，双眼布满了血丝，下巴的胡茬如同衣服上沾满的尘埃，颓废而碍眼。

"下班的时候那天跟我们一起喝咖啡的同学打电话给我，说看到我'男朋友'一个人在这里喝闷咖啡，所以我就过来了。"

于净呆呆地看着米灵依，眼前的女孩绾起头发，穿着一身正装，别有一番风采。他淡淡地问，"你开始去上班啦？"

"是啊，九月一日就上班了。"她沉吟了片刻又说道，"好多天了。"

过了一会儿，服务员把米灵依的咖啡送来。她低头拿着小勺子慢慢搅拌着咖啡上面的奶泡。两人各自沉默，似乎都在等对方先开口。

"米灵依，对不起。"于净喝了一口已经冷掉的咖啡。

他低垂眼帘，语气充满疲倦和沧桑，让本来说话就有点气若游丝的他显得更加颓唐。

"你发给我的信息，包括邮件我都看到了，只是，我没有心情跟别人联系。"

米灵依微笑着摇了摇头，给了他一个不用介意的表情，可当她听到"别人"这个字眼儿时，心里还是感到空落落的。

"其实我很想给你打电话，也好想把我的心事全部说给你听，可是又……又很害怕你看不起我。"

于净委屈的语气让米灵依一阵心酸。她继续保持沉默，但包容的眼神让于净突然安下心来。他一口气喝掉杯子里的冷咖啡，慢慢把事情的原委告诉米灵依。

"记不记得有一次你问我有没有女朋友？那时我没有回答你。"米灵依点了点头，于净伸手抹了一把脸，继续说道，"其实我一直有一个女朋友，她叫Adela，是一个空姐，很漂亮，很有气质，家世又显赫，就像她的名字一样，Adela——尊贵而优雅。我们高三的时候就在一起了，那时很多男生追她，可她偏偏就选择了我，跟她谈恋爱让我觉得很快乐，很有成就感，虚荣心被大大地满足了。后来我考上建筑大学，她却提前参加工作，当了空姐和兼职模特。身边环绕她的男人越来越多，接她去吃饭的车子一辆比一辆豪华，我却只有一辆自行车。"于净自嘲地笑着，"她从来都没有给我压力，我却变得越来越害怕面对她。我跟自己说必须要成功去追赶她，而且绝对不靠家里的任何关系，要自己成功。于是我拼命努力地设计、画图，把设计稿拿到各个房地产公司、建筑公司去面试，结果我终于成功了，我的设计被接纳了，还把它们建造了出来，我的梦想真的变成了现实。之后我骄傲得忘乎所以，毕业后天天泡在家里打游戏，等 Adela 回来一起吃饭、逛街，也不出门找工作，认为自己已经成功了。这时，我却发现 Adela 越来越不开心。有一天，她终于告诉我她爱上了一个年轻有为的房地产商人。我很伤心，很生气。你知道男人最痛恨的就是女友背叛自己，我没有办法再面对她，就离开了她，来到了苏州。我要惩罚她，让她找不到我。"

于净的语气就像个任性的孩子。

"所以什么梦见在弄堂里迷路，什么梦中的故乡，都只是你为了跟女友闹别扭，逃到我家来所找的借口咯？"米灵依疲倦地问道。

"当然不是啦！"于净紧张地提高了音量，"我跟你说的一切事情都是真的。"

米灵依点了点头，示意他继续说下去。

"我在苏州的那些天，她找朋友要了我的电话，发了很多信息和邮件给我，我都没有理会。直到后来跟你一起旅行，让我明白了很多东西真的是需要去面对而不是逃避的，所以我回去见了她，告诉她我还爱她，却知道了一件让我觉得没脸见人的事情。"于净深深吸了一口气，"米灵依，你知道吗，我从小到大一直不觉得自己有多出色，直到我的设计稿变成真实的建筑，直到我拿到人生的第一笔酬劳，给 Adela 买了一块名牌手表，我才真的觉得自己的存在是有意义的。回国的那天晚上，她戴着那块手表和我在我们第一次遇见的小餐厅里吃饭，然后她告诉我，她要结婚了，要嫁给那个房地产商人。我当时发疯般地大骂她，甚至拿水泼了她一脸。她什么都没有说，只是哭着跑了。第二天我跑到那个男人的公司去找他算账，让他把 Adela 还给我，结果他居然拿出我所有的设计图，告诉我一切都是 Adela 在背后帮我，是她让那个男人接纳了我的设计，让我成功，而我却像个白痴一样拿着别人施舍给我的成绩自以为是，结果让我最爱的人做了别人的新娘！"

于净布满血丝的眼睛泛着水光，突然伸手抓住米灵依放在桌上的手。米灵依被这猝不及防的举动吓得心里一阵狂跳，却并没把手抽回来。

"米灵依，当时我真的很想杀了我自己，我想打电话给你，可是我没有勇气，你明白那种感觉吗？"

"我明白。"米灵依点头。

"我把自己关在家里一个星期，整整一个星期，谁也不见，每天躺在床上望着天花板，像死人一样没有思想、没有意识。直到前天，Adela 来看我，在我房间门口哭了很久，说了很多让我很感动又很痛苦的话，我终于知道自己永远失去她了。她乞求我原谅她，可我又有什么理由恨她呢？我是个没用的男人，没有办法让自己爱的人幸福，还凭什么去恨她呢？于是我给她开了门，我们抱在一起哭了好久，哭到两人累得居然睡着了。昨天，我参加了她的婚礼，她穿婚纱的样子真的很美，我多希望挽着她的男人是我，可我知道这是不可能的了。"

于净苦笑地看着米灵依，表情既有失去最爱的痛苦，又有倾诉后的放松。

"你是不是也觉得我很没用、很荒唐？"

"我觉得你很勇敢。"米灵依对于净温柔地笑了，"可以把这些都告诉我，就说明你还是有面对现实的勇气。"

"你不要安慰我了……"于净沮丧地摇摇头。

"我才没有心情安慰你！"米灵依方想起连日来于净的失踪带给自己的焦虑和沮丧，心情不由得复杂起来。她意味深长地看着于净，"呆子，你现在觉不觉得倾诉之后心情好多了？"

于净再度苦笑地点了点头。米灵依突然端起咖啡杯喝了一大口，然后把它重重放在碟子里，瓷器碰撞发出的刺耳声把于净吓了一跳。

"你的心情倒是好了，本小姐还意难平呢！你说说你够不够朋友？回去这些天居然连一个字都没给我发过，你知不知道这是很不负责任的行为？你知不知道有人会为你担心？"

"我说了对不起……"

"说了又怎样？"米灵依的语气更加咄咄逼人，"刚刚听你说回国第一天去见旧情人，第二天去吵架，接下来的一个星期都在家装死，前天又跟旧情人私会，昨天去参加她的婚礼，今天又出现在苏州，对不对？"

于净诚惶诚恐地犹豫了一下，小心翼翼地点了点头。

"那我的蜡笔小新呢？"米灵依伸出一只手掌摊开在于净面前，"是谁说过一定不会赖账的？"

于净这才想起回去那么多天自己完全沉溺在伤心和痛苦之中，哪有心情去逛街，竟然连蜡笔小新这么重要的任务都给忘了。此刻面对米灵依一副得理不饶人的样子，他竟不知如何是好，居然有点瞠目。

"哼，枉我白担心了你这么多天，白等了你这么多天，下午听到你在这里就飞奔过来，不计前嫌地听你倒了几升苦水，你倒好，不理我也就算了，居然还说话不算数，我以后再也不要理你了！"说完，米灵依站起身气冲冲地走向大门。

"喂，你不要生气嘛，等等我啦！"说罢，于净匆忙掏出一张钞票扔在桌上，追了上去。

"先生，你的行李……"

服务员可怜巴巴地提着沉重的行李箱，快步追了出去。

路灯此时无声地亮了起来。

（七）

晚上八点半，米灵依一家围坐在客厅的茶几前，一边喝着工夫茶，吃着米灵依舅舅带来的潮州小吃，一边听着米妈妈绘声绘色地讲述着关于小吃的各种传说。陆书杰也在，他跟季子坐在米爸爸旁边，听得入了神。于净挨着米灵依坐在米妈妈对面，一边听一边吃，心中的伤痛被米家的热闹暂时赶到了一旁。

此时，他已把脸上的胡茬清理干净，头发经过一番打理，又变得好看时尚了。虽然眼中的红血丝尚未退去，但看起来精神了很多。也许是积压的心事经过一番倾吐不再那么压抑了，或是他已渐渐接受失恋的打击，恢复了理性。他跟米灵依也和好了，条件是托朋友在几天内寄来一整套蜡笔小新。

茶叶的清香和点心的酥香在屋内弥漫开来。

米妈妈讲完一个故事后，品了一口工夫茶，嘴角上扬，一副沉醉的神情，似乎还在回味刚刚所讲的故事。

"好了，现在再说说老婆饼的传说。"说完，米妈妈拿起一个老婆饼咬了一小口，细细咀嚼。

众人也纷纷拿起老婆饼，津津有味地吃起来，像幼儿园的小朋友期待听故事一般双眼闪着期待的光芒。

"你那几个传说我都听了八百多遍了，不要再讲了。"米爸爸戏谑地抗议道。

"我想听。"于净柔声说道。

"是啊，叔叔，让阿姨讲吧，我也想听。"陆书杰也客气地怂恿道。

米妈妈朝丈夫得意地笑了笑，"看吧，我的故事是很有群众基础的。"她清了清嗓子，徐徐道来，"传说以前在广州有一间老字号茶楼，是清朝末年创办的，以各种点心和饼食驰名。店里有位潮州师傅，一天他回家去看老婆，带了店里的招牌点心给她吃，想着让老婆也尝尝这点心的味道。岂料他老婆吃了以后，不但没称赞点心好吃，反而嫌弃道，'你们茶楼的点心竟然这么平淡无奇，没有一样比得上我们娘家的点心冬瓜角！'那位师傅听了当然不服气，就叫他老婆做出'冬瓜角'给他尝尝。他老婆便准备了一锅冬瓜茸，加上白糖还有一些其他的配材做馅料，再用面粉皮把馅料包成小角，放在油锅里炸到金黄色捞起。师傅将信将疑地尝了一口……"米妈妈咬了一口手中的老婆饼，闭上眼睛品味着，表情夸张得很，"呀……真是比肯德基的蛋挞还好吃呢！"这个滑稽的描述引来哄堂大笑。

米妈妈自己也笑了起来，接着说，"师傅回到广州后，把老婆做的冬瓜角带给共事的师傅们品尝，个个赞不绝口，连茶楼老板都说美味，问是出自哪个师傅之手，大家都说，'是潮州师傅的老婆做的'。老板就说，'那就是潮州老婆饼咯！'他让那个师傅把冬瓜角改良了一下，便在茶楼卖了起来。这道点心受到大家的一致好评，并传承了下来，就是今天诸位手上的老婆饼。"

故事讲完了，大家仍在回味着这个美味的传说，觉得嘴里的点心味道变得更香了。

"妈，这个传说我小时候怎么没听过？"季子微笑着问。

"我讲过的，你一定是忘了。"

米灵依像是突然想起了什么，朝着母亲挑衅地一笑，那表情就像是捉到学生写了错字的语文老师。

"妈，传说这东西是不是可以即兴改编的啊？"

"传说就是传说，怎么改编啊？"米妈妈不解地问。

"可你上次跟我讲的老婆饼传说好像跟这次的不一样啊！"米灵依继续狡诈地笑着，"记得去年陪你回老家，你明明说的是从前有一对贫穷的夫妇，老婆为了帮老公治病，把自己卖给一个富人当小妾，老公为了把老婆赎回来，就夜以继日地研究饼食，终于做出一种很好吃的饼，还卖了很多钱，最后把妻子赎了回来，人们为了歌颂、赞美这可贵的人性，就把这种饼食叫作'老婆饼'。你跟我讲的时候还教了我很多做人不能放弃啊什么的大道理，怎么今天就变成这个版本了呢？"说完，米灵依还故意皱着眉头疑惑地看着母亲。

大家也纷纷转头去看着米妈妈，期待她给出一个合理的解释。

米妈妈见大家一副看戏的表情，故作镇定地举起装好水的茶壶，自顾自地泡起了工夫茶。

"好啦好啦，现在我来教你们工夫茶怎么泡，这个叫'关公巡城'，接下来是'韩信点兵'……"

"哦哦……"大家打断米妈妈的话，起哄道，"解释不出来了吧！妈妈编故事骗人咯，骗人咯！"

"我没有骗人，传说本来就有很多版本的……"

"不用解释啦！罚喝三十大杯茶！"

"真的没有骗人，不要冤枉我啊……"

"除非让潮州老婆来帮你作证！"

"我自己就是潮州老婆啊！"

"哈哈哈……"

（八）

晚上十点钟，陆书杰告辞回了家，季子也回了房间。米灵依约好和同学网聊，也匆匆上了楼。米家夫妇回房间看电视，于净也无聊地回房玩电脑。客厅里一片曲终人散的寂静。

于净在电脑前懊恼地把刚画好的设计图揉成一团，投球似的用力将它扔进床边的纸篓，篓子已经被堆满了。季子正在网上发表文章，内容是呼吁大家多多关心孤儿院的小朋友，每个人抽出少许时间做一个短暂的陪伴，就可以给孩子们更多的欢乐和温暖。米灵依在网上拜托朋友办事，道谢多次后才关机，慢慢踱步到了窗前。

常春藤这几天又抽出几根新鲜的嫩藤。她不想自己的"心头爱"像公共场所那些装饰用的藤蔓植物一样，被远远地挂在高处，藤叶顺着花盆无力地向下倒垂着。于是，她又在花盆里安置了几根较短的小竹棍，让那些新长出的嫩藤可以向上生长。

米灵依给常春藤淋好水，靠在窗台上望着夜空发呆。晴朗的夜空中，没有月亮，也没有星星，只点缀了几片薄云，它们无聊得时而驻足、时而踱步。夜空像是一个沉默的男人，寂寞地发着呆。

米灵依望着天空，不禁又想起于净的事情。这个呆呆的男生，竟还有着这么多不为人知的故事，难怪上次自己靠在他怀里哭的时候，他会说那样一番话。当时无暇加以思考，现在回想起来，便像是解开了谜题的答案，深觉其中之苦。这种苦涩就像是藤叶上的叶脉，清晰而浅显。

"希望我可以帮到那个呆子。"米灵依喃喃地说。

她伸了个懒腰，反手捶了捶最近经常疲惫酸痛的腰背，准备拉上窗帘上床休息。就在窗帘被拉上的那一瞬间，她突然看到弄堂的尽头陆书杰和他母亲一前一后地走出门来。陆书杰低头走在前面，陆妈妈跟了上来，两人在米灵依窗下保持一段距离面对面地站着。

米灵依好奇地张望了一下，正准备跟他们打招呼，突然看见陆妈妈把手放在陆书杰的肩膀上，似有安慰之意，米灵依立刻噤声。接着，她见陆妈妈低声跟陆书杰说了些什么，由于声音实在太小，什么都听不见。陆书杰只是安静地站在母亲对面，低头盯着着地面上的一块青石。半晌，他叹了口气，缓缓地点了点头，陆妈妈脸上才终于露出欣慰的笑容。

米灵依一头雾水地拉上窗帘。刚刚自己应该算不上偷窥，只是无意中看到的一幕无声的画面，然而此时她心里却感到有点莫名的心神不宁。自从那次陆书杰当面告诉她他和季子恋爱的消息后，两人就没有单独相处过，关于彼此的近况也是通过季子偶尔的提及略知一二。米灵依很想知道陆书杰是不是遇到了什么麻烦，会不会跟文小蕾有关？但看起来又不像。她拿起手机，觉得作为好朋友自己似乎有义务去关心一下陆书杰，但碍于季子，又将手机放了回去。

"也许人家只是在谈家事吧！"米灵依自我安慰道，"大块头那么稳重的人怎么会有事呢？"她松了一口气，关掉台灯，疲倦地钻进被窝，很快就沉沉地入睡了。

窗外的夜，继续沉默着。

（九）

于净一觉醒来已经是上午十一点了。

他躺在床上望着被阳光照得透明的窗帘，大脑突然无端地胀痛起来，日光像隐形针般刺着他的太阳穴。心里又飘来一阵惆怅，那可恶的悲伤出去溜达了一晚又在他清醒之际悄悄地回来了。失恋的心情像是中年妇女脸上的黄褐斑，

伤藤

越是想用化妆品掩盖，就越是欲盖弥彰。

于净别过脸去望着紧闭的房门，脑海里又浮现出 Adela 在他房门外坐等他的情景，耳边仿佛也响起了一阵急促的敲门声。像是有电流从体内流过一般，于净神经质地弹坐起来，只用了三步便来到门前。他用力地打开房门，带起的那阵风从他脸上快速掠过。只见米灵依站在门口，被风撩起的头发刚好落回到肩头。于净期望的表情瞬间暗淡下来，他对着米灵依无奈地笑了笑，转身走进房内，重新躺到床上。

米灵依一脸莫名地跟了进来，"你还没有睡够啊？"

"不想起床。"于净懒懒地说，"反正也没有事情可做。"

"我带你出去吃好吃的，怎么样？失恋的呆子？"

于净白了她一眼，"你再叫一次试试？"虽然话中带有威胁之意，然而那平淡无力的语调却无法令人生畏。

"好啦，起来吧。今天我休息，带你去新加坡美食城吃好吃的，反正我也没有去过。晚上回来我有样东西要送给你。"

"什么东西？如果你送的是止痛药或纸巾之类的话，我就先谢谢你了，我用不着那些东西。"于净继续赖在床上不肯起。

米灵依双手交叉在胸前，有点不耐烦了，"要是我有治疗失恋的止痛药，早就发财啦，还在这里跟你废话？你到底去是不去？"

于净看了看她，然后伸长了双手，"我好累，你拉我起来。"

米灵依咬着牙用力打了一下他的手背，然后抓着他的手，费力地把他拉了起来。

（十）

正午十二点，首饰店门口挂上了"休息时间"的牌子。

季子和老板 Minnie 坐在店里的短沙发上吃外卖。

卡通老板最近换了一个黑框的圆形大眼镜，整齐的刘海被托在眼镜上，形成一个帘棚形的弧度，看上去很像是《IQ博士》里面的小云。

季子的头发长长了很多，卷度也随之变小。松散的头发沿着中分的发线在面颊两侧膨胀着，这让她的脸看上去更加纤瘦。

"季子，你的头发该去重新烫一下了。"Minnie咬着筷子说，"明天你休息，我也把店关了，我们一起去弄头发好不好？我想改变一下发型。"

"我明天要去孤儿院。"季子抱歉地说道，"不能陪你去。"

Minnie点点头，努了努嘴，"那好吧，明天我自己去。你说我做什么发型好呢？我想女人一点。"

季子望着对方的娃娃脸，笑着问，"这样可爱不是很好吗？为什么要变女人？"

Minnie环视了一下四周，像是在提防隔墙有耳，随后靠近季子低声说："我姨妈给我介绍了一个男朋友，所以我想改变一下自己的形象，不想让人家觉得我是小孩子。"

季子望着Minnie暧昧地笑着，"原来是谈恋爱了，什么时候带给我见见？"

"还不是时候。"Minnie故作神秘地推了推眼镜，"等我们感情稳定了再带给你看。"

说着，她突然站起来，在店内手舞足蹈地转着圈，像朗诵似的反复念道，"爱情真是个好东西……"

季子见Minnie像是领到圣诞礼物的小孩似的，忍不住摇头笑了。她把吃剩的饭盒盖好，放在塑料袋里，起身问Minnie，"你吃饱了没有？我要去扔垃圾了哦！"

Minnie笑着把饭盒递给季子，嗲声说了句"谢谢"。

季子提着垃圾袋走出店门。

首饰店门口有一个垃圾桶，季子把垃圾袋塞了进去，正拍手准备转身离开，突然发现一个熟悉的身影在不远处徘徊——是陆书杰。他垂着头百无聊赖地向前走着，季子觉得很奇怪，按照他走路的方向，刚刚应该是从自己店门口经过的，也许当时自己正跟Minnie聊天没有注意？可他为什么不进去找她呢？

　　　　　　　　　　　　　　　伤　藤

季子望着他沉重的背影，仿佛能看到他彷徨失落的表情。她突然感到陌生而心慌，自己从未见过陆书杰这个样子，一种不好的预感瞬间袭上心头。她沉思了几秒钟，从裤子口袋里掏出手机，按下陆书杰的号码。她远远看到陆书杰拿着电话犹豫地看着屏幕。那一刻，季子的心脏像是不听话的小鹿，突然从胸腔里跳了出来，卡在了嗓子眼儿。

　　时间瞬息被拉长，那几秒钟仿佛定格在了对方的彩铃声中。季子是多么害怕远处的那个男人会沉默地等到电话铃声停止，或是直接按下拒绝键。所幸，在一番犹豫之后，他终于接通了电话。

　　"书杰，你今天休息吧，上午都在干吗？"季子平静地问。

　　"就是在家待着，看看单位的文件。"

　　"哦。"季子倒吸了一口冷气，"明天要去孤儿院，你没有忘吧？"

　　"没有，我现在正准备出去买糖果呢，先不聊了，要出门了。"陆书杰挂断电话，继续低头往前方走。

　　季子愣愣地站在原地，心脏从嗓子眼儿落回胸腔，沉重而疼痛。谎言，像是冬夜里最冷的一阵寒风，从她赤裸的爱情上狠狠掠过，冰冷得彻骨。她站在店门口，日光洒在身上，身体却难以自制地发抖。

　　她闭上眼睛，一颗眼泪从眼角缓缓流下。

爱情在两个人相处的日子里像种子一样慢慢地吸收着暧昧的养分，萌发出稚嫩的细芽。

爱情的萌芽

Chapter 11

（一）

"原来这家的新加坡菜做得这么难吃啊！"米灵依走出店门抱歉地对于净说，"不好意思，我也是第一次来，不知道味道这么差。"

于净摆摆手，做了个无所谓的表情，"我本来就没有胃口，管它好不好吃。"说完，他把手插进裤袋，跟米灵依并肩走在一整排商户的遮阳篷下。

"喂，你不要这么垂头丧气好不好？你这个样子啊，好运气看到都会绕路走。"

"你觉得我会有好运气吗？"于净苦笑着看着米灵依，"我是瘟神才对，刚一回新加坡你们家里的问题就解决了，我自己又发生了那么多事情，细想一下，我的人生好像没什么意义。都这么大个人了还整天要父母担心，女朋友也另嫁他人，真是可笑。"

"再坏的事情也要往好的方面去想，不然只会越想越糟糕，搅乱心情。"米灵依拍拍他的肩膀，"振作一点！真想把你现在这个样子拍下来，等你改天又变得嚣张自大的时候拿给你看，羞羞你！"

"我才没有嚣张自大呢！"于净突然停下脚步，喃喃地说，"从她穿着白纱，挽着别人的手从我面前经过的那一刻起，我就不再是以前那个于净了。"

米灵依看着于净哀伤的侧脸，也不由得怅惘起来。

两人沉默地伫立在原地，任身边人来人往。这时，一个穿着黑色套装、浓妆重彩的女人走到他们身边。

"两位要不要拍照啊？可以进来看一下，本店九月在搞优惠活动，每天第九对客人都可以享受九折优惠，附赠鲜花一束。里面正在拍照的是今天的第八对新人，两位如果现在进来拍照，就可以得到这个优惠。"

两人一头雾水地对望了一眼，又转头看了看身边这位带着职业笑脸的姐姐，才发现他们一直站在一家婚纱摄影店门口。

于净叹了口气，下意识地朝店内望去。店内陈列着一个个身披婚纱的模特，那幸福的表情就像一把把利刃，狠狠戳在他原本已经裂了一道口子的心脏上，顿时变得血肉模糊。

于净自嘲地笑了起来，"我真的是霉到掉灰了，刚刚还在想着 Adela 结婚时的样子，就马上撞见婚纱摄影，真是雪上加霜。"

"那就用喜气冲冲你的霉运吧！"米灵依仰着头冲他笑着，"大学的时候我当过校刊的封面模特，今天就当一回婚纱模特吧！"

于净呆了几秒钟，然后无奈地叹了口气，"你说真的还是开玩笑？"

"我才不会在这个时候开你玩笑。"米灵依一脸正经的表情，"免费的漂亮模特，要不要？"

于净犹豫了片刻，摇头笑了起来，然后弓起一只手摆在米灵依面前，米灵依笑着把手穿过去挽住他。

"好吧，我就客串一回假新郎吧！"

两人踏着正步走进那间浪漫典雅的婚纱摄影店。

(二)

陆书杰走到弄堂口的时候已经闻到饭香了。

这天下午，他独自走了很远的路程，全是漫无目的的乱逛，甚至连他自己也不知此时又是怎么走回弄堂的。他仍心事重重地踱着步，脚步比平时沉重了许多。母亲昨晚跟他说的话像是一摞厚厚的旧报纸，沉沉地压在他心上，并散发出迂腐的味道。

从小到大陆书杰最怕做的就是选择题，每次都不知该舍弃哪一个。现在，他竟再次陷入两难的境地。

必须选一个吗——不！

他必须想出一个两全其美的办法，谁也不能伤害。他继续往前走，直到弄堂地面最后一块青石踏在自己脚下，他才猛然发现家门正朝自己敞开。他抬起绑了沙包般的脚，迈了进去。

弄堂的另一端，季子站在弄堂口愣愣地看着陆书杰的背影，心像沉入一口荒井。整个下午她都在首饰店里恍惚地呆坐，灵魂像被人彻底抽走了似的。

第一次知道自己跟陆书杰之间原来存在谎言，只是她不忍心拆穿。

第一次发现他们之间相隔的这条弄堂竟是如此冗长，让她望而却步。

她拼命自我安慰陆书杰必是有了什么烦恼，且不想让她担心才有所隐瞒，却没有勇气去求证。

"书杰，希望你的谎言不是真心的。"季子低声说着，转身回了家。

(三)

返巢的鸟群从于净和米灵依的头顶飞过，留下一片扑飞的喧嚣。天际被染成柔和的绯红，那由浅入深的色泽像是醉酒之人无意间泼洒在餐桌上的红酒，正慢慢渗透在浅灰色的桌布上。

仔细一看，晚霞流动的姿态、朦胧的色彩，又像是一个裹在茜纱里的女性胴体，暗香浮动。

晚风从他们身边拂过。于净低头微笑沉思。当化着精致彩妆，绾着优雅发髻，穿着纯白婚纱的米灵依笑着朝自己走来时，他的心脏竟狂跳起来，几乎令他窒息。她是那么美丽，像一朵纯白的百合，悄然盛放在他的眼前。他终于忍不住伸出手去，牵住了她的手。

整整一个下午，他如置梦境，搂着漂亮的"新娘"，幸福地对着镜头甜蜜地笑着。他多希望这是一场不用醒来的美梦！直到摄影师最后一次按下快门，直到他被化妆师领到更衣室换下那套王子的西装，他才恋恋不舍地苏醒过来。

于净轻轻叹了一口气——好短暂的梦。虽然只是幸福的假象，还是让他无比陶醉，阴郁的心情也像是晒过太阳的箱底衣服，霉味消散了许多。他转头看着米灵依，今天，她穿回平时简单可爱的装束，和之前那个优雅的职场丽人判若两人。此时，素面朝天的她还在用湿纸巾擦拭着化妆师没能帮她卸彻底的眼影。于净突然觉得，现在的她也比平时漂亮了许多。

"喔唷，终于擦干净了。"米灵依把湿纸巾扔进路旁的垃圾桶，揉揉眼睛问道，"怎么样呆子，现在心情好点没有？"

"照片拍得是挺过瘾的。"于净托着自己的下巴，皱着眉头看着米灵依说，"就是女模特还不够漂亮。"

"哈哈。"米灵依张大嘴巴干笑了几声，"有本事你找世界小姐陪你拍啊，得了便宜还卖乖！"

"好啦，谢谢你啦！"于净握着拳头的手轻轻地在米灵依肩头捶了一下，"对了，你刚刚为什么不要摄影店送的那束玫瑰花？"

"人家是送给新人的耶。"米灵依煞有介事地说，"我们这对冒牌货收来干吗？"

于净翻了个白眼，无奈地摇摇头，"真是死板。"

"是是是，我最死板啦！"米灵依抬手捶着酸痛的肩膀，"原来拍婚纱照那么辛苦的，那件婚纱重得要命，我的表情都僵掉了，不知道拍出来会不会好看。"

伤藤

"过程玩得开心就好啦，我们又不是真的要结婚，好看就留个纪念，不好看就送给你爸妈，让他们提前看看自己女儿将来嫁人的时候就是这么丑！"

于净这句话顿时让米灵依提高了警惕，她停下脚步扯着于净的衣袖郑重地说，"不许你给别人看，特别是我家人！这个照片纯粹是为了让你开心拍的，只有我们两个知道，也只有我们两个可以看到！"

于净看着米灵依认真的表情，忍俊不禁。当他听到"为了让你开心"一句，心里突然一阵无端的窃喜，若有所思地对着米灵依一阵傻笑。

"为了让我开心你就陪我拍婚纱照，那要是为了让我开心，你会嫁给我吗？"

（四）

今天米家饭桌上的气氛有点沉闷。季子因陆书杰的事情而惴惴不安，米灵依、于净各怀心事闷闷不语。见状，米家夫妇也不敢开口，一声不吭地把饭吃完。

此刻，于净坐在电脑前，对着待机屏幕发呆。

纸篓已被米妈妈清理干净了，昨晚那些被揉成一团的图纸此刻已不知被遗弃在哪里。然而伤心却还剩一点，就像感冒过后的百日咳，病去如抽丝。

于净突然想起傍晚自己跟米灵依胡诌的话，不禁有些懊恼。虽然只是一时无心的调侃，可当他看到米灵依渐渐涨红的脸颊，心里便自责起来。失恋是自己的事，何苦要把这种煎熬变相施加在别人身上？虽然他知道米灵依不会把这些话当真，或是拿来责备他，更不会因此误会疏远自己，但刚刚饭桌上的沉默气氛还是让他感到了一阵惊慌。

"那个家伙不会真以为我对她想入非非了吧？"

正胡思乱想着，突然一阵敲门声响起来。他只是呆坐着望着房门，竟胆怯地不敢走过去开。直到门外传来米灵依急切的呼喊，他才走过去开门。

"你耳朵是不是出问题啦？这么久才来开门！"米灵依跨步进来，把一个白色的小花盆举在于净面前，"喏，送给你的东西。"

于净皱着眉头，不解地接过花盆，望着盆里一株稚嫩的常春藤疑惑地问，

"为什么送这个给我？我又不喜欢花花草草。"

"喔唷，这可是我一大早去跟李伯要的呢！"米灵依从他手里接过花盆，环视了一下四周，想帮常春藤找个栖身之地，却发现这个小房间根本没有阳台，只好把花盆放到窗台的空地儿上。"好啦，这里可以晒到阳光，以后你开窗的时候要小心，不要打翻它哦！"米灵依拍了拍手上的灰尘，走到电脑桌前面坐下。

"你还没说送我这个干吗。"于净叉着手站在米灵依身边，"要是我把它养死了，怎么办？你还是自己拿回去吧！"说罢他慵懒地坐到床上。

"呆子，做人有点耐心好不好？成功不是一天两天的事情。养植物可以培养一个人的耐心，还有承受挫折的耐力，你看我，人家都说常春藤是随处丢都可以养活的东西，偏就是我一直种不好，前前后后失败了无数次，可现在不是还在种吗？只要种下希望，就可能长出希望。"

于净斜眼看着她，"那要是种下的是悲伤的种子，长出来的不就是悲伤的藤蔓吗？"

"为什么老是要往不好的地方想呢？"

"你到底想说什么？"

米灵依起身把椅子搬近床边，重新坐了下来，"我妈说今天帮你收拾房间的时候发现你扔了很多纸团，她捡起来一看原来都是你的设计稿，全部都只有一部分。她拿给我跟爸爸看，我们都觉得很不错啊，干吗不坚持画下去呢？"

"你不要安慰我啦，我知道自己设计不出好看实用的建筑。以前是因为有人帮我才会被采纳，现在根本就不可能。"

"那你知道你设计的那个罗马式小区花了多少钱去建吗？"

于净沉思了几秒钟，"不清楚，但我知道很多，应该要好多个亿吧！我当时还一直抱怨说他们给我的酬劳太少，现在想想真是好笑。"

"并不好笑。"米灵依郑重地看着于净，"你想想看，如果你的设计真的很糟糕的话，别人会为了一个人情花好多个亿去投建吗？"

于净看着米灵依肯定的眼神，不置可否地摇摇头，"也许他是为了讨 Adela 欢心？总之你不要再安慰我了。"他摆了摆手，做出一个不想再听下去的表情。

"好，那我不说了，你等我一下。"说完，米灵依起身离开房间。

（五）

半分钟之后，米灵依手里拿着一小沓 A4 纸重新走进于净的房间。

"你刚刚说我安慰你，那么，你告诉我，如果你的设计真的不好的话，住在房子里面的住户会不会安慰你呢？"

于净不解地看着米灵依，"你是什么意思？"

"请问于先生，你所设计的那个罗马式住宅小区是不是叫'动情罗马'？"米灵依把那沓 A4 纸捧在胸前，一副问卷调查组组长的表情和姿态。

于净半眯着眼睛怀疑地看着米灵依，"你怎么知道的？"

米灵依笑了笑，"名字取得不怎么样，可设计得很棒哦！"米灵依把那沓 A4 纸摊开放在于净面前，"根据我们的问卷调查，参与答卷的'动情罗马'住户中，有 91% 的人表示对该住宅区的设计非常满意，尤其是住宅内部简约合理的布局，以十字交叉拱加圆拱改良而设计出来的拱顶，前庭灵活运用的柱式建筑，造型古朴典雅的门窗以及一些独具特色的设计装潢，令总体的设计风格明快敦实，线条简约时尚，厚重而并不呆板，住户们觉得非常舒适高贵。至于另外 9% 的住户略有不满是因为他们住在顶楼，由于客厅的天花板设计得太高，开发商提高了顶层的单价，装修的时候也多花了不少费用，他们希望设计师下次在设计同类建筑的时候可以考虑一下这个问题。"

听米灵依讲解的同时，于净拿起那些调查问卷，一份一份地仔细阅读，那表情像是学生在参考书里寻找答案一样。表格上住户认真填写的答案、建议以及亲笔签名，透过传真后变成统一的黑色墨迹，像是一双双真诚的眼睛，鼓励着于净。直到看完最后一份问卷，于净才收敛起专注而感动的表情，用一种讶异、难以置信的眼神注视着米灵依的笑脸。

"米灵依，你怎么弄到这些的？"

"山人自有妙计！"米灵依得意地笑起来。

于净激动地站起来，"你快告诉我，怎么弄到这些东西的？"

"好啦好啦，告诉你吧。还记不记得我跟你说过我有两个同学在新加坡留学？"

于净回想了一会儿，如梦初醒地点了点头，"记得，你说他们刚到那边的时候很不适应。"

"对啦，就是那两位女同学。昨晚呢，本小姐先是在网上找到你设计的那个住宅小区的名字、地址，又精心设计了这份调查问卷，紧接着就找那两个同学，拜托她们帮我到小区进行问卷调查。她们先是和小区的物业做好报备与沟通，趁着今天周六不用上课，而且比较多的住户都在家休息，就奔波了一天把调查做完了，又马不停蹄地传真给我，就是这么简单！"米灵依故作轻松地摊开手掌，满足地笑着，"我早就说了，你的设计没有问题，91% 的住户表示非常满意，9% 的住户是因为价钱而感到不满，这对于一个设计师来说意味着什么，你比我清楚。你说得对，那个建筑商确实给了你很少的酬劳，所以你要明白，不是别人施舍给你的成功，而是你帮许多人设计了一个很舒适的家，也帮建筑商赚了很多很多钱。"米灵依伸出一只手搭在于净肩头，"相信自己吧，呆子，你很棒！"

于净愣愣地看着米灵依，感动的话语卡在喉咙里，变成哽咽的气息。

"那么，你有没有想过，如果问卷出来的结果是 100% 的人都不满意，该怎么办？"

"天底下哪里有那么多傻子啊？你真以为那个商人会为了一个人情而冒那么大的风险，去投资一个 100% 失败的生意吗？更不用说那些住户，没有人认识你，他们真不满意的话凭什么买你的账？最重要的是，我知道你一定可以的，你的设计绝对比那个什么陈谦凡之类的好上一万倍，绝对！"

米灵依坚定的眼神像是一张创可贴，准确无误地贴在了于净的伤口上，他甚至可以听到自己的伤口愈合时发出的声音。

"呆子，不要放弃自己好吗？就像我从来没有放弃常春藤一样，我们加油，我们都可以的。"

于净继续呆呆看着米灵依，感动的热浪不断冲击着他的心脏。米灵依从他的眼里看到一丝朦胧的情感悄然掠过，迅速地别过脸去，不敢看下去。

　　一种难以言明的情愫悄悄渗进两人心里。于净收敛起差点暴露的情感，抑制住微热眼眶里酝酿的眼泪，压抑住想要将对方拉进怀里的可怕冲动，缓缓地点了点头。

（六）

　　季子在孤儿院走廊尽头的长椅上呆坐着。

　　今天，一所大学组织的青年志愿者来这里探望小朋友，给孩子们做饭，陪他们做游戏。

　　小朋友们玩得很开心，于是季子单独找思忆聊了会儿天。

　　小女孩已经接受母亲意外去世的事实，并开始融入这里的生活。季子也渐渐放下担忧的心。小孩子的世界毕竟单纯，不像大人的，复杂、烦琐，甚至灰暗。

　　季子坐在长椅上注视着走廊外面的几棵矮树。不知是最近生活老师管理不到位，还是秋天已经来了，那些矮树的树叶开始变得枯黄、干裂，如同季子此时的心情。孩子们无邪清脆的笑声从活动室里隐约传来，她却觉得那笑声异常遥远。她闭上眼睛，靠在椅背上，可以隐约感到阳光爬在自己脸上那温热的触感。

　　季子感到非常疲倦，昨夜一整晚都闭不上的眼睛此刻在阳光下像是吃饱树叶的虫子，懒洋洋地粘在一起，怎么也分不开来。她渐渐沉睡了。不知过了多久，她半梦半醒中感到有另一个人的气息正柔和轻微地洒在自己脸上，一阵麻麻痒痒的舒适感，然而意识却猛然清醒过来。她警惕地睁开眼睛，坐直了身体，顺着气息的方向望过去，陆书杰的脸出现在她的眼前，深邃的眸子里隐藏着淡淡的忧伤，像是受了委屈的孩子，又像是担心孩子的大人。

　　季子再也压抑不住心中的委屈，伸出手臂扑向陆书杰，紧紧地抱住他。

"对不起季子，昨晚我失眠，今天睡得比较晚，起床的时候看到你打给我的电话，可我去到你家的时候阿姨说你一早就过来了，所以……"

"书杰，告诉我好吗？你这两天到底怎么了？"季子的声音里带着哭腔，"我看见你在我们店门口，可打电话给你却骗我说在家。为什么要骗我？有什么事情瞒着我？你告诉我好吗？"

陆书杰被这个猝不及防的质问吓了一跳。原来谎言早已被发现，只是她没有当面拆穿。他抚摩着季子抽动的后背，轻声说："对不起季子，我不应该骗你。"

季子放开陆书杰，坐直身体看着他，泪水已经漫过她的脸颊。恋爱使人变得软弱而敏感，也让眼泪变得越来越多余。

"不要骗我，我很害怕别人骗我，早上我找不到你害怕得要命，以为你不理我了，我真的很害怕。"

"傻瓜，我答应过你永远在你身边的。"陆书杰伸手帮她拭泪，"对不起，骗你是我不对，但是季子，你能不能不要问我发生了什么，我心情不好，怕被你看见，害怕你也因此而不开心。可请你相信我，我是想自己把事情解决掉，这样你就不会有烦恼了。可以相信我吗？"

季子望着陆书杰诚恳的眼神，迟疑地皱紧了眉头，"我相信你，可是我害怕。"

陆书杰再次把她拥进怀里，"不要害怕，也不要怀疑，现在你在我心目中是最重要的。相信我季子，我一定会把事情解决好，我不会离开你，永远都不会。相信我，好吗？"

季子抽噎着抱紧陆书杰，重重地点了点头。

（七）

于净走到李伯停车场的时候就望见米灵依在弄堂口看小朋友们玩跳绳，还不时地亲自示范正确的姿势。她穿着蓝色的背带牛仔裤，里面衬着白底小碎花

　　　　　　　　　　　　　　　伤　藤

的上衣，扎着高高的马尾，看上去像是一个还没有毕业的高中生。

于净远远听见她跟孩子们玩耍的笑声，心里顿时感到像流过一股清泉似的凉爽。

昨晚米灵依走了以后，他把那些问卷小心收好，准备睡觉，谁知一闭上眼满脑子都是米灵依的影子：初见时她的狼狈，两人一起游玩苏州、她靠在自己怀里哭到入睡，她穿着婚纱笑着迎面而来……像是一个五颜六色的梦魇，只要合眼就会在漆黑的屏幕上上演。于净清醒地知道，自己陷入了一个危险的境地。失恋者容易把虚幻的感情寄托在安慰者的身上，他害怕自己也是这样。

都说治疗失恋最好的方法是马上再恋爱，而失恋时候马上出现的恋爱也是最不真实的。那只是自己为一段死去的爱情所找的替代品。于净不能这样对待米灵依，她是一个会为朋友不计付出的姑娘，他不能失去这个挚友。于是，他告诉自己必须把这种寄托心理所产生的情愫扼杀在萌芽阶段。今早，他起床后本想见到米灵依，但还是悄悄出了门，去看望住在金阊区的爷爷，甚至连一条信息都没给她发。

想到这，于净提着一袋作图专用的纸笔，走向米灵依。

（八）

两人打了个招呼，语气里都透着微妙的尴尬。

"呆子，今天自己出去溜达了一天，感觉怎么样？"米灵依嘴上问着，眼睛却一直没离开跳绳的小朋友。

"我去看爷爷了，又去文具店买了点画图用的东西，没去别的地方。"于净也直勾勾盯着孩子们手中晃动的绳子，故作平静地说，"今晚开始要认真搞设计了，你可不要来打扰我哦！"

"才不会打扰你，我也有事情要做。"

"你自己说的哦，那我先回家了。"说完，于净迅速拐进米家所在的弄堂。

米灵依这时才侧过头看了一眼于净的背影，长长吐了口气。昨晚她也是一夜忐忑不安，于净的热情程度让她有点摸不着头脑。虽然她一直笃定对于净的感情和其他好朋友都是一样的，可她还是不明白为什么当于净牵住自己的手时，她会紧张得几乎窒息。米灵依自我反省，她对于净的态度是不是应该冷却一下呢？过度的热情只会让感情迅速归于平淡，甚至出现冰点。

他心里喜欢的是那个高贵美丽的空姐，现在只不过是失恋了所以才感到空虚、寂寞、孤独，进而产生错觉，过了这个时期就好了。米灵依在心中对自己这样说。对她来说，于净是一个跟她谈得来，且愿意交换心事的好朋友，她不能失去他。无论哪一种感情，还是保持恒温最好。

夜幕渐渐降临，孩子们收起跳绳，意犹未尽地各回各家，米灵依也只好提着七上八下的心，慢慢往家踱去。

　　　　　　　　　　　　　　　　　　　　　　伤　藤

Chapter 12

误解的开端

那些因为不忍伤害而隐瞒的事实，制造出了一个个误解的开端。

（一）

　　时光像气流一样无声无息地从人们身旁游走，就如同伸手抓不住空气一般，无论多么努力地细心捕捉，也休想从耳际发梢抓住丝毫流光的影子。

　　一个月的时间就这样有恃无恐又不疼不痒地过去。天气已经转凉，短袖衣服被压在衣柜底层，暴露了一个夏天的手臂也开始隐入衣袖。女生们的双腿却不像手臂那么听话，怎么也不肯安安分分待在长裤里，仍喜欢在裙下肆意招摇。即使在清晨、傍晚冷得起了一层鸡皮疙瘩，仍无所畏惧地徜徉，最多就是加上一双袜子或长靴。

　　空气开始变得干燥起来，清晨时分的弄堂总被一层氤氲的薄雾所笼罩。树叶渐渐被染成不同层次的黄，有些经不起秋风的诱惑，便会在某个早秋的清晨悄然飘落，粉碎在行人的脚下。这算不算一种牺牲呢？

　　李伯的常春藤已经覆盖了小屋的半个屋顶，那半边青瓦半边绿叶的景象像是一个害羞女孩，许多人经过时都忍不住驻足欣赏一番。

　　米家在这一个月里过得非常平静。他们终于过了一个真正团圆的中秋节。

米家夫妇在十一长假追随先前于净和米灵依的足迹，游览了一遍苏州城，回家时像是年轻了十几岁似的热情澎湃。

陆书杰面临的困境似乎被遏制住了，却仍然没想出两全其美的办法来化解。季子不再追问任何细节，她在两人日渐加深的感情里享受着爱情带给她的甜蜜和感动，对陆书杰无以复加地信任，那些让她介怀的事情也随之被渐渐淡忘。

季子偶尔会跟米灵依在某个心血来潮的夜晚挤在一张床上聊上一整晚，或是一起回味童年的种种，或是期待美好的未来。米灵依从许文文父亲那里打听到城外有一间老牌雪糕厂还有雪人雪糕批发，两人约好找个时间一起再去重温一下当年的甜味。

这种平淡恒温的日子让季子觉得生活就像上午九点左右的阳光，不冷不热，非常舒服。她宁愿在这样平淡的生活里过一辈子，甚至期待某天一觉醒来，自己白发苍苍躺在摇椅上，她的手将被另一只苍老的手牵着，那只手的主人正是年迈的陆书杰，他就睡在她旁边的另一张摇椅上。

要是真的可以这样该多好！

倒是米灵依和于净的生活过得有些压抑。

自从那天在弄堂口跟米灵依说自己要专心设计之后，于净果真天天躲在房间里画图，偶尔会带着相机外出拍拍景色或是逛逛当地的建筑，都是只身一人。他还会常常在夜里突然想找米灵依聊天，甚至有几次已经走到她房门外，却又转身回房，然后独自坐在床上望着生长迅速的常春藤寂寞地发呆，而心里那株缠人的藤蔓也在快速生长着。

米灵依的工作也是一如往常，她的常春藤在这一个月里又长出了几根嫩藤。自从那天答应于净不会打扰他后，她真的恪守诺言，虽然有好几次听到有脚步声停在自己房门口，她就是忍住没有开门，当脚步声又渐渐远去后，感到既庆幸又失落。

两个人就是这样没有交集地各自生活着。

（二）

于净的心情已经渐渐平复了。上一段恋情留给他的伤痛渐渐被遗忘，那段共同经历青涩年华的爱情往事也被封存在记忆深处，成为不被轻易提取的历史档案。他甚至在自己的图纸上写下这样一句话：当热血沉淀下来才发现，那浮华的爱情背后，隐藏的是绽放的香气、裂开的成熟。

婚纱摄影店在一个星期之后打电话通知于净去拿照片。他做贼心虚般地把一本 A3 大小开本包装精美的相册带回来，在一番内心挣扎后，终于在米灵依下班回家的时候拉着她到自己房间去看。

当他们看着照片中身穿礼服，彼此笑容甜蜜，动作亲密的自己时，都笑着沉默了良久。

于净并没有告诉米灵依自己偷偷加洗了一张小小的照片放在了钱包暗格里。他也不知道自己为什么要这么做，但就是偷偷这么做了。

那本相册在翻阅了不止十遍之后，由米灵依藏在原先存放季子生日礼物的柜子里，再次锁上了那把小钢锁。

于净答应送给米灵依的那套蜡笔小新终于由朋友寄过来了，他还额外送了她一块正方形的蜡染花布，上面的花色是新加坡的国花胡姬花。米灵依如获珍宝地把花布小心折好，连同那套不舍得打开包装的蜡笔小新，也一起锁进柜子里。

收到礼物的那天，米灵依礼貌地请于净吃了顿饭，但两人之间的话题似乎减少了，相处也变得拘谨起来，这种刻意制造的距离让两人感到莫名的压抑。

（三）

这天，米灵依走出办公室的时候已经是晚上六点钟了。下班时临时加派的那份文件花了她足足一个小时去打印。

秋天的黄昏比夏天来得早很多，当她站在公车站牌前的时候，火烧云已笼罩住了整个天际。她倦倦地捶打着有些酸痛的肩膀，按着脖子仰头向后左右扭动舒展筋骨，脚指头在高跟鞋里抗议般地疼痛起来。

米灵依疲惫得想立刻找张床沉沉睡去。这时，突然有一只手搭在她的左肩上，像一只不知从哪里冲出来的小兽，猛撞在米灵依的神经上。虽然力道很小，但这突如其来的动作还是吓了她一跳。

她猛然转过身，一张熟悉的笑脸出现在面前。

（四）

米灵依和文小蕾在小吃店里相对而坐。

"你这个家伙，刚才我还以为有色狼呢！"米灵依抱怨地说，"下次不要吓我啦，要不然大叫起来会丢死人的！"

"知道啦，我是因为在那里等了太久，终于看见你所以很开心啊！"

"你找我为什么不打我手机？"

"我怕上班打扰到你，就在公车站等。"

"笨蛋。"米灵依笑了起来，"要是我不坐公车怎么办？"

"那就算我倒霉咯。"

米灵依无奈地笑了起来，"说吧，是不是有什么事要我帮忙？"

文小蕾的脸色马上涨红。她用一只手托住下巴，望着米灵依问，"你怎么知道我有事情要你帮忙？"

米灵依不置可否地微笑，等待她的答案。

这时候，服务员把小吃端了上来，他的身体挡在两人之间，正好给了文小蕾几秒钟的缓冲时间。

"灵依。"文小蕾在服务员走开后终于开口了，"我一直都想跟你说，我已经放弃了。"

米灵依惊讶地把嘴里的茶水用力咽下去，目不转睛地盯着文小蕾。虽然跟文小蕾算不上知心朋友，但她还是很吃惊，那样一个心直口快的女生居然可以把一个如此忧伤的秘密隐藏在心里那么久。

"那天在咖啡店门口遇见你之后，我继续逛街，想买一份可以表达我心意的礼物送给书杰，因为我真的害怕自己以后没有机会了。谁知一路上一直在想你对我说的话，越想越伤心，我真的不应该做第三者，更何况，我根本就介入不了。"

"对不起，我那天的话伤到了你。"

"没有，灵依，谢谢你那天跟我说了那句话，让我彻底明白了。"

米灵依疑惑地思索着，"哪一句话？"

"你说我跟陆书杰是两个不同世界的人，你说得很对。"文小蕾低下了头，尖锐的声音在那一刻突然低了一个八度，"灵依，我不是一个很冲动的人，但对于陆书杰的感情却冲动得连我自己都觉得很奇怪。那天以后，我认真的想了很久，从小到大在我身边出现的男生全都是工厂的工人、饭店的服务员，甚至是丑恶的醉酒汉和好色的发廊常客，从来就没有一个像陆书杰那样充满阳光、对人礼貌，有风度、学历高的男生。也许我对他的感情只是，只是对于一种我永远都没有办法得到的生活的向往吧！你说得对，我们根本就不是同一个世界的人。"

"小蕾，你误会了。"米灵依紧张地解释道，"我从来就没有那么想过，也不是那个意思……"

"我明白的。"她打断米灵依的话，"我知道你是为了我好，并且也让我认真反思了这段感情。本来我没想过那么轻易就放弃，可当我看到他每天下班去接你姐姐，两个人开心的样子，才明白即使我成功介入，偷来的感情也不会幸福的，而且能够移情别恋的陆书杰也不是我所喜欢的，所以我放弃了。"文小蕾释然地笑道，"有些时候需要坚持，而有些时候却要懂得放弃，退一步海阔天空嘛！所以我的单恋故事就让它海阔天空地结束吧！"

两人一桌之隔对视着，文小蕾坦然地微笑，米灵依的眼里却充满了歉意和自卑。在文小蕾面前，她突然觉得自己像是从矮人国跑出来的小女孩，渺小到可以忽略不计。

"好了，不说不开心的事了。"文小蕾又恢复了原来那个调调，"你现在还有没有经常看书啊？"

"有啊，只是现在工作压力比较大，不能常逛书店，只是在电脑或者手机上看。你呢？"

"我报名了夜校，已经上了一个月的课了。"

"真的啊？那很好呀！"米灵依欣喜地说，"我觉得知识就是应该越多越好。还适应吧？"

"还好，太久没有读书了，所以觉得很新鲜，可又觉得压力很大。"说着，文小蕾还应景地皱起眉头伸手拍拍自己的肩膀，那表情让米灵依突然联想到她咬着笔杆在课堂上埋头苦读的样子。

米灵依保持微笑，并没有发表任何有关读书的心得，更没说什么鼓励的话。有时候一些自认为无心或善意的言语，偏偏会像一根透明的针管无声无息地刺痛对方的心。

"对了对了，还有一个好消息要告诉你。"沉默了一会儿，文小蕾突然想起了什么，囫囵地把嘴巴里的东西咽了下去，拍着差点被噎住的胸口说，"书店老板娘的老公终于出书了。"

真是一个巨大的惊喜！那个几乎在记忆里被删除的中年男子形象也在那一刻突然跳回米灵依的脑海。

"终于有人看中他的文章了，书名是什么？改天我也去买一本回家拜读。"

"是一本散文集，名字叫《阁楼上的二十年》，我们书店现在就有卖，销量还不错呢！前段时间老板娘还在店里帮他搞了个签售会。"

"老板娘一定很开心吧？"

"本来是很开心的，但书里有一篇文章叫《被窝》，揭发了老板娘结婚十几年来对他的暴行，两人因为这件事又吵了一架。老板坚持说是用一种被欺负的角度去写老板娘对自己的爱和包容，可老板娘怎么也不相信，说骂她就是骂她，不用解释，还威胁他再版的时候要删了这篇文章。"

米灵依不禁笑了起来，"这对夫妻真是好玩。对了，是谁独具慧眼帮他出的书啊？之前不是一直无人问津吗？"

"也不是无人问津啦！"文小蕾喝了一口茶，"其实是这样的：一天，一个男的来我们书店买书，逛了一会儿问我们借厕所，出来经过通往阁楼的那个楼梯时，无意中捡到一张稿纸，看完之后他找到老板娘，说一定要见见写这篇文章的人。老板娘不耐烦地叫他自己上二楼去找她老公，那个人就上去了。过了很久我们都没有见他下来，以为这下完了，可能遇见抢劫犯，把老板娘老公给谋财害命了。老板娘正准备叫李进、陈凡上去帮忙看看，刚好那个男的跟老板娘老公谈笑着下了楼，两人还握手说了些文绉绉的话。后来才知道，那个人是文联的，他看了老板娘老公的文章觉得写得非常好，两人谈得很投机。那人说他认识很多出版社的编辑，会帮老板娘老公想办法出书。过了几天，那人又来了，说是有出版社也觉得这些文章写的不错，但作者本人缺乏包装价值，不过在这人的再三力荐下，这本散文集还是顺利出版了。"

米灵依扶着头靠在桌上苦笑起来，"那真要谢谢书店那个邋遢的厕所，要不是它有幸为一位文学伯乐提供了服务，可能现在还没有这本《阁楼上的二十年》。"

文小蕾也无奈地笑起来。

这个世界有太多事情让人无言以对，只能一笑了之。

两人谈笑风生地把一桌子小吃吃得七七八八。这时，文小蕾的手机突然响起来，是闹钟的声音。

"哎呀，我该去上课了。"

"那我们走吧，我也该回家了。"

米灵依招呼服务员过来买单，文小蕾却早早把钞票掏出来放在桌上，"让我付账，别跟我抢。"

米灵依还没反应过来，服务员就走过来拿起钱，"刚刚好，不用找。"

文小蕾活泼地笑道，"我数好了才拿出来的。"

米灵依再度无奈地笑了笑。

两人刚起身，文小蕾突然叫住米灵依，并把一个黑色环保袋举到她面前。

"拜托你一件事情。"

（五）

晚饭后，于净陪米家夫妇在客厅里看电视喝茶。

米妈妈正拿着遥控器转台，她知道于净不爱看新闻，所以尽量在这个时段搜寻一些年轻人感兴趣的节目。

于净眼神空洞地望着五光十色电视屏幕，根本不在意里面上演什么。晚饭他也吃得心不在焉，只是机械地往嘴里扒饭，味蕾像麻痹了似的感觉不到任何味道。他不停地瞟着万年历上的时间，门口一有动静就紧张地回过头张望。

米灵依很少不回家吃饭，现在她会跟谁在一起？男的还是女的？为什么吃个饭要那么久？这些问题像是粘在地板上的口香糖，没找到答案之前没有办法铲除它们。

已经快八点钟了。

"于净啊，丫头说你最近专心画图，画得怎么样啦？"

米爸爸的这个问题显然并未引起于净的注意。他眼神恍惚地望着米爸爸，含糊其词道："设计图啊？还在画呢！"

"我觉得你的设计很不错。"米妈妈把冲好的茶放在于净面前的桌上，"于净啊，我觉得你应该试着把画好的设计图投出去，这样才有更多的机会。"

"没有那么容易的。之前投过，可人家一听我是新人没什么名气，根本没心思看我的设计稿。"说着，于净端起茶杯一饮而尽，又抬眼望了一下时间。

已经八点十五分了。

"丫头还不回来！"米妈妈突然说。

"就是啊，早该回来了。"于净在心里暗暗嘀咕着。

这时，电视里刚好上演一对情人烛光晚餐的情景，于净觉得那情节刺眼得像是色情画面。

"也许是哪个男同事缠着请她看电影了吧。"米爸爸随口说道。

谁知这句无心的话竟像是一杯陈醋，狠狠泼在于净的心上。

"丫头才不会跟男同事看电影呢，你就会乱说。"米妈妈的话则像是一颗雷

伤　藤

尼替丁，暂时舒缓了于净难言的酸楚。

他正想要说些什么来支持米妈妈的论调，突然听见开门声传来。于净像突然被藤条抽到大腿似的猛然站起来。这个反应把他自己吓了一跳，米家夫妇也不解地抬头望着表情僵硬的他。

"我——想出去走走。"在对方发问之前，于净先找了个台阶下，接着便径直走向门口。

他并没有看到米灵依，只看到刚从外面回来的陆书杰和季子正在热情地吻别。刚刚平静了一点的心脏，又像被倒进了一杯白醋，酸得他想作呕。他本想转身走回客厅，可想起刚刚自己的失态，只好硬着头皮接着往前走。所幸，这对情人在他走到门口前就结束了他们的缠绵。

彼此略显尴尬地打完招呼之后，季子走进客厅，陆书杰也转身离去，于净只好故意拖慢脚步走在陆书杰身后。刚迈出门口，他就见陆书杰停下脚步随后掏出手机接电话。于净觉得不方便走过去，只好跟着停下脚步。

"灵依？"

陆书杰吐出的名字像是一针兴奋剂，无意中打进于净的静脉里。他的身体猛地震了一下，忍不住竖直了耳朵。

"我刚刚从你们家出来，你往弄堂口这边来吧！"

米灵依即将出现，并且是和另一个男人相见！听闻后，于净竟然来不及愤怒或失望，而是逃难似的跑回了米家的客厅。这种逃避的心理让他自己也感到万分费解。

于净望着米家三人不解的表情，窘得哑口无言，只得慌乱地四下乱瞟，直到看到米爸爸刚刚冲好的工夫茶，才像是抓住了救命稻草似的僵笑起来。

"我突然觉得口渴，所以想回来喝口茶再出去散步。"说着，他抓起一只茶杯，胡乱喝了一口。

"小心——"

米妈妈的"烫"字还没出口，已见于净抛下茶杯，痛苦地吐着舌头，慌忙用手扇着风。

米家人再一次用疑惑的眼神相互对视。

（六）

"找我什么事啊？"

陆书杰和米灵依在米家弄堂口相对而立。今晚是满月，皎洁的月光洒在地面上，把两人的影子重叠在了一起。

米灵依没有回答，只从手中的环保袋里拿出一条深灰色交错着菱形图案的长围巾展开来，踮着脚裹在了陆书杰的脖子上。

"好啦，任务完成啦！"米灵依松了一口气，露出灿烂的笑容。

"这是做什么？"陆书杰摸摸脖子上的围巾，惊讶地问，"现在才秋天啊，用不着这么快就帮我戴起来吧，是你送我的吗？"

"确实是送给你的，而且是从夏天一直织到现在，花了两三个月的时间才完成，不过不是我送的，是文小蕾。"

陆书杰听完先是愣了一下，然后伸出手准备把围巾摘下来，米灵依连忙抓住他的手。

"先不要那么快摘下来，我答应小蕾替她亲手帮你围上，你给点面子，多围一会儿。"米灵依把他的手拉下来，用力地按了下去。

"灵依，你不要胡闹，我跟她没有可能的。"陆书杰紧张地说，再次抬起手去摘围巾。

"你听我说。"米灵依再次拉下他的手，"她已经没有要追求你的意思了，这条围巾纯粹是作为纪念，希望你记得曾有一个女孩子喜欢过你，并且她已经坚持织好了，是为你织的，所以才让我送给你。"

陆书杰这才松了口气，"原来是这样，那好，我收下，你帮我谢谢她。"

米灵依点了点头。

两人又陷入沉默。该做的已经做完了，可他们似乎都没有要回家的意思，就这样无言地站在弄堂口。

米灵依想起前两天在弄堂里看到陆书杰母子聊天的事情，淤积在心里一个多月的困惑再度涌上心头。她还在思忖要不要问、该不该问。

"灵依，"陆书杰突然仰头望了望空中皎洁的圆月，"我们很久没有一起散过步了，去走走吧！"

一句话就切中了米灵依的要害，她丝毫没有犹豫地点了点头。

于净站在米家门口，目睹了米灵依为陆书杰缠上围巾的一幕，虽然听不见他们说话的内容，可内心的醋意却像是滔天的洪水，在剧烈地翻腾着。他咬紧牙关，委屈地望着他们拖在地面上长长的影子，直到连影子也消失在了弄堂口。

"白痴，你有什么资格生气！"于净在心里暗骂自己，希望以这种自嘲的方式缓解内心强烈的失落感。他没有发现，在距他头顶不远的阁楼窗口也浮现着一张和他表情一样的脸，同样呆呆地望着空荡荡的弄堂口。

季子的下唇已被自己咬出了一道深深的血痕。

（七）

陆书杰和米灵依漫无目的地在月光下的采莲路上踱步。

月色很美，月亮像是一只巨大的聚光灯，从遥远的银河里把光线投射过来，聚集在人们沉醉的眼光里。路上散步的人很多，有一家老小，也有情侣恋人。夜风不再像夏日那样夹杂着白天的余热，而是变得温柔凉爽。

米灵依的衬衫有点单薄，身体在晚风里感到微微的冷意，然而这并未影响她散步的心情。她环抱住自己的手臂，侧头想跟陆书杰讲话，可话还没出口，她就忍不住笑了。

"大块头，可以把围巾拿下来了，看你热得满头大汗的。"

陆书杰这才如临大赦般迅速把围巾摘下来。米灵依从包包里拿出装围巾的环保袋递给他，他把围巾装好提在手里。

"如释重负啊！"陆书杰深呼吸了几口气，"一路上好多人都在看我，还以为我是重病号呢，秋天刚探了个头就要戴围巾！"

"你戴一下就这么委屈啊？织的人可是很辛苦呢！"

陆书杰尴尬地笑了笑，没有说话。

"你最近跟我姐没什么问题吧？"

陆书杰顿时紧张起来，"为什么这么问？"

米灵依直直地望着前方的路，仍在踌躇着该不该继续问下去。

"灵依，我们之间不要有太多顾忌，有什么话就直接说，好吗？"

米灵依看着陆书杰真诚的眼神，暗中庆幸他们仍是可以推心置腹的朋友。

"好吧，那我问你，上次我不小心看到你跟你妈妈在弄堂里说话，你们是在说有关季子的事情吗？"

陆书杰惊讶地望着米灵依，眼中掠过一丝惊慌。但很快他又平静下来，淡淡地说："原来你是指这个。我妈跟我说的是一些家里的事，跟季子没关系。"

米灵依深信陆书杰不会欺骗自己，于是长长地呼出一口气，像是放下了千斤的重担。

"那就好，害得我担心了那么久。"

陆书杰勉强地开着玩笑，"你这个爱管闲事的毛病什么时候能改啊？"

米灵依微笑不语。

两人继续前行。

"灵依，你跟于净，怎么样了？"

这个敏感的问题让米灵依本已放松的神经再次紧绷起来。她僵硬地抿着嘴唇，表情像是逃学的学生被问到今天上课学了什么似的，一脸茫然。

"其实感情这东西真的很奇怪。"她用手掌摩擦着自己的手臂，"有时候我觉得自己好像喜欢上了他，有时候却觉得这只是一种错觉。"

陆书杰此时再听到米灵依说出这样的话，心中已没有上次在服饰店门口的那种不适感。原来在不知不觉中，他已放下了那段过去。

"以我对你的了解，你应该是喜欢他的。"陆书杰肯定地说。

米灵依侧着头不解地望着他，"我自己都搞不清楚的问题，你怎么那么肯定？"

"米灵依就是一个知道自己想要什么、不想要什么，并且努力去坚持的人，所以不应该有错觉。"

"要是真像你说的那样可就惨了。"米灵依摇摇头，"他又不喜欢我，只是刚失恋那会儿偶尔对我说话的眼神有点暧昧而已，最近我有意躲着他，他没有一点要找我的意思，甚至还叫我不要打扰他，所以我还是有点自知之明吧，注定要失败的感情最好不要开始。我没有文小蕾那么大的勇气。"

"灵依，我真的觉得很奇怪。"陆书杰突然停下脚步，米灵依只好跟着停下来。

"奇怪什么？"

"在我的记忆里，你从小就是一个很倔强的女孩，只要你认定一件事情是不会在意周遭的打击或劝阻的，遇到困难也会一往直前，比如对常春藤的坚持、对季子坚持，甚至对那个流浪女人的坚持，可为什么一遇到感情问题，你就选择逃避呢？比如对待以前的我、现在的于净。还没有尝试，就知道一定失败吗？我承认以前我们没能在一起既是遗憾也是收获，尤其现在，每当跟季子在一起的时候，我都会非常感激她对我的等待和你对我的拒绝，那么你为什么不给自己多一些机会呢？"

听完陆书杰的这一番肺腑之言，米灵依已经没有以前那种无力挣扎又无法诉说的痛苦了，这种微妙的变化让她突然明白自己对陆书杰的感情，已在某个不经意的瞬间被悄然放下了。

"大块头，我们好像都把对方放下了。"

陆书杰会心一笑，"是啊，本以为一辈子都会像个伤疤一样烙在心里，没想到说放下也就放下了。一段无疾而终的感情，无论爱得多深，痛得多厉害，好像只要有了开始新恋情的勇气和决心，就会被慢慢地淡忘，只剩那些永远没法忘记的回忆存于脑海。像我们这样可以永远做好朋友，真的很难得啊！"

"真不知道爱情是坚不可摧，还是不堪一击，但至少友情和亲情对我来说都是可以陪伴一辈子的。大块头，对于之前对你的逃避和拒绝，我真诚地道歉。"

"说到道歉，好像应该是我先吧！不过为了庆祝我们都成功地放下过往，就把彼此的道歉相互抵消掉吧！"

米灵依无奈地笑了起来，"真没想到我们可以这么坦然地回顾彼此的感情。"

"或许因为爱情根本就没有开始过，我们始于友情，也会终于友情。"

陆书杰说着话，向米灵依伸出手。米灵依握住那只永远温热的掌心，心里像裹上一层毛毯似的暖和。

"丫头，不要老是把爱情当成自己的死穴，如果你确定自己真心喜欢于净，那么就勇敢地去试一试，我相信他也会喜欢你的。"

"知道啦！在幸福这方面，我不想你输给我，但我也不会输给你。"

陆书杰满意地点点头。

夜渐渐深了，月光挥霍着越发耀眼的光亮。

这对"久别重逢"的老友就这样并肩走在月光下，这段失而复得的友情在一番倾谈之后变得更加默契。只是，如果他们知道月光下另外两个角落，各有一个牵挂他们的人会因为误会而伤心的话，这一条被月光笼罩的采莲路还会走得这么畅快吗？

（八）

首饰店门口的彩色帘子上积满了厚厚的一层灰尘。它已经被卷在屋檐下，很久没被放下来了。秋日暖阳不再需要它的遮挡，它也只能认命，被高高束在屋檐下，倒数明年夏天的到来。有时候，季子会在下班时抬头看看它，每次看到灰尘又加厚了一层，她总有一种时光疾驰而过的感觉，仿佛自己很快就要老去了。

今天下午，首饰店的生意冷淡得奇怪。从两点开始营业到四点半，没有一个客人走进来，季子甚至怀疑今天是不是什么特殊的日子，每个人都有忙不完的事情。当她走出店门，看着街上人来车往与平日别无二致的街景，她才确认今日也不过是寻常一日。此刻，她无所事事地拿起抹布擦拭着光洁如新的货柜和橱窗。

季子内心的疑问像是更年期妇女的疑难杂症，烦琐缠人，且无法在短时间

伤藤

内根治。陆书杰对她有所隐瞒，这是不容置疑的，那么隐瞒的原因是否和米灵依有关？她不敢去揭晓答案，只能任由疑窦丛生，日夜折磨着她本就脆弱的神经。此刻，她有种脑负荷已满的疲惫感，却始终找不到那个 Delete 键。直到抹布被擦得脱线时，她才停下手，倦倦地坐在沙发上。

Minnie 坐在季子旁边，此刻她忙得不亦乐乎，不是打电话，就是皱紧眉头在膝盖上的笔记本电脑上一通操作。季子本想问她在忙什么，却根本找不到插话的空当儿。

自从上次说过要改变造型，Minnie 还真去发型设计中心烫了一个鬈发，还剪了斜刘海儿，鼻梁上那副卡通的黑色大眼镜被隐形眼镜所取代，眼皮上也开始出现粗条的眼线和深色眼影，平时常穿的可爱装束也全部换成性感的裙子或低胸上衣，舒适的平底鞋换成了恨天高。这样翻天覆地的改变在别的女生身上可能会呈现脱胎换骨的感觉，可在 Minnie 身上却偏偏有种小孩扮大人的违和感，看上去不伦不类的。那个传说中的男友似乎有着某种让 Minnie 彻底改变的神力。季子猜他应该是一个英俊成熟的中年男子。

冷不丁地 Minnie 突然把电脑重重地扣上，机器发出的声音打破了季子的冥想。

"你怎么啦？"季子轻轻地问。

"我快被气死了！我男友最近跟我在一起总是神神秘秘的，尤其这两天，有电话打进来，他总要躲到离我很远的地方去听，我怀疑他出轨了。"Minnie 眼中闪过一道寒光。

"也许是你想太多了吧？"季子既是安慰她，也在自我安慰。

"我也希望是我想太多了，结果不是！"Minnie 表情凶狠地用指甲抓着电脑的外壳，摩擦发出的刺耳声音让人听了直起鸡皮疙瘩。

季子伸出手制止她的动作，那刺耳之声戛然而止。

"你发现了什么吗？"

"我刚刚打电话给服务商，说我男友的电话号码最近被莫名其妙扣了很多钱，让他们帮我把电话清单打出来，服务台不肯办理，不过教了我上网查询的方法，结果终于让我查到了，这家伙居然还跟以前的女朋友有联系！"

Minnie 说完咬紧牙，那表情就像一只蓄势待发准备捕猎的母豹。看到一张娃娃脸上居然露出这么狰狞的表情，季子不禁感到一阵心酸。

爱情真的像罂粟，让人快乐，让人颓废，也让人变成另外一个陌生人。人性的丑恶一面，正是因为有了爱情，才被慢慢诱发出来。

"Minnie，他们是不是天天都有联系？"

"那倒没有，他这个月只打了一次电话给她，聊了一分钟零三秒。"

季子忍不住苦笑起来，"只有一个电话，而且是那么短的时间，这可以证明什么呢？"

"你不明白的。"Minnie 严肃地说，"一分钟零三秒可以让一对偷情男女约好私会的时间地点，顺便讲几句情话。"

季子无奈地摇着头，表情疲倦地说："别再自寻烦恼了，两人在一起就应该互相信任，如果一直这样彼此猜忌，再坚固的感情迟早也会出现裂痕……"季子越说越心虚，她可以口若悬河地开解别人，却不懂安慰自己。一个是自己爱了那么多年的陆书杰，他正直、诚恳，绝不会恶意欺骗自己，尤其是感情；而另一个，是被自己拒绝多年，却始终不肯放弃努力深爱着自己的妹妹，这份爱情本就是她让给自己的，如果她真要抢回去，当初就不会那么决绝地把它双手奉上。

"我真是白痴！"季子仿佛一瞬间就释然了。

Minnie 还在那里愤愤不平，季子却已懒得再理会她了。有时候就是这样，越是冥思苦想要找到解答的方式，越是把自己往死角里逼，反是冷静下来转个弯，就能让自己坦然地走出去。好比找不着一样东西，翻箱倒柜都不见，反而一个不经意的回眸，那个东西就出现在了眼前。想通了这个道理，季子瞬间如释重负，感到一种身轻如燕的畅快感。她满意地笑着，拿出手机给陆书杰发信息：你的季子想约你今晚一起吃饭。

（九）

又是下班的高峰时段。

于净从公车上下来的时候忍不住长长地吐了一口气。一路上，他像沙丁鱼一样被挤在长方形的铁皮罐头里，到站时都要踩着别人的脚面才能挪到车门口。用了整整一个下午的时间好不容易调整过来的心情此刻又被揉成一团糯米糍。

于净扯了扯被挤得变形的衣服，低头一看才发现白色鞋面上有几个肮脏的鞋印毫不客气地重叠在一起，像是一张可恶猥亵的笑脸。他无奈地叹了口气，骂了一句"该死"。

此时，一缕晚风迎面吹来，于净心底突然感到一丝冰冷。

自从那晚看到米灵依和陆书杰在巷口的亲密之举，他便足不出户躲在房间里，除了每天吃饭时寒暄几句，他几乎没再跟米灵依说过话。他不想看见她，怕又看到她和别人谈笑风生，更怕她看自己时那种冷漠的眼神。他也深怨她不主动找他，他的刻意回避已经这么明显了，她竟然无动于衷，完全没有要主动破冰的意思，反而很识趣地不来打扰他。

于净对自己也是气得很，对于一份不确定的感情，自己竟像是着了魔一样吃闲醋，竟然会在见不到米灵依的时候疯狂想念她。他一直竭力按捺内心的复杂情绪，不让它们在尚未确定之前爆发。直到今天中午，他竟然在图纸上画出了米灵依的样子，终于忍不住夺门而出，跑到弄堂附近的公车站，跳上一辆刚刚到站的公交车。

他来到陌生的江边，望着辽阔的江面停留了五个钟头。江风像是一股股清凉的流水，洗涤着他内心的杂念。直站到小腿肚子因疲倦而抽筋，那些杂乱无章的情感才终被渐渐理出了点头绪。

回到弄堂口时，于净看到不远处的电线杆下，那个流浪女人又出现了，手里端着大碗，不紧不慢地吃着东西，从她麻木肮脏的脸上看不出饭菜的味道，却能从旁边那两个人的脸上看到暧昧之意。

米灵依和一个于净从未见过的男人并肩蹲在流浪女人旁边，男人西装革履，戴着无框眼镜，一脸谦和的笑容。两人正有说有笑地看着女人吃东西。

许是醋意之下产生的错觉，于净从那个男人的表情看出他对米灵依的赞赏和心仪。心里的火已经把整个身体烧热了，于净甚至感到自己的血液都快达到沸点了。他抬起像被粘在地面的脚，准备在米灵依他们尚未看到自己之前走回米家的弄堂，却发现一张嘲笑的嘴脸正绽开在弄堂口的墙边。

"喔唷，感情出现问题咯。"张阿姨媚笑着朝于净走过来，"小伙子啊，你们家灵依跟别的男人在一起，你怎么也不过去把她抢过来啊？"

还来不及躲闪，那阵呛人的香水味已经粗暴地钻进净的鼻腔。他没有理会对方的调侃，勉强对她礼貌地点点头，可她那张唯恐天下不乱的好事者嘴脸还是让他感到一阵深深的厌恶，遂低头快步往弄堂走去。

"喔唷，我嘛好心提醒你，怕你的米灵依被人抢走才跟你说话，你倒清高，招呼都不打一个就跑，不识抬举！"

张阿姨刻意提高了声调，故意让米灵依和那个男人也听到。他们沿着声音的方向，看到阴阳怪气的张阿姨，还有一脸愤懑的于净。

于净能感觉到米灵依正往自己这个方向张望，但就是忍住不肯转过头去。张阿姨的话分毫不差地刺痛了他内心最脆弱的部分，让他极度烦躁和厌恶。他本想火力十足地回怼一番，可转念一想，自己越是表现得怒不可遏越是证明对方猜测无误，他不要做这么愚蠢的人。于是，他转头看着张阿姨，并用他招牌式的平淡语气从容说道："谢谢您的好意，我跟米小姐之间不过是房东女儿和房客的关系，扫了您看好戏的兴致。秋天的蚊子最厉害，快点回家吃饭吧，我担心您的血被吸干了。"说完，于净便大步走进弄堂。

（十）

这天的晚饭应该是令米家人毕生难忘的。

即使季子没和家人和解前，大家也只是沉默地各吃各饭，从未像今晚这样尴尬到食不知味。

陌生男人是从广东那边的旅游局来米灵依单位调研学习的,今天两人刚刚认识。两人同专业,因而聊得非常投机,当他知道米灵依住在弄堂里,便执意要跟她回家来看看。米灵依不好意思拒绝,只得答应了他的要求。

那男人在于净出现在餐桌旁时对他客气地笑了笑,却没有自我介绍。当然,于净也不想认识他。

桌上摆着几道冒着热气的苏州特色菜,所有人的心情也都冒着热气,只不过米家人冒的是热情的热气,于净心里冒的却是火气。他环视了在座的五个人,对面是那男人和米灵依,他坐在米家夫妇旁边。如果按成双入对的原则,一定有一个人是多余的。

这顿饭吃得很艰难。米家三口人跟男人欢快地聊着一些于净完全不感兴趣的话题,米家夫妇对他的客套也让于净觉得十分无聊,尽管他也觉得这位不速之客年轻有为、斯文得体,甚至普通话也说得字正腔圆,没有半点广东味,可他就是抗拒认可对方。

心有怨气者往往格外敏感,于净甚至觉得今天米家人对他异常冷淡,自己就像一个失宠的布娃娃。

"于净啊,怎么只吃饭不吃菜啊?"米爸爸终于发现于净的异常,"是不是菜不合胃口啊?"

米爸爸的关心让于净瞬间感动,他马上客气地笑道,"没有啊,菜很好吃。"

"是啊,阿姨做的菜非常好吃。"客人也紧接着赞道,"要是我以后可以找到一个这么会煮饭的丈母娘就好了,时不时地可以陪太太回娘家饱饱口福。"说完,他冲米灵依笑笑,米灵依迅速低头吃饭,米家夫妇则若有所思地相视一笑。

这句话像是一桶汽油,劈头盖脸地浇在于净逐渐偃旗息鼓的火气上,火势像是冲出牢门的野兽,猛地又蹿了起来。

"去五星级酒店当小弟不是更好,天天可以吃大厨做的菜,何必到别人家里来蹭饭?"于净一边拿筷子在碗里搅饭,一边漫不经心地低声说。他自以为没人会在意他说什么,殊不知这样的场合这样一句话的杀伤力是巨大的,气氛顿时像被涂上一层厚厚的胶水,僵硬地凝固在空气中。

餐厅寂静得吓人。于净抬头看了一下众人，每人脸上都浮现着惊讶而又尴尬的表情，不知所措地举着碗筷发呆。

"我是说笑的啦！"于净干笑道，"光是吃饭不说说笑话很闷的。"

"呵呵，于净这孩子就是爱说笑，平时也是这样的。"米妈妈一边解释，一边用复杂的眼神看了一眼丈夫，发现对方的眼神同样复杂。

"你们家这位'客人'真的是好幽默啊！"男人将"客人"二字加了着重符，然后放下筷子，对于净礼貌地笑道，"刚才没有机会跟这位先生打招呼，请原谅我的失礼。"

"没关系，我原谅你。"于净也放下筷子，还给对方一个更加客气的笑容，"我叫于净，确实是客人。"

"是不是于是的'于'、白净的'净'啊？"

于净觉得这个问题很无聊，又不好发作，只能点了点头。

"哇，令尊令堂非常有先见之明啊！"男人突然惊讶道，"你的签名一定很容易让人看成'干净'，别人一看到这名字，无论你的样子有多邋遢，讲话有多难听，都会觉得你是干干净净的，真是个好名字啊！不像我的名字，吴凡，真是太普通了。"说完，他得意地笑起来，像是取得了这场暗战的胜利。

于净很有上前掐住他脖子的冲动，但他控制住了自己，仍是用平淡的语气回击道："你太谦虚了，我觉得令尊令堂才甚是为你着想，他们必定是希望你可以做一个无所事事、无比平凡之人，这样就不用为了工作繁忙而烦恼，可以抽多点时间去寻找一个很会做饭的丈母娘，入赘为婿，天天吃老婆、喝老婆的，真是用心良苦啊！"

此时，吴凡脸上的笑容已经完全消失了，取而代之的是因恼羞成怒而涨红的脸。

米家三人没有说话，他们惊慌失措地交换着眼神，不知该如何平息这一剑拔弩张又莫名其妙的场面。突然，于净站了起来，其他四人像是被牵动吊线的木偶，机械地抬起头望着他。

"我吃饱了，你们慢慢吃。"于净微笑着说，"尤其是吴凡，你吃多点哦，免得以后没机会再吃了。"说完，他甩给大家一个意味深长的微笑，转身走上楼。

饭桌上的菜，已经全凉了。

（十一）

季子和陆书杰手牵手走在回家路上，突然看着手机屏幕"咯咯"笑了起来。

"笑什么啊？说给我听听。"陆书杰好奇地问，同时把挡住季子脸颊的一缕头发拨到她耳后。

"灵依发信息跟我说啊，她带了一个男同事回家吃饭，于净莫名其妙地生气了，还跟那个人互相讽刺着彼此的名字，结果闹得大家都尴尬得吃不下饭。"说完，季子仍忍不住地笑着。

"那就是吃醋咯，那天我还跟灵依说于净会喜欢她，看来他们在一起是早晚的事。"

季子扭过头看着陆书杰，发现他的眼中并无任何伤心或不快的神色，这使她安下心来。

"灵依倒是说过她对于净有感觉，要是他们在一起的话，这恋爱一定谈得很热闹。"

陆书杰闻言突然搂住季子，温柔地看着她，"季子，你会不会怪我太不浪漫？恋爱谈到现在，既不送花也不会带你去哪里玩，连讲几句甜言蜜语都不会。"

"你知道就好。"季子敲了一下他的头，"其实只要我们可以天天在一起、永远在一起就足够了，我不需要浪漫。"

陆书杰在她唇上轻轻吻了一下，然后凝神看着她，眼中突然掠过一丝轻微的忧伤。

"季子，我爱……"

那句话只说了三分之二就被陆书杰裤袋里传来的一阵振动打断了，他说了句"不好意思"，迅速掏出了电话。是家里的电话号码！这让他的心猛烈地跳动了一阵。他定了定神，接通电话。

母亲的声音自电话那头冷冷地传来，只简单的四个字："你在哪里？"

"我，现在跟季子准备回家。"陆书杰尽量使自己的语气听起来平静。

对方又是一句冷冷的话语："早点回家。"

陆书杰唯唯诺诺地答应着，几句简单的对话后结束了通话。

"家里有事吗？"季子小心翼翼地问。

"没有，我妈找我。我们早点回去吧！"

"那我们走快点吧！"说完，季子拉着陆书杰的手往前走。

陆书杰偷偷地叹了一口气，用一种季子察觉不到的哀伤眼神悄悄注视着她，并用力握紧了她的手。

（十二）

于净呆滞地望着电脑屏幕上自己制作好的三维模型发着呆。

这所建筑的外观造型和内部设计都已经构思好了，奇怪的是，他怎么也想不出应该加上一个什么样屋顶才好看。就好像心里的某些东西已有了一个头绪，只是还需要进一步的求证。他烦躁地合上电脑，大字朝天地躺在床上。这时，他想起刚才餐桌上和吴凡斗嘴的事情，忍不住自嘲地笑起来。这么幼稚无聊的事情，自己居然会做得出来！

这时，一阵敲门声响起。

于净知道是谁，他故意耐着性子躺着不动，但见敲门的人不死心，他才缓缓起身过去开门。随后他看都不往门外看一眼，就转身坐回床沿。

米灵依面色铁青地走进来，顺手关上门。

"你刚才对我同事干吗那么没礼貌？"米灵依闷闷不乐地问，叉着手的样子很有兴师问罪的架势。

"有没有搞错？是他先讽刺我的好不好？"

"就算是，人家也只是来我们家吃这一顿饭，过两天他就回广州了，你就不能忍让一下他吗？太没有风度了。"

伤　藤

米灵依的话刺到了于净的软肋，他表情冷漠地站起来。两人的距离顿时缩小到五厘米不到，米灵依警觉地后退了一步。

"米灵依，我不管他是你的谁，只要他让我不开心我就不会对他客气。"于净的语气里流露出一丝罕见的讥嘲，"我不像你，跟每个人都可以那么亲热、那么友好，根本就让人没法分清哪个是朋友、哪个是客人！"

"那也好过你没有礼貌。一个男人连这点基本的风度都没有，真是让人汗颜。"

"我是没有礼貌、没有风度，但起码我知道自己心里是怎么想的，不会像你一样随便挥霍感情当滥好人！"于净突然激动起来，"那天在弄堂口帮陆书杰戴围巾，今天又跟什么吴凡在电线杆下谈笑送饭，甚至还在饭桌上说些什么丈母娘的暗示，你自己不觉得恶心吗？"

米灵依的脸瞬时涨得通红，大口喘着气，双眼因愤怒而撑圆了。虽然于净的醋意已是昭然若揭，但米灵依仍感到自己的人格遭到了侵犯，忍不住反唇相讥："是是是，我是随便挥霍感情的滥好人，那也好过你！你失恋的时候理所当然地把别人当成倾诉对象，还莫名其妙地说些暧昧的话让对方误会，等到失恋期过了就把对方扔在一边，多一句话不说，你自己不觉得恶心吗？"米灵依咬着牙，伸手用力打了一下于净的胸口，"你这个小气的呆子，我以后都不要再理你！"

说完，米灵依夺门而出。

于净捂着被打得火热疼痛的胸口，在一阵响亮的关门声过后，沮丧地坐在床上。他懊悔自己刚刚口不对心，明明不是那个意思，却口无遮拦地恶语相向。他无力地靠在墙壁上，大口吐着气，随后拉开衣服一看，胸口一片巴掌大小的红晕，正辣辣地疼着。

"下手也太重了吧！"于净念叨着，"就算是我不好，也不用这样啊！"

他侧过脸，无意中看到窗子下面放着的那盆常春藤。他已经三天没给它淋水了，可它不但没有干枯，反是吐出了一根嫩绿细长的藤，像一条绿色的触须延伸到墙壁上。可于净眼中并未流露出对顽强生命的慨叹或惊喜，他反倒觉得这是一条悲伤的种子长出来的藤蔓，心情因而更加烦躁起来。

"真不明白那个家伙为什么那么喜欢常春藤，难道这东西真可以把她的希望缠住？"于净混乱地思考着，继续靠在墙壁上发呆。刚刚脱口而出的那句无心之语却不知为何始终在耳畔回荡。

缠住希望？

于净突然想到什么，他神经质地站直身子，拿起桌上的小画板，跪在地上专注地画了起来。

伤　藤

Chapter 13

纠结的情蔓

爱情，是一株没有办法用正常途径将其分解的藤蔓，它们纠结在一起，紧紧地缠住两个人的心。

（一）

有时候争吵可以让一个人清醒，也可以让一段感情变得明朗。一如那晚的激烈口角，让于净终于明白自己对米灵依的感情，也看清了自己真正在乎的是什么。

这天下午，于净从商业街的一间店铺走出来，店员热情地把他送到门口。于净对他叮嘱了几句，又把手里的一张图纸折好放进裤袋里，这才离开。

"那个野蛮的家伙一定会很开心，然后跟我和好的。"于净喃喃自语地走着，心里觉得无比轻松，像是完成了一件大事，又像是在憧憬美好的未来。

天气突然热起来，深色的裤子贪婪地吸吮着阳光，让他觉得双腿热得微微发疼。他把格子衬衣的袖子卷起来，露出手腕上的金属手链。手链在阳光下散发着耀眼的光。他突然想起周庄旅行时，自己故意戴上和米灵依款式相近的手链，竟自嘲地笑起来。

已是午后三点，阳光依旧无端地猛烈着。

周六的商业街较平时热闹许多，人潮的翻涌让于净觉得嘴巴里干得难受。他抬眼望望四周，发现前边不远处有一间咖啡屋，便像在沙漠里找到绿洲一样兴奋地走了过去。然而，当他站在咖啡屋的落地窗前时，脸色却顿时沉了下来。

（二）

"回到广州之后，我可不可以给你打电话？"吴凡望着心不在焉的米灵依温柔地问。

"可以。"米灵依淡淡答道，手中的勺子在杯子里漫无目的地搅拌着。

前晚和于净的那场争吵，像是一个倒计时的炸弹，她不知道彼此的忍耐何时会到达极限，彻底爆发，然后他们仅有的情谊也分崩离析。这一切困扰着她，怎样都无法集中精神，自然没能发现吴凡正用一种欣赏而又怜爱的目光注视着自己。

米灵依今天穿着一件深灰色的长外套，头发自然地披散在肩头，不苟言笑的她看上去神情忧郁。这让吴凡觉得她既有平易近人的一面，又有神秘哀伤的一面，非常具有吸引力。

"灵依。"吴凡突然情难自禁地抓住米灵依放在桌上的手，"我——喜欢你。"

这个突如其来而又直截了当的表白让米灵依当场呆住，由于事先没有任何心理准备，她竟忘记把手抽回来，而是任由吴凡紧紧握着。

"从两天前第一次看见你，我就对你有一种特别的感觉，直到去了你家，和你一起为那个流浪女送饭，看到你生活中的样子，就更加确定你是我要找的那个人。灵依，请相信我的真诚，接受我好吗？"

米灵依愣愣地听着，看着吴凡镜片后那对闪着光的眸子。她相信那双眼睛承载的所有诚恳和温柔，却深信自己无法接受这个仅有几面之缘男人，他们甚至连朋友都算不上。

"我……"

"把你的手放开！"

　　　　　　　　　　　　　　　　　　　　　　伤藤

还没等米灵依开口，她就听到一个低沉而又愤怒的声音在背后响起。她刚想转过身，就发现于净已经站在自己身边。她慌乱地把手抽回来，像是做错了事的小孩似的低下头，脸颊羞得通红。于净没有看她，只是狠狠盯着吴凡那张得意的笑脸。

　　"好巧啊，客人。"吴凡推推眼镜，指着他和米灵依中间那张空椅子邀请道，"坐下来一起喝杯咖啡吧，正好麻烦你做个见证，见证一下我对灵依爱的宣言。"

　　吴凡笑得更灿烂了，于净觉得那张笑脸就像忘记放进冰箱的隔夜蛋糕，甜腻腻地散发着腐酸的味道。

　　"爱的宣言！"于净摇着头不屑地笑了起来，"我可没时间听你那些乱七八糟的废话，不过我可以让你知道你正在做一件徒劳的事情。"说着，于净从裤袋里拿出钱包，打开暗格的拉链，像是展开一张满分试卷一样把一张照片举到吴凡面前。

　　米灵依抬起头，却只看到钱包的背面，以及吴凡渐渐阴沉下来的脸色。

　　"现在你明白了吧？"于净把照片重新放回钱包。

　　吴凡面色尴尬，像是被踩到尾巴的小狗，颓然瘫软地靠在椅背上。

　　米灵依还没反应过来，就感觉手臂被一股霸道的力量准确抓住，整个人一下子就被提了起来。她像是一个棉花做的布偶，被于净拽到身边。他并没有转过头看她，米灵依却从于净的侧颜看到他胜利的微笑。

　　"你以后不要再骚扰她了，否则，就不要怪我骚扰你！"

　　米灵依吓了一跳，她从来都不知道于净可以爆发出那么有力的声音。

　　"呆子，你干什么？"

　　于净没有回答，米灵依则完全没有力气反抗，只能任凭那个力量拉扯着身上的神经，昏昏沉沉地就被拉着往门口走去。

　　吴凡气愤地捶了一下桌子。

（三）

"于净，你发什么神经？你快放开我！"

米灵依被于净拉出咖啡屋，沿着街道快步走着，直至拐进一条人烟稀少的弄堂。一路上，于净紧紧握着米灵依的手腕，任由她不停挣扎扭动，却无动于衷。米灵依深感意外，那么柔弱的一个书生，竟有这么蛮横的力道。

"我的手好痛，快放开我！"

于净终于停下脚步，松开米灵依的手，用一种冷漠而恐怖的眼神盯着她。米灵依被这个从未见过的于净吓得连连后退，直到靠在弄堂的墙上。

"米灵依，你太过分了！"于净显得激动异常，"我以为你只喜欢当滥好人而已，没想到你居然这么不尊重自己的感情！"

"我尊不尊重自己的感情关你什么事！"米灵依被他激怒了，"我为什么不可以喜欢吴凡？为什么不可以接受他？你自己不是说了吗，我和你只是房东女儿和房客之间的关系，你管我干什么？！"

"我也想让自己不管你，可我没有办法！"

弄堂瞬间安静下来，两个人的呼吸都很急促，似乎都在等着对方先开口。

"米灵依——"于净突然缓缓走向她。

此时，米灵依的心都快跳出嗓子眼儿了，她甚至能感到自己的脉搏在疯狂地跳着踢踏舞。她惊慌地把身体尽量往后缩。于净一手扶墙站在米灵依面前，两人紧张地对视着，鼻尖几乎贴在一起。于净的呼吸均匀地喷在米灵依的脸上，她不敢大口喘气，胸口憋闷得像要胀裂开来。他的眼神像是一道炽热的光，让她的双颊难以自制地滚烫起来。猝不及防地，他突然把脸一侧，温柔地吻住她的嘴唇。

一阵温热瞬间袭击了米灵依的全身。像是被打了麻药的病人，米灵依无力地瘫软下去，刚刚因惊恐而睁大的眼睛也慢慢地合上。此时此刻，她的大脑像一架放映机一般，开始迅速地倒带，直到某个镜头惊悚地定格。她突然睁开麻痹的眼睛，伸出双手奋力地推开于净。

这一推的力道大得出乎米灵依自己的意料，于净重重地撞在弄堂的墙壁上。他惊讶地看着米灵依，忘了背上的疼痛。

"于净，你怎么那么卑鄙！"米灵依喊着，"你不肯承认喜欢我，还要这样子对我，你不觉得很无耻吗？我不是那种呼之即来挥之即去的女孩子。你给我记住，无论我喜不喜欢你，你都休想这样欺负我！"说完，米灵依捂住嘴巴，头也不回地冲出弄堂口。

脚步声在寂静的弄堂里渐渐远去，像是一个越来越微弱的心跳。于净扶住额头，靠在墙壁上。

日光渐渐柔和起来。

（四）

陆书杰和季子的爱情似乎在渐渐冷淡，所有恋人间应该经历的事他们也按部就班地经历了，然而女人的第六感告诉她，拥抱的感觉变得不一样了。但她没有追问，在什么都没有发生之前，权当天下太平好了。

米灵依的生活也在逃避中日复一日地重复着。这两天，她的常春藤长出几片枯黄的叶子，在尝试多种方法都没法挽救后，只好决绝地剪掉了它们。她开始不回家吃晚饭，把和于净唯一可以见面的时间都挤掉了，虽然自从那天之后她的房门曾在夜里被无数次敲响，她却从来没有打开过。

他们都需要冷静。

星期六的早上，米灵依不愿待在家里见到不想见的人，一大早就准备出去散心。出门的时候，她发现父母的脸色有些异样，可问他们什么事情，两人却像是串通好了似的僵硬地摇着头，还嘱咐米灵依晚上吃完饭再回来。这种此地无银三百两的行为，让米灵依疑窦丛生。

下午四点，米灵依让季子提前跟老板请假，季子又约来陆书杰，三人一起往家走。当米灵依听说父母同样叫季子不要回家吃饭时，不由加快了脚步。

"姐，我心里害怕，咱们家不会出什么事吧？很少见到爸妈那么奇怪的样子。"米灵依路上一直紧握着季子的手。

今天的气温比前两天低了两三度，单薄的上衣得使米灵依不停地起着鸡皮疙瘩。一路上看到几个邻居聚首聊天的画面更是平添了她心中的担忧，仿佛人们正在谈论他们家。

"没事的，有姐在，不会有事的。"

"是啊，不要担心。"陆书杰也安慰道。

三人走到弄堂口的时候正好撞见正要回家的于净，季子和陆书杰都跟他打了招呼，米灵依却像是什么也没看到一样，径自走进弄堂。

（五）

米家客厅里的气氛紧张得可怕。

米家夫妇坐在沙发上，一个陌生女人坐在他们对面，李伯坐在米爸爸侧面，不时抬眼观察三人的表情。茶几上的茶已经冷掉了，四人一言不发，都不愿意先开口。

陌生女人四十几岁的样子，脸上的皮肤因缺乏保养或是常年生活在干燥的环境里，显得很是粗糙。一对眼袋像是没漏完气的气球，有气无力地贴在无神的眼睛下面。即使她在脸上打了层厚厚的粉底、画了浓重的眼妆，仍掩盖不了岁月留痕。她的人很瘦，手背上的皮肤松垮得像是即将要褪去的一层老皮。她身着一件花花绿绿的长袖连衣裙，像是异国的打扮。头发被一根不漏地梳进脑后的发髻里，这让她瘦长的脸庞看起来像是一个女妖，好像随时会发出一声冷笑，再上前咬人一口。

女人抬头瞄了一眼墙上的时间，转过头继续冷漠静坐。

"季子今晚不会回来的，你走吧！"米爸爸冷冷地说道。

女人不说话，正襟危坐不为所动，米家夫妇无奈地跟李伯对望了一眼。

这时，开门声突然响起。四人同时坐直身体，紧张起来。米家夫妇的神经更是随着那越来越近的脚步声绷紧了。直到季子等人走进客厅，原先坐着的四个人竟不约而同站了起来。

"你们……怎么那么早回来？"米妈妈的语气明显带着慌乱。

米灵依他们不约而同地将目光锁定在那个打扮怪异的陌生女人身上。米家夫妇和李伯无计可施地站在原地。只有季子呆呆望着女人，嘴巴微张，那张早在记忆深处模糊的面孔，此刻竟慢慢在眼前清晰起来。

那女人也有些不知所措，眼光反反复复在米灵依和季子脸上茫然地搜寻着，仿佛要努力从她们脸上找到些线索，而她自己的脸像是炉子上烧着的开水，慢慢开始变得热烈起来。

"季依啊，妈妈可想死你了。"女人突然带着酝酿完成的饱满情绪，冲上前抱住了自己认定的目标，"妈妈以为这辈子都见不到你了，自从你爸把我赶出家门，我做梦都想着你的样子，多想再看看你，哪怕一眼都好啊！幸好老天有眼，今天终于让妈妈再一次抱住你了！女儿啊，你爸是个负心汉、陈世美，这么多年连见都不肯让我见你一面，现在好了，妈妈终于和你团圆了！"

女人像抱着金元宝似的把怀里的女孩揽得几乎窒息，她挣扎着从对方怀里探出头来，痛苦地说："你搞错了，我是米灵依，季子在那边！"

像是突然被人从后脑勺打了一棒，女人抬起头错愕地呆了几秒，反应过来之后，突然松开米灵依，径直向季子扑过去。

得以解放的米灵依拍着被挤压得几乎窒息的胸口，大口地喘着气。

"宝贝啊！"女人高喊着冲到季子面前，却被对方精准地避开。女人扑了个空，手臂尴尬地在空中保持着拥抱的弧度。

"唉，妈妈老了，连你的样子都记不得了。"女人放下手臂，突然戏剧性地哀伤起来，"你看看，我们都多少年没有见过面了，我的女儿，妈妈好想你啊！"说着，她突然捂住嘴巴，啜泣起来。

季子没有理她，只是烦躁地走到米家夫妇面前，冷冷地问："今天你们叫我不要回家吃晚饭，就是不想让我和她见面，对吗？"

"季子，你听我说，爸爸不是不让你见你妈妈，只是……"

"你就是不想让我见女儿！"女人又冲到米家夫妇面前，刚才还无尽哀伤的眼神此时变得像利剑一样，锋利地闪着寒光，"你就是有了新欢，有了小女儿，就不让季子和亲妈见面，从她小的时候你就存心不让她知道我的存在，你想让她和那个女人亲近！"

女人指着米妈妈的鼻子，对方迅速避开，强忍愤怒保持沉默。米灵依及时走到母亲身边，体贴地搂住她。

"女儿啊，你怎么会有一个这么没良心的父亲啊！"女人转身站到季子身边，眼中的犀利瞬间又变成受害者的无奈，"当初他喜新厌旧抛弃了我，还把我赶出家门，没想到他居然对你也是这样狠心，都不让你跟他姓，还给你改了这么个奇怪的名字，真是狼心狗肺啊！"

季子错愕地看着身边这个哭闹的女人，突然觉得自己是个白痴。无尽的失落与哀伤写满季子的双眼，二十四年来所有的期盼和等待在那一瞬间像是一张薄如蝉翼的废纸，被失望点燃。

"季文英，我警告你，忍耐是有限度的！"米爸爸握紧了拳头怒吼着。

女人被吓了一跳，转头恶狠狠地瞪着米爸爸。这时，米妈妈突然伸出手拉住了米爸爸握紧的拳头，轻轻对他摇了摇头。这个细小的动作被季文英看在眼里，她像是抓到了别人的痛脚似的得意地冷笑了一下，接着变本加厉地撒野道："我也告诉你，没有任何事情可以阻止我对我女儿的爱！"

"够啦够啦，你这个女人还要不要脸伐？！"忍耐良久的李伯终于忍不住开口，"本来米家的家事轮不到我老百脚来插嘴，可我实在是看不下去哉！"

米妈妈冲着李伯直摇头，对方却坚决地对她说，"刘月啊，你委屈了这么多年哉，我知道你是不忍心伤害季子丫头才不把真相说出来，今天就让我这个老百脚来说。"

"别人的家事轮不到你来胡调！"季文英惊慌地阻止道，"你算是什么人！"

"李伯——"季子突然高声道，"恳请你把知道的真相说出来！"

所有人都惊讶地看着季子。

李伯顿了顿，正色道："当初你爸跟这个女人结婚之后经济条件一直不好，尤其生下你之后，你身体又差，还没满月就上了三次医院。这个女人觉得跟着你爸会吃苦，就托人暗地帮她另找对象。你刚满两个月，她就跟着一个美国华侨跑了，只寄回来一张签好字的离婚协议，逼你爸跟她离婚，还千叮咛万嘱咐叫你爸不要告诉你关于她的事情。我李世钦以人格担保，你爸是在跟这个女人离婚之后才经人介绍认识刘月的。"

"你给我住嘴！"季文英喊道。

"李伯——"季子再次强硬地打断季文英，"说下去！"

"几年之后，那个华侨破产，还欠了一屁股债，这女人就灰溜溜地回国来找你爸，还把刘月痛骂了一顿，你爸忍无可忍才把她赶出去的。直到最近，她又三番四次地托你舅公找我向你爸要钱，说她跟那个华侨生的儿子要上大学没学费，你爸前前后后寄了三万块钱给她，单据你爸那里一定有。这次她回来，就是因为她又跟你爸要五万块，你舅公不肯帮她开口，她才自己上门来的。季子啊，那天我去看你舅公，他在我面前哭得好惨，这些年来他不是因为气你爸才不来你们家，是觉得家里出了这样一个泼妇，他没脸见人啊！季子，你相信李伯，李伯不会讲谎话！"

所有人的脸上都涌动着愤怒和失望的表情。尤其季子，她咬着牙怒视季文英，眼中的泪水像是硬被锁在牢笼里的困兽，挣扎着却始终未曾落下。陆书杰在她身边紧紧揽住她的肩膀。

"季依啊，你不要相信他们，他们是串通好了骗你的，你千万不要相信！"季文英慌张地握着季子冰凉的手。

"我不会相信任何人的话。"季子哽咽地说，"我只相信自己的眼睛。"

众人无不专注地盯着季子，像是等待故事的结局。

季文英像是抓住救命稻草似的朝着季子兴奋地笑着。

"现在，请你出去！"季子把手从对方手里抽出来，一字一顿掷地有声地说，"请你以后不要再来骚扰我们米家。"

季文英惊讶地望着季子，张大嘴巴慌乱地嚷道，"哎呀女儿啊，你怎么可以这样对妈妈啊……"

"一个连亲生女儿都能认错的母亲、一个连女儿名字都叫错的母亲，亏我还为她疏远了那些真正爱我的家人那么多年，我真是白痴！"季子转过脸看着季文英嘲讽地笑道，"你说你做梦都梦见我，那请问，我小时候一次又一次独自坐在弄堂口等你的时候，你在哪里？我做换肾手术的时候，你在哪里？不要告诉我你不知道这件事，我亲耳听见爸爸打电话给你，叫你回来接受检查，看看你的肾脏是不是跟我匹配，可你人在哪里？真的很庆幸当时你没有回来，今天我才可以这么理直气壮地叫你出去！从今往后，你对我不再有任何意义，谢谢你生下我，也谢谢你丢下我，我只有一个母亲，她叫刘月，她像我等待你一样等待了我十六年，她把你欠我的东西全部加倍给了我。以后，请你好好去爱自己的儿子吧，不要再来骚扰我们了，请你走，马上！"说罢，季子伸手指向大门的方向。

客厅里安静异常，只能听见各种不同节奏的呼吸在互相碰撞着。

"好好，你不认我，倒去认别的女人做娘，这种女儿也真是白眼狼……"

"你是想让我打电话报警，说我们家有敲诈犯是吗？那样的话，你跟爸爸要的几万块钱就要全部吐出来了。"季子说着，作势拿出手机。

季文英见状慌乱地扯了扯自己的裙子，用一种愤怒而又理直气壮的眼神扫遍了屋中的每一个人，然后走到自己坐过的椅子旁边，用力扯起自己的皮包。这一扯，皮包的带子冷不防地抽到了她脸上，一道红色的印子随即浮现出来。她"哎哟"一声，捂住疼痛的脸颊，扭头冲向大门。

"你们这家人必定不得好死！"这是她最后留下的一句话。

片刻后，屋内的人纷纷疲倦地坐下来。米灵依连声安慰父母，陆书杰紧紧搂着一直饮泣的季子。于净有点不知所措，只好安静地站在原地。

"季子啊，你不要怪李伯多嘴。"李伯突然抱歉地说道。

"李伯，谢谢你。"季子走过来向李伯鞠了个躬，又走到父母面前，也深深鞠了一躬。

米家三人静静看着季子，心疼得不知该说什么好。

季子坚强地笑道："不好意思，我现在心里有点乱，想出去走走。"说完就转身走向大门。

"姐——"

"季子——"

众人紧张地站起来。

"我陪她出去走走，没事的。"陆书杰安慰大家，并追上了季子。

米灵依知道季子此时的心情一定不是用失落、伤心、痛苦，任何一个词汇可以形容的。当一个人得知自己等待那么多年的结果，竟与自己意愿背道而驰，那种感觉应是比许多打击都更为难以承受的吧。她绞尽脑汁，希望可以找到一种方式来帮季子度过这个艰难时刻。

傍晚，弄堂里响起小贩们此起彼伏的叫卖声，有卖水果的、有吆喝小吃的。听着听着，米灵依突然想到了什么。她猛地站起来对大家说："我要出去买一件东西哄季子开心，可能要很晚才回来，不用等我吃饭。"

"我陪你去！"米家夫妇还没反应过来，于净便自告奋勇站了起来。

米灵依看了他一眼，欲言又止，但最终什么都没说。

（六）

半小时后，米灵依和于净站在城外一间雪糕厂的门口。

出了家门后，米灵依致电许文文，确定了雪糕厂的准确名称和地址，就打车过来了。

一路上她都没和于净讲话，两人像极了相互怄气的孩子。

来到雪糕厂的警卫室门口，米灵依把许文文父亲那间杂货店的名字报了出来，又说明了自己的来意，警卫便带他们穿过低矮的厂房，经过一条窄长的走廊，来到冷藏库门口。他跟看门的工作人员招呼了一声，说是来拿货的，就为米灵依他们打开了冷藏库大门。

随着厚重的大门被缓缓打开，一阵刺骨的寒风顺着门缝直钻了出来。米灵依打了个冷战，鼻子立刻分泌出一股微酸的鼻水。于净今天穿了一件长袖T恤，还套了一件薄风衣，因而并不觉得寒冷。

米灵依跟警卫道了声谢，对方便走开了。这时，几个工作人员来到冷藏库门口，他们是取货送往大超市的，米灵依和于净便跟着他们一起走进冷藏库。进去之前，看门的工作人员告诉他们，雪人雪糕现在的销量有限，应是放在冷藏库比较靠里的地方，叫他们自己找找，而且要尽快，因为再过十几分钟就到换班时间了。

米灵依连声答应了，跟于净一起走进冷藏库。

（七）

夕阳下的瀑布大楼像是一座闪着金光的神圣殿堂。过往人流和车辆在这座庞然大物下显得异常渺小，像是一群群匆忙往来的爬虫。

季子和陆书杰坐在楼前的花圃边缘，仰望着布满火烧云的天际，默不作声。

一路上，陆书杰紧跟着季子，她往哪走，他就往哪跟，不知不觉便来到了这里。此时，季子面无表情，看不出心绪变化，反倒是陆书杰的脸上写满了焦虑和担心。

一个人伤心时是需要陪伴的，却不一定需要安慰。只要感觉身边有个人安静地陪伴着自己，哪怕一句话也不说，也会充满安全感。季子应该就是这种感觉吧，陆书杰这样想着，要是人的烦恼也可以在高大的建筑物下变得渺小，那该多好！

陆书杰裤袋里的手机坚持不懈地振动着。他知道是谁打来的，幸好此时手机已调成静音模式，所以他宁愿忍受这麻麻痒痒的振动，也不想打破宁静去按掉它。

天色渐渐变得暗红，风也开始凉起来。人们的脚步变得仓促，瀑布大楼的灯光陆续亮起。

季子始终一动不动坐在原地，依旧是面无表情，一如她八岁时坐在弄堂口等着母亲的样子，像一座雕塑，庄严而美丽。

伤　藤

（八）

"找到了，在这边。"

米灵依瑟瑟发抖地在冷藏库里耐心寻找，并不停把被低温诱发出来的鼻水用力往鼻腔内吸。她和于净已走到冷藏库的最深处，却始终没有看到"雪人"的身影。突然，于净发出一声欢呼，米灵依像是马拉松运动员看到终点标带一样，颤抖着跑过去。

"太好了，季子只要吃到雪人雪糕，就一定会开心起来！"

米灵依和于净兴奋地对视，突然忘记了彼此间的嫌隙。然而这种遗忘是瞬间的，两人很快又恢复彼此憎恶的表情。

米灵依踮脚去拉那一排雪糕最上层的一个箱子，却只能够到一个箱角，于净及时伸出双手把那箱雪糕搬了下来。米灵依低头说了声"谢谢"，想要接过箱子，于净却没有要交给她的意思，仍然抱在自己手里。两人像是也被冻住了，一动不动。

"米灵依，"于净突然开口道，"我们——和好吧！"

米灵依抬头看了他一眼，没有说话，眼神明显不再尖锐了。

"这些天是我不好，我向你道歉，你不要不理我。"

于净服软的语气像是往米灵依心里倒进了一升柔顺剂，让她没办法再强硬下去。可面子还是要维系的，她继续装出一副冷漠的表情，淡淡答道，"回去再说吧！"

于净点点头，两人开始往大门口走去。

此时冷藏库内回荡着两人节奏不一的脚步声，空旷而寂静。气氛不太对劲！尤其当他们快接近门口时，心脏像是坐上了太空梭一样，完全处于失重状态。刚才一起进来搬雪糕的工作人员已不见踪影，整个冷藏库似乎只剩他们两人。米灵依和于净紧张地对视了一眼，急切地往门口走去。

"喂，怎么回事啊，里面还有人啊！"米灵依拍着紧闭的大门大声呼喊着，声音因为寒冷而颤抖着。然而那道大门像是铁了心肠般无动于衷。

"这门这么厚怎么可能有人听得见！"于净把那箱雪糕放在地上，叹了口气，"一定是换班时间到了，看门人就自己跑去吃饭了，该死！也不进来看看还有没有人在。"

"那现在怎么办？换班时间要多长啊？"

"至少要两个小时吧！"

米灵依震惊地张大嘴巴。她迅速脑补出以前课堂上学过的自救方法，并确定在这种情况下，只能电话求救。她连忙摸索全身，直到最后一个口袋也扑空，她的心突然像是一块石头沉入了无底的大海。

"完了，我没有带手机！"

这两天为了避开于净，米灵依连手机都经常不带，今天出门她只带了一些零钱，包包也不提就出门了。于净看着米灵依惊慌的表情，迅速把手伸进裤袋，摸索着按下手机上一个关键的按键。

"不是吧？你没带手机？"于净惊讶地叫起来，语气里掺进一丝人造的恐慌，"我的手机刚刚出门的时候就提示电量低，现在也不知道还能不能打。"

"怎么那么倒霉！"米灵依手足无措地抓着自己的头发原地打转，在脑海中迅速检索着家人的号码，可此时大脑信息库像是被删空了一般，竟是一片空白。

"糟了，家人的电话我也想不起来，而且你的手机要是电量低的话，应该也打不了……"米灵依停住脚，尽量使自己镇定下来。突然，她想到了什么，兴奋地抓住于净的手臂道，"你快把手机拿出来，快点！我们要在你手机关机之前打电话求救！"

"哦哦！"于净紧张地掏出手机，用力按下开锁键，然而屏幕却毫无反应，一片漆黑，一如米灵依此时的心情。

"已经没电了。"于净颓唐地说。

米灵依环视了一下四面的冰壁，绝望地叹了口气，瘫坐在地上。

幸好此时库内的灯光还是亮的，那一箱箱排列整齐的雪糕盒子看起来竟有点像死寂沉沉的冰棺，令人生畏。

"我们就在这里等一下吧，希望外面的人能快点回来。"于净眼中掠过一丝胜利的笑意，然后故作失落地蹲在米灵依旁边。

米灵依没有说话，抱着膝盖蜷缩着，冰冷的地面让她的体温慢慢下降。

于净站起来，从角落里推来一辆小推车。

"坐到车上来啊笨蛋，地上很冷的。"说着，他拉起米灵依，和她一起坐在车上。

米灵依的脸色已经开始发白，于净见她抱着肩膀瑟瑟发抖的样子，立刻脱下风衣，把她整个人包起来。

"我不要你的衣服！"米灵依把风衣扯下来，塞回于净手里。

于净深知米灵依性格如此，也不坚持，又把风衣穿了回去。

米灵依用眼角的余光瞄了一眼于净，再度摩擦起自己的手臂。于净伸出手，帮她把手臂够不到的背部擦热。这回她没有拒绝，依旧保持沉默。

"还在生我的气？"于净轻声问道，那声音在寂静的冷藏库像是从四面八方同时传来的回响。

米灵依转过头白了他一眼，"我当然生气！听到你说话我就烦！"

于净委屈地看着米灵依，她却侧过脸不再看他。冰冷的空气吸进鼻腔，难受地刺痛着。她把头埋在膝盖里，尽量减少对冷气的吸入。

沉默的冷藏库，只剩下手掌和衣服布料摩擦发出的细微声音。

不知过了多久，米灵依突然感到后背出现一丝触感，那感觉像是一个流畅的笔尖在她背上勾画出一个个汉字。

"对不起，不要不理我，我很害怕你不理我。"

当这句话被完整地写在米灵依背上的时候，她心里残余的埋怨和气愤已变成嘴里呵出的一团白雾，消散在空气中。她缓缓抬起头，瞪着于净，忍不住笑了。

（九）

"以后还叫季子吗？"

陆书杰牵着季子的手走进弄堂。已是晚上九点钟了，弄堂在路灯的笼罩下像是一张变光镜头拍出来的照片。

"名字根本就不重要。"季子坦然地笑了，"这样的结果对我来说是最好的，起码我以后不用再像个白痴一样守着一个没有结局的故事了。书杰，谢谢你今天下午陪了我那么久。"

陆书杰弯着食指在她鼻尖上轻轻刮了一下，"傻瓜，陪你是应该的，只要你开心，比什么都重要。"

季子满足地笑了。两小时前她还在疑惑陆书杰为什么一句安慰的话也不说，而此刻这句情话则将刚才的冷淡完全抵消掉了。

两人谈笑着来到家门口。

"你们回来啦！"米家夫妇迎了上来。

自从四个年轻人离开家门，夫妇俩就一直站在家门口翘首以待。

"季子，你好点了吧？"米爸爸关切地问，眼神里满溢着温存和关心。

"我已经没事了，以后我们家什么坏事都不会有了。"

"没事就好，没事就好。"米妈妈仍不断往弄堂口张望，"灵依这丫头也不知跑到哪里去了，还不回来！"

"灵依出去了吗？"季子问道。

"是啊，她说要去买一样可以哄你开心的东西，然后就跟于净一起出去了。我打她电话，谁知她居然没带手机。"说着，米妈妈又朝空荡荡的弄堂口张望了一下。

"可以打于净电话问一下。"陆书杰提醒道。

"打了，关机。"

季子和陆书杰对望了一眼，彼此眼中都充满了担心。

"灵依那个傻丫头，不知道又去帮我买什么东西了。"

米家夫妇焦虑地走回家，打算再给于净联系一下。季子和陆书杰也焦虑地呆立在晚风中。

（十）

"你的字写得七扭八歪的，我猜不到写的是什么！"

米灵依和于净还是保持着一个小时前的坐姿。于净刚刚潦草地在米灵依背上写下很长的一句话。此时，米灵依的嘴唇已经有些发紫了，蜷缩的身体像是被定型似的麻木僵硬着。

"我是说你这个家伙神经好大条，突然跑这么远来买 N 年前的雪糕，害得我跟你一起挨冻。"于净没好气地说。

"你不明白的。"米灵依咽了咽口水，颤抖道，"季子是那种即便心事重重也不会让别人分担的性格。小时候她不开心或者生气的时候，我就买雪人雪糕给她吃，这是让她缓解不快的绝佳方式。你想啊，今天发生了这样的事，自己等了那么多年的母亲居然如此面目狰狞，换作你，会怎么想？姐妹连心，当然要做点事情让她开心啊！"

于净没说话，只是背对着她傻笑，然后伸出一只手轻轻地放在她头上。

"干吗？又要对我图谋不轨？"米灵依倦倦地问。

"我真想怎样的话，你现在也没办法反抗啊！"说着，于净收回手，继续在米灵依背上乱画着。

这时，他发现米灵依的后背好像比刚才硬了好多，才想起来他们已在这冰天雪地里待了一个小时了，而且她一直坐在那里没有活动，身体必定感到很难受。其实他的手机并非因为没电关机，完全是出于私心，他想和她单独相处，才把手机偷偷关掉。可谎言就像舞台上拉开的幕布，剧情还在继续，便不可能中途落幕。

于净突然无端地自怨自艾起来，如果那天他先把关键的字眼儿说出来再去吻她，现在就可以抱着这个冷得一直发抖的女生在自己怀里取暖了。

"你发什么呆啊？"米灵依的声音让于净突然回过神来。

"没有，我在想你老是不活动也不行，现在换你在我背上写字给我猜。"说着，于净把身体僵硬的米灵依像转盘一样转了过来，然后自己转身背对着她坐下。

米灵依缓缓抽出一只冻僵的手，捧在嘴边呵了口气，便把手贴在于净的背上。她思考着应该写些什么，可脑子里却一片空白，反而是把她和于净从相识那天到现在的经历复盘了一遍。望着他单薄的后背，米灵依想起自己曾在找不到他的日子里疯狂地想念他，在他受伤的时候强烈渴望可以去拥抱他。她想起他牵过她的手，抱过她，甚至吻过她……心里的感觉终于在这一刻像写在白纸上的黑字一样，再也清晰不过了。她的手指若有所思地点在于净的背上，自己却莫名其妙地笑起来。

"你是不是冷到忘记怎么写字啦？"于净柔声提醒着。

米灵依微笑着把手指重重按在于净背上，肯定地写下了一行只有她自己明白的字母。

"你写的什么啊？再写一遍。"

米灵依正准备要说些什么，突然觉得太阳穴像是猝不及防地被谁重打了一拳，剧烈地疼痛起来，似乎有无数根针管同时扎在静脉里，把她的血液毫不留情地往外抽着。她看到自己的手指和于净的后背在眼前快速地旋转起来，像一个无形的旋涡拉着她往下掉。她想挣扎着说出话来，却连呻吟的力气都没有。

最后，米灵依只看到于净突然转过脸惊慌的眼神，然后就什么也不知道了。

每个人种下的不同的种子，终于结出了它应有的果实。

（一）

被敲门声吵醒的时候，米灵依正在自己的床上蜷缩着。

脑子经过十几个小时的沉睡已经完全清醒过来，瞳孔里的天花板也不再旋转，只残留着宿醉的痛感。此刻，米灵依完全捕捉不到任何有关昨晚晕倒后的记忆。

后来到底发生了什么？自己是怎么回到家里来的？

敲门声催促着米灵依，让她没有办法专心思索，只好站起身往门口走去。她把手搭在把手上正准备开门，突然吓了一跳，随即把手抽回来，举在眼皮底下仔细端详，发现右手手背上有一块指甲盖大小的淤青，覆盖在血管上面，淤青里有一个细小的针孔。她拍了拍脑袋，对打过点滴的事情居然没有任何印象。

米灵依定了定神，打开房门。

"你没事吧？"于净站在门口关切地问。他的眼睛里布满了血丝，脸色也不太好。

"没事，就是头有些痛。"米灵依把他让进来，"后来怎么回事？我完全记不起来了。"说着，她走到床沿坐下，把一只布偶抱在怀里。

"昨晚你晕倒的时候正好工作人员换班，就把我们放出来了。"于净支吾着，"我马上把你送到医院打了点滴，再后来就回家了。"

米灵依顺着于净的讲述，脑海里仿佛真的出现了他刚刚描述的那些画面。她突然想起了什么，紧张地问于净，"雪糕呢？有没有把雪人雪糕买回来？"

"当时的情况怎么可能还顾得上雪糕！虽然医生说你没有大碍，但还是要求你在医院留观，我怕家里人担心才坚持带你回来。你都没有看见，我抱着你进家门的时候，大家都快吓死了。"

米灵依听到这里，马上站起身来，"爸爸妈妈呢？"

"在楼下啊，都在等你吃午饭，季子还说叫你醒了给她打个电话报平安。"

"那我们下楼去吧！"米灵依放下布偶，往门口走去。

"灵依——"于净突然叫住她，"假如你下午没有不舒服的话，我想你跟我出去走走。"

米灵依望着于净奇怪的表情，疑惑地点点头。

（二）

"姐，我已经没事了。"

匆匆吃过午饭后，米灵依坐在沙发上给季子打电话。

"没事就好，多休息一下。"电话那头季子的声音也是异常的疲惫。这让米灵依觉得非常内疚，她知道昨晚全家人一定都没有睡好觉。

"姐，对不起，没有买到雪糕，还让你担心。你现在没事了吧？"

"我没事，你不用担心，有客人来了，先不说了。"季子连 Bye-bye 都没说就挂断了电话。

季子不寻常的冷漠让米灵依感到些微的失望。她沉沉地低下了头。

"丫头，是不是还不舒服啊？"米妈妈坐到女儿旁边关切地问。

"哦，没事了。我姐好像不太开心，不知道是不是在生我的气。"

"她不会怪你的，别胡思乱想。"米妈妈又伸手探了探女儿的额头，"还好，没有发烧。"

这时，米爸爸也从饭厅走过来。

"丫头啊，等一下跟于净出去记得多穿件衣服。你在家睡了这么久，出去走走也好。"米爸爸说着话，回头张望了一下楼梯，确认没有人之后又转过头来看着米灵依，故意压低声音说，"前两天看你们两人有点不对劲，是不是……"他欲言又止，用一种饱含深意的眼神注视着米灵依。

米灵依耸耸肩道，"你们不要乱猜，我跟他是好朋友，朋友之间难免会有些摩擦，现在和好了，没事了，你们不要想太多。"

米家夫妇互相交流着眼神，没有再说什么。米灵依这才发现，原来自己和于净的关系一直都在父母的高度关注范围之内。

她无奈地站起来，"我去换衣服准备出门了。"说完，她走向楼梯口。

"灵依啊——"米妈妈突然叫住了她，"要是你跟于净真的谈恋爱就跟我们说，不要搞地下情，爸妈很开通的。"

这句话带给米灵依不小的震动，她缓缓转过有些僵硬的脖子，无奈地做了个鬼脸。

（三）

一路上，米灵依都在低头整理手机里的信息和未接来电。那部被搁置了一天一夜的手机突然间变成被签满名字的祝福卡片，其中有好几条信息是陆书杰发来的，时间是晚上十一点以后，那时她应该正在床上安静而疲惫沉睡着。短信的内容尽显关切之情，然而她此刻再看到这些话语，心里只有对友情的欣慰。她把手机放进包包，拉紧了外套。

今天米灵依穿了一件长款的黑白格衬衣，外面加了一件粗布的黑色外套，脸色在深色服装的衬托下显得有些苍白。她跟于净各自沉默，好像一篇文章开头前铺陈的空白。

"干吗不说话啊，呆子？"米灵依问道。

她发现于净的装束和平常不太一样。他穿了一件纯白色的西装外套，里面衬着黑色的T恤，下身是一条合体的牛仔裤，也是黑色的。这身装扮让他看上去既精神又带着几分庄重感。他平时从来不做这样的打扮。

"你今天怎么怪怪的？"米灵依没等到于净上一个问题的答案，再次疑惑地问。

"没有啊，我在想你昨晚最后在我背上写的那行字是什么。"

"哦，我自己也忘记了。"米灵依敷衍着，随后低头看着自己的鞋子机械地往前走。一股心虚的暗涌冲击着她那些本来打算收藏起来的情绪，反而又引起了一阵不大不小的波澜。所幸于净没再问下去。

也不知走了多久，米灵依突然闻到一阵淡淡的菜香味，抬头一看，才发现他们已走到上次吃新加坡菜的那家饭店。

"你还想来这里吃饭啊？"米灵依疑惑地看着于净，"他家的菜很难吃啊！"

"我才不是来吃饭的。"于净对着米灵依笑了笑。

她还想再说些什么，他却突然抓住她的手往前跑去。

"你干什么啊？"

他没有回答她的问题，只是拉着她经过几间店铺的门口，跑到某家店的橱窗前。他们停下脚步，他却没有放开她的手。米灵依不再用疑惑的眼神看于净，也不再问为什么，因为她的眼睛已经完全被眼前的事物吸引住了。她感到自己像是突然犯了哮喘病，心跳在急促地加快，体内的血液贲张起来。

是那家帮他们拍过婚纱照的摄影馆。橱窗里，一张玻璃墙大小的照片像是一个甜蜜的符号，对着每个从这里经过的人展示着幸福。照片上穿着婚纱的米灵依被一只套在西装袖子里的手臂紧紧缠绕着，那只手臂的主人正在用一双深情的眼睛灼热地注视着自己。她记得那天傍晚，他问她：要是让你为了我开心而嫁给我，你会嫁吗？她终于想起来了，就是在那个时候，这个男人在她心里变成了戒不掉的尼古丁。

"米灵依，对不起。"于净把她的身子扳过来正视着自己，"之前是我不好，我不该那么胆小、那么没用，连自己的感情都没法去诚实面对。其实，我早已经放下 Adela，只是自己不愿去承认，更不敢承认已经喜欢上了你。我一直以为你在我心里只是一个替代品，只是我因为失落寂寞而找的一个陪伴者。直到那个吴凡出现，我才终于明白自己的真实想法。我害怕失去你，没办法忍受你跟别人在一起。我终于明白，我爱你。今天，我带你来看这张照片就是想告诉你，郑重地告诉你，我可以坦诚对你的爱。所以，假如你心里对我也有感觉，那么请你跟我在一起，好吗？"

米灵依梦游般望着于净的眼睛。她知道那双眼睛里所有的热情、所有的温柔都是自己这些日子以来一直期盼的。像是一个梦突然被告知成真了，却又无端地胆怯起来。因为不确定到底是不是只是一个梦，一个会醒的梦。

米灵依犹豫着把手抽了出来。

"我……"

（四）

"你不要太担心，也许于净等一下就回来了。"季子安慰着米灵依，语气里还是透着疲倦和冷淡。

"都是我不好，下午不应该骂他。"米灵依自责地在房间里坐立不安地踱步，"我知道他是想证明给我看他喜欢我，可我也不知道为什么，当时就是觉得想逃跑，不敢跟他在一起，更不知道自己为什么会说那些奇怪的话，他现在一定恨死我了，不知道躲在哪里伤心，连电话都关机了。"

就在于净握着米灵依的手说出那一番肺腑之言后，她竟然莫名其妙地发起了脾气。她骂他不可理喻，骂他哗众取宠，骂他无聊。然后，她转身就走，直奔回家，可于净却没有回来。现在是晚上八点半，米灵依在家等了五个小时。然而，这五个小时竟像五个世纪那么漫长。

电话那头还是那个机械的声音"您所拨打的电话已关机……"，听的人却失去耐心地把手机扔在床上。

"难道要一个人面对自己的感情真的那么困难吗？"季子靠在窗台边喃喃自语。

"不行，我要出去找他！"米灵依终于停住慌乱的脚步，"姐，我要出去找他。"

"你去哪里找？"

"任何地方都可以，我要告诉他，我也喜欢他。"

季子尚不及做出任何阻挠，只见米灵依套上外套急匆匆地出了门。房间里顿时安静下来，米灵依下楼的脚步声隐隐回荡。季子突然感到身体无比疲倦，靠在窗台边缘的腰部也隐约地酸痛着。

她深深地叹了口气，环视着米灵依的房间，视线旋转一圈后，落在米灵依整齐的床上。昨天晚上，就是在这张床边，陆书杰，她的男朋友，紧紧地握住米灵依的手，温柔地让她好好休息，让她千万别生病。当时，所有人都被他挤在身后，包括米氏夫妇，包括于净，当然，也包括自己。

季子知道他们是好朋友，他会紧张她也是情理之中。而米灵依是她的妹妹，她也不应该介意，况且她又是因为她而晕倒的。然而她还是不明白陆书杰何以最近对她如此冷漠，而对米灵依却这样牵挂。女人就是这样，当嫉妒和猜疑在心中油然而生，理智的力量就会显得微不足道。

季子深知应该保持风度，但她做不到。她一遍遍告诉自己，米灵依喜欢的是于净，而陆书杰对她只是好朋友之间的牵念。但她无法令自己信服。此时，在这空荡荡的房间，她眼前全都是那晚陆书杰跪在床边虔诚深情的样子。

季子用力捂住双眼，凭着直觉走到床边，摸索着关上了灯。房间顿时暗了下来。她胆怯地睁开眼睛，已看不到那些令她心痛的影像，得到了一种掩耳盗铃的获救感。

"疯了。"她自嘲地抚摩着自己的脸颊，黑暗中她觉得自己此时的样子必定很可怕。

也不知自己在黑暗中坐了多久，季子只觉得心脏跳动的频率已渐渐恢复正常。她正准备起身走出房间，突然听到从窗外里传来一阵骚动。季子以为是野猫在作祟，谁知却听到一阵熟悉的声音。

"妈，你能不能理解我一下？"

是陆书杰！

季子像是被用力压挤后突然松开的弹簧，飞快跳到窗口。

弄堂里的灯光像是黄昏时分的阳光，照得人身上一阵朦胧的泛黄，墙壁的阴影打在一侧，使两张人脸各自呈现出一片诡异的阴影。

陆书杰靠着墙壁和他母亲对峙着。季子看不清他脸上的表情，可从两人对话的语气能听出来，他们在争吵。陆书杰是从来不跟父母争吵的孩子。从来不！

"你上次答应过我，会听我的话，为什么现在变成这样？"陆妈妈的语气霸道得不同寻常。

陆书杰叹了口气，缓缓背过身去。

季子警觉地把身体往房间的黑暗处缩了缩。

"妈，我已经很努力地照你说的话做了，可我没有办法……"

"书杰！"陆妈妈粗暴地打断他，"我们陆家就你一个孩子，你为父母想一想好不好？你从来就是个听话的孩子，妈妈从小就没勉强过你什么，只有这一次，你就听妈妈这一次，好不好？"

"我说了，我不是不去做，而是做不到。"陆书杰的语气里充满了强压的无奈和委屈。

"书杰，就当是妈妈求你了，你跟季子分手吧！"

此句一出如同突然从楼上掉下来的一个花盆，重重砸在季子头上。她感到一阵眩晕，险些站不住脚，幸好及时扶住了窗台。她咬紧下唇，竭力控制着自己的心跳，用力地吞咽口水，试图将哽咽拦截在喉咙里。

"不是妈妈不喜欢季子，我也知道季子对你很好。"陆妈妈的语气明显缓和下来，"妈是担心你，季子她，她只有一个肾……"

"妈，她身体很好！"

"她患过尿毒症！你能保证你们以后的小孩不会有遗传？！"

弄堂里沉寂下来。

二十多年以来，母子俩第一次如此对峙，第一次如此激烈地争辩。

陆书杰无力地在墙壁上锤了一拳，却没有反驳，他确实没法保证。他更没法知道，此时季子正捂住嘴巴，瘫软在窗台旁无声地抽噎着。

"书杰，"陆妈妈走过来轻轻按住儿子的肩膀，"妈妈老了，没什么大愿望，只希望你可以平平安安地娶妻生子，再添一个健康的孙儿，这样就够了。妈妈知道，你以前喜欢的是灵依，是因为季子对你好你才跟她在一起，所以你对她的感情不会很深，否则上次妈妈叫你离开她的时候，你也不会答应。不要再犹豫不决了，跟季子分手吧！你是个听话的孩子，爸妈最近因为你们的事情常常睡不安稳，你就听妈妈一次，就这一次，让我们省省心，好吗？"

季子眼中的泪水像不需要经过深思熟虑般地喷薄而出。她像一只被踩断尾巴的猫，躲在黑暗中期待而又胆怯地等待宣判。

他应该给她一个回答。然而，并没有。陆书杰保持沉默。

季子无法再在黑暗中忍受死灰一般的等待，她缓缓起身，无力地走出那间熄了灯的房间。

弄堂里寂静依旧。

陆妈妈没有等到儿子的反驳，安慰地拍拍他的肩膀，招呼他回家。

"妈，"他终于开口了，"上次答应你的要求，是因为我不想让你担心，希望你可以慢慢地喜欢上季子，可是你没有。现在我必须坦白地告诉你，我从来就没真正想要答应你的要求，我爱季子，我会跟她结婚，跟她过一辈子，永远都不会离开她。请你原谅。"

陆书杰长舒了一口气，转身离去，留下母亲失望的身影兀自伫立。

（五）

夜已经深了。

在这个没有月亮的秋日夜晚，一阵风袭来，米灵依不由自主地拉高了外套的领子，行尸走肉般地走在回家的路上。

两个多钟头里，她跑遍了附近所有和于净去过或失恋者会去的地方，也给家里打了许多电话。可她找不到于净。两个月前在家里等待于净的心情，此时又像伏在黑暗里的野兽，猛然扑上来啃食着她的意志。她又开始莫名其妙地幻想。

他会不会一气之下回了新加坡？会不会永远都不理她了？还是她走后突然迎面开来一辆泥头车，把呆站原地的他……像是有人突然在她脑海泼了一杯红药水，那些红色的液体正血腥地从她眼前淌过。她惊呼一声，试图抹去那些胡乱恐怖的猜想。

此时，街头空无一人，路灯仿佛快要熄灭的烛火，夜显得更加寂静和漆黑。米灵依颤抖着双脚加快了脚步。

"呆子一定不会有事的，一定不会！"她一边念叨，一边低头疾走。

"喂，走路为什么不看前面？"一个熟悉的声音像突然从侧面冲出来的大卡车，拦下了她的脚步。

米灵依呆了几秒，确定不是幻听后才缓缓抬起头往弄堂口望去。那个身着纯白西装外套的男生正在黑暗中对她微笑。

"不是不喜欢我吗？为什么还要出去找……"

于净的话还没有说完，米灵依已经跑上前抱住了他。

"你这个呆子，我以为你不回来了！"米灵依的声音哽咽着。她紧紧抱住于净，像要把他挤进自己身体里似的越抱越紧。

"你不是不喜欢我吗？"于净明明知道答案，却还想听到对方妥协的回答。

"笨蛋，我不是早就在你背上写了吗？"

"哇，你英文好烂哦，谁会猜得出那是 I love you 啊？"

米灵依没有解释，只是放开于净，站在他面前傻傻笑着，眼中的泪光尚未退去。

"下午你去哪里了？居然还关机，害我在家担心那么久！"米灵依说着抬手往于净胸前挥过来。

那只手没有打到于净，而是被他巧妙地抓住。他没有回答她的问题，只是从外套口袋里掏出一条手链，戴在米灵依的手上。她意外地抬起手腕，端详着那条在路灯下闪着光的银色手链。是三根缠在一起的藤蔓，坠着一片一节小指大小的叶子。

是常春藤的叶子！米灵依惊喜地望着于净，他把手举到她面前，手腕上也缠着一株一模一样的常春藤。

"我要做你的常春藤，永远缠绕在你身上，给你快乐，给你希望，给你爱。"

"不是悲伤的种子长出来的悲伤藤蔓吗？"米灵依愣愣地问。

于净微笑着看着她，肯定地摇了摇头。

（六）

那段日子应该是米灵依二十多年来过得最快乐的时光吧！当然也是米家夫妇最感欣慰的一段日子。米灵依终于迎来了一份专属的爱情。

平日，于净会偶尔接米灵依下班，两人沿着每一条他们曾一起走过的街道，不厌其烦地重复走着。在家里，他会情不自禁地握着她的手羞涩地在米家夫妇面前窃窃私语，会在熄了灯的夜里偷偷跑到米灵依房间，两人躺在床上幻想着属于他们的未来，说着永远说不完的情话。他会在她上班的时候疯狂地想她，然后躲在房间里画图。每画好一张图，他就觉得离他们的未来又近了一点。自从那天画出那条藤蔓手链，并且将它变成实物后，于净设计的建筑也终于有了它的屋顶。虽然还没有人接纳这个新人的作品，但于净并没有丁点要放弃的意思。就如同他从没想过要告诉米灵依那天在雪糕厂他的手机不是真的没电，更不可能告诉她后来是他打电话求救的。当然，陆书杰在她昏睡时跪在她床头那么紧张的样子，他也永远不会让她知道。

然而，这一切却跟结局毫无关联。

米灵依带着于净参加了大学同学会，这次他们的手是牵着的。除了许文文和黄萌之外，其他同学经过半年来的失业或事业的磨炼，多了不少世故的心态或颓唐的眼神，和学生时代完全不一样了。米灵依目睹这一切，感到隐隐的伤感。

胆怯许久之后，米灵依也终于被于净带到了金闾区的于老先生家。

那天，于老先生前所未有的开怀，仿佛看到自己的预言实现了。

他们在于老先生的阳台上下围棋，爷孙俩趁米灵依倒水的时候偷偷把棋子的位置换了个遍。

后来的一个周末，他们又去了一趟周庄，还是乘着舟楫游览了整个古镇，还是站在双桥上吟诗看日落，还是住在那时的那家客栈，还是在客栈门口喝着老板送的阿婆茶，聊着许多无关紧要却开心的话题。很久以前在同一个地方，米灵依问于净的那个问题，他仍没有补充回答，而米灵依也已经淡忘了。

很快，秋天像是一团被揉皱的纸，已被远远抛在脑后，弄堂完全笼罩在冬天的阴寒里。

最近，米灵依对两件事情感到奇怪。一是她的常春藤竟然长得比于净的慢了许多，甚至出现营养不良的症状。虽然她尽力去挽救，但它还是失去了过往的精气神。而弄堂口李伯的常春藤却已将屋顶全部覆盖住了，像是一张绿色的绒毯包裹着年华里赤裸的悲伤。二就是她身体上所起的变化。

流浪的女人在这段时间出现了四次，即使是冬天，气温已低得让每个人往身上套了四五件衣服，她依然是衣衫褴褛。米灵依从家里拿了一些半旧的棉袄、厚布裤子和鞋子给她，她却始终不肯脱下身上那些破烂不堪的衣服，而是把米灵依送的那些直接套在外面。那些衣服像是一层扒不下的皮肤，包裹着不为人知的伤痛或过往。女人始终没跟米灵依说过话。令人欣慰的是，在米灵依的带动下，越来越多的街坊开始给她送饭，并给予她一定的尊重，甚至包括刁钻的张阿姨。

日子像是缠在竹棍上的常春藤，努力向上攀爬着，积极而快乐。

米灵依沉醉在这美好的事物里，就像生活在褓褓中的婴儿，只看到纯粹干净的东西。又抑或是热恋中的女人是看不到恋爱以外的事物的，即使平时敏感细心的米灵依也不例外。这段时间，她忘了要陪季子去买雪人雪糕，也忘了追问发生意外的那天晚上到底是不是于净所描述的样子。她只知道自己是幸福的小鸟，却没发现季子悲伤的眼神茫然得像冬日清晨笼罩着弄堂的那团寒雾。

（七）

冬夜的困意总是来得那么心急。

晚饭后，于净、米灵依和米家夫妇围坐一起看电视，依靠着缕缕茶香才控制住想打哈欠的冲动。

进入淡季，米妈妈已不打算再做茶叶买卖了。前段时间她跟丈夫提议要把所有积蓄拿出来买一套小区内的房子方便孩子们上班，结果被全票否决，因此身心两方面所有关于经济的负担都骤然消失。茶叶的生意本来就规模很小，也不志在赚钱，放弃了也就放弃了，并没有很多东西要处理。倒是米灵依他们，有了喝不完的好茶，还能馈赠同事增进情谊，一举两得。

现在泡的这一壶，又是上等的碧螺春。一口甘润的热茶沿着喉咙缓缓流进体内，整个身子像是多穿了一件衣服，瞬间暖和起来。

"都说嫁人要嫁上海老公，娶老婆要娶潮州小姐，看来这句话还真是不错啊！"米爸爸喝了一口茶，调侃说道。一起携手走过二十年来所有的风雨和担忧后，米家夫妇的感情升华为并肩作过战的生死之交，既坚固又默契。

"我也算半个潮州人哦！"米灵依补充道。

"可我觉得你妈妈会的东西你好像都不会哦！"于净不咸不淡地质疑道。

"丫头会的，什么都会。"米妈妈抢着帮女儿解释道，"我会的她都会。明天我就开始绣一床龙凤大床罩，把龙头和凤尾留给她绣，等到真的出嫁了，也好让婆家看看我们家女儿手有多巧。你说好不好啊，丫头？"

"龙头跟凤尾啊？"米灵依不知所措地支吾着，"我绣龙须好不好？"

这么一句没有底气的话，引来一阵哄堂大笑。

"看吧，一下子就穿帮了。"于净得意地笑着。

"喔唷，老远就闻到米家的茶香咯。"一个刁钻的声音从窗子缝里直钻进来，"快开门啊，我嘛要来讨茶喝。"

与此同时，大家闻到了那股呛人的香水味。米灵依和于净不约而同站起身，避难似的落荒而逃。

（八）

"我要去画图咯，只差一点点就完成了。"于净拉着米灵依的手在她房门口依依不舍地说，"你早点休息哦！"

米灵依乖乖地点点头，两人轻轻碰了碰嘴唇，各自回房间。

也许热恋中的人儿就是这样吧，即使只是短暂分别，即使所谓的距离只是一步之遥，也像是隔着银河，不可企及。

米灵依坐在电脑前已经按下开机键，突然想起一整晚都躲在自己房间的季子，又关掉显示器的开关，起身往门口走去。

季子开门的时候身上只穿着一件单薄的外套，米灵依发现她的脸色非常不好，黑眼圈也十分严重，才发觉已经很多天没有留心季子了，一切心思只放在于净身上，内心不禁充满了自责。

"姐，你今天气色好像不太好。"

两人一起在床沿坐下。季子像连续工作了二十几个钟头的人，脸上写满了密密麻麻的疲倦。

"可能没有睡好吧！"季子下意识地摸摸自己的脸颊，苦笑道，"我哪里像你啊，恋爱中的宝贝，心情好脸色当然也好。"

"我才没有呢！"米灵依率真地笑了笑，"对了，最近你跟大块头怎样了，好像这几天他很少来我们家吃饭。"

一个本已冰封的伤口被这个突如其来的问题迅速解冻，痛楚的感觉又慢慢苏醒过来。

"灵依——"季子艰难地笑了一下看着米灵依道，"我跟陆书杰分手了。"

（九）

　　那已是两天前的事情了。

　　走出单位大门之际，陆书杰胸中的郁闷和压力终于得以舒缓了一些。他抬头仰望晴朗的天空，轻轻叹了一口气。

　　这段时间文化局的工作突然变得繁忙起来。他们科室新来了一个同是文化事业管理专业毕业的大学生。这个木讷土气的男生将每个人都假想为竞争对手，每天早来晚走，把所有事情都揽过来自己做。当他知道陆书杰的基本情况后，似乎更加明确了自己要防范的对象，随时随地都刻意要跟陆书杰一争高下。陆书杰并不在意他的无聊挑衅，只觉得厌烦。

　　这段时间毫无疑问是他的人生低潮期。单位里无聊的明争暗斗让他觉得疲倦且无奈，回到家又要面对母亲有意无意的埋怨和责怪，父亲虽不发表什么意见，但也时常在自己面前长吁短叹。然而陆书杰却未妥协，他深知要面对内心真实的感受，并要对所爱的人负责。坚定目标之后，他感受到了一股无形的力量。可令他深觉无奈的是，季子却对自己冷漠异常，甚至连约好看电影的事情她也忘得一干二净。季子给他的感觉陌生而可怕，是十几年来从未有过的。

　　也许是我太不懂浪漫了？陆书杰有点自责。

　　这天下班后，他特意到花店挑了一束精心包装好的鲜花，纯白的绣球和粉红色的玫瑰，搭配出真挚而纯粹的浪漫。当他捧着这一大束新鲜漂亮的花朵站在弄堂口的时候，很多小女孩都发出惊羡的轻呼。

　　只有季子，冷漠地站在他面前。

　　那一刻是傍晚六点十五分，天空灰蒙蒙的，空气里凝结着无数寒冷的粒子，隔阻在两人之间。

　　季子捧过花，冷淡地说了句"谢谢"。

　　"你怎么啦？不喜欢这束花？"陆书杰小心翼翼地问。

　　"不是花的问题。"

　　冰冷的回答让陆书杰觉得心口一阵寒冷，他赶紧裹了裹身上敞开的外套，忍不住打了个寒战。

"你最近是怎么了？我觉得你怪怪的。"

季子歪着嘴冷笑了一声，"我们不都怪怪的吗？"

陆书杰仔细端详着季子，脸上没有一丝血色，话语里没有半分温暖，像是刚从冰库里走出来的人。如果不是她每说一句话时从口中喷出来的热气，他真的很难想象她的身体是有温度的。她陌生得可怕。

陆书杰抓住季子冻得微红的手，温柔地说："你是不是生我的气了？我最近工作比较忙，所以陪你的时间比较少，你不要……"

"陆书杰——"季子脱口而出这个名字的那一秒，陆书杰突然觉得整个世界都在剧烈地晃动。

从认识的那天起到现在十多年了，这是她第一次连名带姓冰冷地称呼他。

"我们分手吧，我受不了了你。"

陆书杰彻底呆住了，脑子里像突然钻进几只巨大的黄蜂不停鸣叫着，耳朵里也像是长多了一层老茧，以至接下来季子所说的话他只听了个大概。

"刚开始在一起的时候，我确实很开心，因为等了你那么多年，终于成功了，可真正在一起久了我才发现，你一点浪漫细胞都没有，实在乏味。而且我也突然明白了，我对你只不过是一种征服抢夺的欲望，真的拥有了，反倒觉得一点意思都没有，所以我们分手吧！"

"不要说这些赌气的话好吗？我知道你不是这样想的。"陆书杰的语气听起来无比哀伤。

"你觉得我像是在赌气吗？"季子的冷漠令人生畏。

这种生无可恋的表情让陆书杰彻底绝望了：她变了，不再爱他了。

"为什么会这样？我是真的很爱你。"

"呵呵——"季子再次冷笑道，"可是我已经不爱你了。谢谢你的花，再见。"

季子捧着那束花走了，那束恋爱以来他第一次，也是最后一次送给她的花。

陆书杰站在原地呆若木鸡，却没能透过季子的背影看到她脸上的泪水。

"对不起——"季子的这句话，也许他永远都听不见了。

（十）

　　"姐，你怎么那么傻啊？"米灵依焦急地站起来，"大块头不是那种人，他不可能因为他妈几句话就不要你的。我现在就去找他，要帮你问个清楚。"说着，她就往门口走。

　　"灵依，你不准去！"季子大喝一声，伸手拉住妹妹，"我们之间的问题，让我们自己解决好不好？"

　　"可是……可是你这样做只会是两败俱伤。"

　　"如果他真的了解我，那天他就不会只是站在弄堂口看着我走回家而没有追上来，证明他相信我所说的一切。我们根本就没有真正爱过。跟他在一起，我总觉得开心幸福都是运气，不开心不幸福反倒是情理之中。这种感觉很不好，我不想这样。我们的世界都很大，不是只能选择他，也许放开手，反而会得到更多幸福。"季子顿了一顿又说，"先不要告诉爸妈，我怕他们担心。"

　　米灵依不置可否地点点头。

　　季子释然地对米灵依笑了笑，然而这一刻，她的心里却沉甸甸的。

　　"姐，我希望你开心，如果你不开心，我也不会快乐的。我还是希望你们可以和好，十几年的感情不要那么轻易就放弃。"

　　季子没有说话，只是望着米灵依淡淡地笑了。

伤藤

离别的伤藤

End

> 原来结局，只是无声的离别。那藤蔓，纠缠着悲伤。

（一）

早上醒来的时候，米灵依挣扎着张开粘在一起的眼皮，一眼就看见窗台上的常春藤。它又黄了几片叶子。

她裹着被子坐起来，觉得头又是昏昏沉沉地疼痛，浑身乏力。手机显示已经十点半了。她惊讶于自己在失眠之后竟可以睡这么久，好在是星期天，没有上班的压力。她猛然想起这个时间于净应该已经到某家地产公司跟负责人商谈设计方案了，这让她萎靡的精神突然为之一振，麻木的身体似乎也渐渐恢复了元气。

米灵依正准备起身换衣服，突然又想到什么。她掀开被子，小心翼翼地把裤脚卷到膝盖以上的地方，胆怯地往大腿的部位望去。她重重地叹了一口气，那块淤血还在，并且像染料一样在皮下洇染开来，比前两天又大了一圈。从雪糕厂回来之后，她就发现自己大腿上的这块淤血，起初以为只是单纯的冻伤，谁知整个秋天都过去了，它不但没消失，反而嚣张地扩大了自己的势力范围。

"是不是要去看看医生？"米灵依喃喃自语。

（二）

走出医院大门之际，天空正蓝得耀眼。

米灵依裹紧脖子上的围巾，理了理检查时弄乱的头发，大步走上马路。

经过医生的一番诊断，米灵依才惊觉原来自己身上的毛病这么多。她最近经常牙龈出血，身体乏力，头晕头痛，记忆力衰退，肌肉酸痛更是持续很久的症状了。还有其他一些琐碎的小毛病，她自己也记不太清楚了，总之医生说的症状她全占，而检查结果要过几天才能拿到。

医者父母心，做完检查的米灵依自觉已经得到了拯救，身上所有的不适在问诊之后瞬间缓解了不少，心情无比轻松，她甚至在想那份检查报告拿不拿好像都无所谓了。带着这种心情，她踏上一辆刚刚到站的公车。

车上人不多，还有不少空位置。米灵依看到自己平常喜欢坐的那个位置坐着一位男乘客，但她还是往那个方向走去，并且在他身边空着的座位上坐下来。

"喂——"米灵依轻轻拍了一下男乘客的肩膀。

男子吃了一惊，猛然转过头来——是一脸憔悴的陆书杰。他穿着一件颜色很怀旧的灰色外套，脸上写满了疲倦，看上去像是个事业失败、无处可去的中年男子，一身落魄与风霜。米灵依从没想过陆书杰会有如此不堪的状态，这和半年前那个活跃在校园里比阳光还耀眼的大男孩比起来简直判若两人，不禁令人有恍如隔世之感。

米灵依的心忍不住抽搐了一下。

陆书杰呆滞地看着米灵依，"你怎么在这里？"

"我来医院做检查，不过没什么事。"米灵依灿烂地笑着，"你呢？从哪里来？"

陆书杰并未感染到米灵依的阳光，只是淡淡地说，"我出来走走。"

"大块头，你跟我姐……"米灵依突然感到语塞。

"我们，分手了。"陆书杰突然坦然地笑了起来，"也许我根本就不适合拥有爱情，以前你把我让给了你姐，当我真的爱上她，她又觉得我不懂浪漫要跟我分手。也许爱情对我来说，永远都只可远观不可触及。"

说这些话的时候，陆书杰的眼神麻木，像是在讲述别人的故事，明明一个伤口很痛的人，却要努力催眠自己、麻痹自己。

米灵依的鼻子一阵发酸，"对不起大块头，以前是我伤害了你，可我姐不是你想的那样，她不过是无意间听到你跟你妈妈的对话，不想你痛苦和为难。"

"为什么每个人都要觉得放弃是一种伟大、牺牲是一种疼爱？"陆书杰转过头定定地看着米灵依，眼睛里似乎隐藏着一条哀伤的河流，随时准备决堤，"我从来就没有想过放弃，无论面对怎样的困难我都会坚持下去，可为什么季子不可以？为什么才出现了一点点阻挠，就要那么快地竖起白旗？难道爱情真的只能在无忧无虑的状态下，才可以保持天长地久？"

陆书杰长叹一口气，别过头去看着车窗外热闹繁忙的街道，不再说话。

这一刻，米灵依突然明白自己和季子对陆书杰的伤害，是那么无声、持久、深刻。

（三）

"真的啊，终于有人慧眼识英雄啦！"米爸爸高兴地说。

晚饭时，米家夫妇一直往于净的碗里夹菜，好像他每多吃一点，设计的才能就会被更多的人赏识。

房产公司采纳了于净的方案，准备把新加坡某新建住宅区的休闲会所建成他所设计的样子。

本来米灵依因陆书杰的事情感到郁闷和自责，但当她听到于净的好消息时，心里还是感到无比喜悦。她瞄了一眼坐在右手边的季子，她的气色恢复了许多，已经没有前两天那么憔悴和失落了。米灵依心里偷偷松了口气。

"于净啊，你设计的这个方案是不是前两天一直想不出来屋顶应该怎么盖的那个？"米妈妈突然问。

"是啊，后来还是米二小姐给了我灵感，让我想出来一个很巧妙的楼顶，怀旧的中国式斜顶，用各种植物和藤蔓在上面布置起一个空中花园，这些植物会随着四季的流转变化出不同的颜色和状态，只要后续好好打理，房子就会不断给住户新鲜的视觉享受。"

"听得我都想去那个小区住了。"米妈妈赞叹道。

"听说名字也好听。"季子突然说道，"是不是叫作'依藤园'啊？"

于净看着米灵依甜蜜地笑了，"是啊，随便起的啦！"

一阵爱情的香气突然在屋内弥漫开来，大家都不说话了，心照不宣地笑着。

"不过，我要回新加坡一趟，落实一些具体问题，顺便看看爸妈。"于净边说边看向米灵依，仿佛那句话是单独说给她听的。

"你不用看我，有工作尽管回去做，别忘了回来就好了。"米灵依不以为然地说道。

"喔唷，那么怕人家不回来啊？"米妈妈讪笑道，"要不要跟着一起去啊？"

"喂喂喂，米太太什么时候变成王太太啦？"米灵依翻了个白眼说道。

米家人都知道米灵依说的是谁，只有于净愣愣地问，"谁姓王啊？"

这一问大家不禁哄堂大笑，于净却始终摸不着头脑，眼神更迷茫了。

"呆子，王太太乃香水也！"米灵依轻轻用筷子头敲了敲于净的脑袋。

于净这才恍然大悟地笑起来。

这是米家人最后一次聚在一起欢声笑语了。

（四）

孤儿院的生活老师打电话过来的时候，季子正在听 Minnie 介绍她终于带到店里来的男朋友。也许今天就是她所谓的"感情稳定"的时候了。季子也是今天才终于相信"爱情是盲目的"这句话。

男人看上去至少四十多岁了，五官是标准的过目即忘。他穿着一套样式很老的黑色西装，里面的衬衫居然是金色竖条纹的。发型是标准的三七头，梳理得非常整齐。一副金边厚玻璃眼镜架在扁扁的鼻梁上，给人一种很奇怪的视觉感受，好像鼻子上贴了一只透明的爬虫。身材或许是他唯一的优点，笔直的脊背，一米七五的海拔，不胖不瘦的体格。然而站在 Minnie 身边，还是有一种叔叔跟侄女的感觉，虽然 Minnie 也已经三十出头了。

男人讲话带着浓重的苏州口音，季子干脆就用苏州话跟他聊天了。她实在想不通，这样一个男人竟可以让 Minnie 如此患得患失，甚至要花很长的时间去查他的通话清单。

整个一上午 Minnie 都像是在炫耀一件漂亮衣服似的向季子介绍男友的诸多优点。季子知道她不是造作，恋爱中的女人确实都有点神经质，虽然自己尚未走出失恋的阴霾，但也不至于被眼前这名男士所刺痛。

后来男人出去买烟，Minnie 很兴奋地告诉季子，他的前女友结婚了。季子从对方脸上看到一个天大的惊喜，她却不知该如何祝福。幸好这时孤儿院打来电话，她便请了个假，急匆匆地走了。

出门的时候，那男人刚好回来，季子这才想起她连他的名字都还不知道。

（五）

季子走进办公室的时候屋里已经坐着很多人了。生活老师聚在一起，思忆就坐在他们身边。今天她换了一身新衣服，是一件红色羽绒服和一条崭新的牛仔裤；马尾也梳得整整齐齐，扎头发的橡皮筋也是大红色的。

季子跟老师们和思忆打了个招呼，就在一张靠办公桌的椅子上坐下。这时她才发现靠窗的角落里，陆书杰居然也在，正和一个穿着朴素的中年男子聊天。他转过头来看见季子在看他，礼貌地点了点头。季子慌乱地挤出一个微笑，然后转过脸。

他们已经很多天没见过面了，分手之后再没联系过，但季子从米灵依那里听说，陆书杰前些日子很憔悴。今天她见他状态似乎已经恢复了，穿着整洁的职业装，显然是刚从单位过来。他脸上又像以前那样散发着神采奕奕的光芒，就在刚才他对着她微笑的那几秒钟里，季子又像是被猛烈的阳光刺伤了眼睛。

"季小姐，不好意思今天麻烦你过来。"陈院长的话打断了季子的沉思，"是思忆说一定要让你见见她爸爸。"

　　思忆一直在对着季子点头微笑，笑得好甜。季子回想起第一天见她的样子，那时，她只希望她可以像其他孩子那样适应这里的生活，却没想到她可以这么快离开这里，和家人一起生活，并且笑得如此开心。

　　"一点都不麻烦。"季子对大家笑道，"能不能告诉我，思忆爸爸的事情？"

　　"说起来啊真要感谢陆先生。"陈院长转头对陆书杰恳切地点了点头，"昨天我们正在做游戏，突然张先生就来了。"陈院长指着和陆书杰聊天的男子，"他说自己是思忆的爸爸，要来带她回家。我们不敢轻易相信，想起上次陆先生调查思忆妈妈的事情，就打电话麻烦他帮忙查查张先生的背景，毕竟我们要对小孩子负责嘛。后来通过公安机关确定张先生就是思忆的亲生父亲，这才答应他的请求，再后来就联系了你。"

　　"这不是我的功劳，是公安局那位朋友帮的忙，我不过是个传话的。"陆书杰客气地说。

　　这时，思忆的父亲站起身朝季子走过来。他想必是常年从事户外工作，这一点从他晒得黝黑的皮肤上就可判断。他长了一张五官分明看起来十分坚毅的脸，体形高大硬朗，只是头发有些凌乱。从他那件洗得褪色的旧夹克以及那双脚跟几乎磨平的皮鞋，可以推测他的生活较为窘迫。

　　他来到季子面前说了些感激的话，随后递上自己的身份证，以及他和妻子的结婚照。他叫张生，是湖南湘潭农村的。

　　季子在那张因为过塑效果不好，已经开始变色的结婚照上看到了思忆母亲的面容。那是一个看上去极其柔和温顺的女人，剪着齐耳的短发，发间别了一个黑色的发卡。思忆的眼睛和她很像，同样的清澈、纯净。照片上的她穿着红色的翻领外套，再看此时身着红色羽绒服的思忆，两人就像一个模子里刻出来的。

　　季子看过照片后礼貌地还给张生。

　　"我跟思忆的妈妈十二年前结婚，生活条件很差，她身体又不好，尤其生了女儿之后，三天两头地生病。当时我在老家种地，根本就赚不了钱，于是我在思忆三岁的时候离开了家，跟着村里几个小伙子一起到苏州来打工，谁知工作还没找着，钱就被骗光了。后来我们走投无路，只好在建筑工地上打杂工。这么多年来，我一直想回老家找她们娘儿俩，可那些无良的建筑商跑了一个又一个，我们经常是干了一年苦活，到了年底却连买火车票的钱都没有。我没有办法，也没脸回去，只能偷偷托几个老乡回家时帮我看看她们娘儿俩过得好不好。直到几个月前，思忆的妈妈突然打电话给我，说她做了张假身份证，带着女儿来找我了，还把她们当时所在的位置告诉了我，可我身上连买包烟的钱都没有，又是跟几个工友窝在一个工地窄棚里睡觉，接了她们也没地方住，更别说养活她们了，我就没敢出来。这半年来，我心里一直过意不去，夜夜都睡不踏实。后来托人回家一问，才知道她们根本就没回老家。于是，我四处打听，才找到这里，才知道我媳妇已经……"张生哽咽了，"我没用，让老婆孩子跟着我受累，还窝囊得不敢负责任，真是没用！"他懊悔地看着思忆，父女俩的眼中都泛着泪光，"孩子是我的，就是再穷再苦我也要挣钱养她，我已经没媳妇了，不能再让女儿受苦。季小姐、陆先生、各位老师，谢谢你们这半年来帮我照顾思忆，假如没有你们，我可能连唯一的女儿都没了，谢谢大家！"

张生拉着思忆不停地给大家鞠躬，一张干燥粗糙的脸和一张稚嫩无邪的脸上同时挂满了感激的泪水。

（六）

季子和陆书杰并肩走出孤儿院的时候天幕上密布着阴霾。天空仿佛有数不尽的心事淤积在心中，找不到可以倾诉的对象。

陆书杰仍旧把手插裤袋里，和季子之间隔着两拳的距离慢慢地走着。

一切好像又回到了原点。

季子不知此时该跟陆书杰说些什么，也终于明白在分手这件事上，真正受到伤害的人，不是她。就好像那天突然被她赌气打破的陶偶，两个摇椅上的老人被坚固的水泥地板摔得分开，折断的是老公公的手臂。

"书杰，对不起。"犹豫许久之后，季子还是说出了憋在心里的话。

"不必道歉。"陆书杰对她微笑着，"感情本来就是这样，没有人知道明天会是怎样，我也没想到曾经那么害怕没有我陪伴在身边的那个人，最后选择放弃我。"

"对不起。"季子想不出第二句话。

陆书杰将目光放向远方，"一切都结束了，忘了它曾经开始过吧！"

他伸出手拍拍季子的肩膀，笑着跟她道别，随后转身快步隐入人海，消失在一张张陌生的面孔里。季子呆呆望着他离去的方向，就像许多年前一样，站在远得几乎看不见他的角落，仰头期盼着他的影子。

"忘了它曾经开始过吧！"季子笑着喃喃自语，然后踏着坚定的脚步，重新出发。

（七）

今早醒来，米灵依发现自己的常春藤竟然无声无息地枯死了，而于净的却突然爬到了窗棂上。那么突然，又那么自然。

死掉的是希望的藤蔓！只留下那一株伤藤在没有人的角落，无声而迅速地滋长着。

其实结局，早已埋下伏笔。

现在是下午五点半。

五小时前，米灵依她神情恍惚地走出医院大门。

四小时前她在单位主管领导的办公桌上放下一份停薪留职的申请信。

三小时前她坐在周庄的双桥上，追忆着那远得像是前世梦里的甜蜜过往。

一小时前她幽幽地走进自己的房间，为常春藤淋了最后一次水。

此刻，她搬了张椅子安静地坐在李伯家门口，仰望着那片遮盖住了整个屋顶的藤蔓，细数着自己心中所有隐忍的悲伤，却发现怎么数也数不清。

伤　藤

数不清的悲伤。

傍晚的微风掠过，几片叶子落在米灵依肩头。它们是如此轻盈，又如此沉重。

"也许我本就是一颗悲伤的种子。"她拾起一片黄叶，有点自嘲地说。

"丫头，回屋吧！"

米妈妈站在家门口呼唤她，那声音仿佛来自另外一个世界，那么遥远，那么模糊，那么温柔而悲伤。

她看着母亲脸上熟悉的笑容，看着自家木色的大屋在暮色里显得端庄而美丽，觉得自己的灵魂正渐渐地远去。

米灵依站起身软绵绵地走进家门。

她看见屋里坐满了相识二十几年的街坊邻居，他们正兴高采烈地讨论着某件事。米灵依隐约听见他们在善意地哄笑着她，可那一切却是那么模糊而遥远。她仿佛站在台下观看一场快乐的舞台剧，上演的就是对她的祝福，她却无论如何也开心不起来。只有母亲手里那块巨大而鲜艳的红色绸缎，只有绸缎上一点一点拼凑出的金黄色龙凤，清晰而残忍地映在她的瞳孔里，像匕首一样狠狠戳着她的心脏。

她多么想告诉母亲，她已经用不着它了。

幸福，是绣不出来的图案。

（八）

这个夜晚有多冷，房间里有多黑，或许只有米灵依知道。她像一只被折断翅膀的蜻蜓，蜷缩在自己温暖的床上，却仍然冷得发抖。腰腹一侧空荡荡的腔体里，隐约传来悲伤的回响。

房间里没有开灯，窗帘被密实地拉上。黑暗中，她的两只眼睛闪着悠悠的水光，直直地盯着透明的空气。

窗台上，她的常春藤已经死了，只剩那些破碎枯黄的枝藤和叶片还缠绕在竹棍上，不舍得离去。那是一种多么深刻的眷恋啊！她再一次接受了这个事实。

于净走后，米灵依的生活开始变得简单，因为有了牵念倒也并不觉得孤单。她每天照常上班下班和父母、姐姐聊天喝茶，晚上躲在被窝里和于净煲电话粥，等着他回来设计他们两人的未来。等待中，她以为自己的故事就此顺理成章地抵达了结局，却不知一个电话就可以甩出另一个意想不到的结局，像是突然有人扳动了火车换轨的机关，未来的方向被彻底改变了。

幸福，像中途断弦的曲子，戛然而止。

那天上午，当米灵依疲惫地醒来，看见窗台上的常春藤完全枯死的时候，她的眼角突然毫无预兆地滑下一滴眼泪。

两小时后，她坐在诊室里，昏昏沉沉地听着那个医生说出一番她永远都不愿再想起的话：

"我们帮你做了详细的检查，结果是你仅有的一个肾脏患上了尿毒症，虽然临床症状不是十分明显，但病情已经相当严重，必须马上进行移植，否则……

"你跟父母的肾脏并不吻合，必须期待一个合适的肾脏在半年内出现……

"希望嘛还是有的，乐观一点，机会不大，但不等于没有可能……"

那天，米灵依行尸走肉般地走出医院，顺手把检查报告扔进路旁的垃圾桶里，然后像踩着满地棉花似的迈开脚步。即便身体已经变得很绵软，她还是在路上疯狂奔跑起来，试图把脑海里那些可怕的影像和可恶的病状像甩掉汗水般地彻底甩掉，直到完全失去力气，她才瘫软在路边。

此时，她抱着那本婚纱照，照片中自己穿的那件白纱在黑暗中也显得很是刺眼，同时也显得那么遥远。泪水顺着她的脸颊滴落到照片上于净微笑着的脸上。

一小时前于净发信息给米灵依，说他的设计方案已投入使用，再过三天就可以回来了。他还说他很快就有钱给她买一艘小船，他要带着她整日整夜漂流在周庄的河面上，像做梦一样，永远都不要靠岸。

他跟她说，嫁给我好吗？

她多么想说好啊，我嫁给你。她多么想真的穿上那套纯白的婚纱，看着他微笑着接过自己的手，在她的无名指上套上一个幸福的圈圈。

可她不知道自己还能不能等到他回来。于是，她没有做出任何的回应。既然已经选择离开，那么告别的方式便无关紧要了，抑或根本就不需要告别。

米灵依躺在床上，把相簿抱得那么那么紧，如果幸福可以轻易地被揽在怀中就好了，虽然那些坚硬棱角把她的身体硌得很疼。她不愿相信这一切是真的。她明明应该躺在深爱着她的那个男生身边，像他回新加坡前的那晚，他温柔地把她拥在自己胸前，用那双呆滞而细心的眼睛注视着她幸福的侧脸。然后，他把手伸进她的衣服里，抚摩着那道刺青般的伤疤，义正严词地对她说："以后，你再也不会受伤了。"

那抹余温还缠绕在她身上。

她还记得她说会等他回来，然后请一个星期的假陪他去周庄梦游，永远不醒地梦游。

然而现在，她还可以吗？

没有人知道。

夜渐渐深了，抽噎声也微弱得被夜风轻而易举地淹没。米灵依闭上眼睛，在心中再次确认了自己的选择。

常春藤在空气中分泌着一股腐化的味道。

（九）

这个清晨和任何一个清晨没有区别。还是冬日里冰冷的空气，还是弄堂里氤氲的寒雾，还是小贩们叫卖的声音划破了宁静。唯一不同的是，米灵依决绝地为自己的坚持做了一个了断。

她把床铺整理好，打开挂着小钢锁的柜子，把相簿小心翼翼地放进去，那里面放着于净送给她的每一个蜡笔小新，它们崭新得像刚从商店柜台里拿出的。那块开放着胡姬花的蜡染花布仍被整齐地折成四方形，放在角落里。米灵依把它拿出来，摊开平铺在地板上，把一张写了一行字的小纸条放在上面，又把花布折好放回原来的位置。她重新锁好柜子，站起身往窗台走去。

常春藤的叶子干燥得像是陈年的往事，轻轻用手一碰，就成了碎片。米灵依抽出竹棍，用它在泥土里挖了一个圆圆的小坑。她解下手上的藤蔓手链，拿到嘴边轻轻吻了一下，就连同那把小钢锁的钥匙，一起投进泥坑里。

不知道她种下的这条手链，会不会为她长出什么。泥土被重新盖上，就像从没被挖开过一样。

米灵依环视了一下自己的房间，把桌上那份单位领导签了名的停薪留职申请信塞进包包，然后提着行李箱缓缓走出房间。

关门的一刹那，她仿佛看见常春藤的花盆里，长出了一枚嫩芽。

（十）

弄堂里的雾气很是浓重，父母、姐姐和陆书杰的脸都笼罩在这白色的雾气里，氤氲而模糊。她不知为什么所有人都来送她，是舍不得她走，还是想亲眼看着她走？

清晨七点，没有其他邻居开门，也许都还沉醉在温暖的睡梦中吧！只有张阿姨的咳嗽声隔着木门隐隐传出来。一切宁静得像是什么事情都没发生过。

"丫头哦，到了大连就打电话给妈妈，路上要小心。"说着，米妈妈把一个平安符塞进米灵依的包包里，"要好好照顾自己哦！"

"你们单位也真是，派你一个小女孩去那么远的地方出差，一去还要那么久！"米爸爸怨声载道，"于净回来找不到你，肯定会失望极了。"

"他会理解的。"米灵依安慰众人，"我学的就是导游专业，本来就应该到处跑嘛。"说完，她一如既往地微笑着。这个灿烂的笑脸不知能否穿过重重浓雾，闪耀成一道光芒。

"灵依，记得给姐发信息。"季子摸摸她的头发，"我等你回来一起去买雪糕吃。"

这句话让米灵依的胸口突然一阵剧痛。

　　　　　　　　　　　　　　　　　伤　藤

我也不知道什么时候可以回来。米灵依在心里喃喃自语。

一辆出租车停在弄堂口，是米灵依在十五分钟前预定的。此时，她多么希望到来的这辆车不是自己预定的那辆，那样的话，她就可以再多站一会儿，让母亲把自己的衣领翻好，叮嘱她几句听了无数遍的话，或是再听听父亲和季子对单位的埋怨和对自己的不舍。然而，车子确实是来接她走的，并且已按响催促的喇叭。

"单位叫的车来接我了，我得走了。"

米灵依微笑地看着大家，每个人的面容像电影镜头一样全部定格在她的脑海里。她是多么害怕自己有天会记不得这些深爱的脸庞，或是再也没有机会看见他们。

"我帮你拿行李。"陆书杰走过来提起她的行李箱，往弄堂口走去。

米灵依留给众人一个招牌式的微笑，裹紧了黑色的大衣，转身走向弄堂口。大家仍站在门口呆呆望着她渐行渐远的背影，默默目送她走进浓雾中。

"对不起，这是我长这么大撒的唯一一个弥天大谎，假如有天我接到医生的电话，找到那个适合的肾脏，我还会回到你们身边的；如果不能，也请你们原谅，我没有经过你们的同意，就这样放弃了。我不会让你们看着我生病的样子而伤心难过，更不会让季子把肾还给我。对不起！"米灵依在心里默念着。

陆书杰站在出租车旁嘱咐了一些送别珍重的话，然后为她打开车门。就在这时，米灵依突然发现有个女人站在车子另一侧的车门边。她穿着米灵依送给她的棉袄，正呆呆地望着她。

米灵依终于看清了她的眼神，那么的哀伤，那么的浑浊。

"对不起，以后不能给你送饭了。"米灵依遗憾地说道，然后扶住车门，准备上车。

"谢谢你。"突然一个沙哑的声音微弱地传过来。

米灵依惊讶地把踏进车内的脚抽回来，呆呆地望着那个女人，那个她以为会一辈子保持沉默的女人。

"谢谢你。"女人重复了一声，然后就转身走了。

米灵依坐进车内，侧脸朝远处的家人挥了挥手，然后用力地拉上车门。

她从后视镜里看到陆书杰也走进弄堂，只剩屋顶上的那片常春藤，它们在这个冬日清晨一如既往地绿得盎然，绿得像是最初那个梦里的颜色，深深浅浅地，吞没了米灵依。

（十一）

于净提着行李站在弄堂口，送他回来的出租车从他身边喧嚣着开走。

弄堂里一片寂静，漂浮着浓浓的雾气，像是一个梦境，像是他回国前进入过的那个梦境，那个让他迷失而又惊恐的梦境。

他站在弄堂口，望着米家的木色大屋突然有种不知所措的哀伤，仿佛感到提前两天回来所制造的这个惊喜，就像一份从远方邮寄过来的礼物，却并没有人签收。这种落寞伤心的情绪，让他回想起来到这里的第一天。

一切都很平静，像是什么都没有发生过。

于净不知道属于他的米灵依已经离开了，就像从来都没有出现过一样。他不知道阁楼房间里那个属于她的被钢锁锁住的柜子里，在那块他送给她的蜡染花布里藏着一张她留给他的纸条。字条上清晰而肯定地写着一句话，一句于净一直不懂的话：

Te amo，Vos amo.

是陆书杰曾经跟她说过的，只能对至爱说的一句话。

于净也许永远都不会知道。

太阳已缓缓从弄堂斜上方升起来，那些挤在弄堂里的浓重雾气就像听完故事的人，拖着脚步慢慢走散了。

于净裹紧了黑色的大衣，怀着莫名的伤心，像半年前的那天一样，走进这条冗长的弄堂。而在他身后，李伯屋顶的那片常春藤此时就像一个反光的伤疤，在晨光的映衬下绿得发亮。